와타리 와타루 지음
뽕칸⑧ 일러스트

Contents

역시 내 청춘 러브코메디는 잘못됐다.

My youth romantic comedy is
wrong as I expected.

등장인물【character】

히키가야 하치만 ········ 주인공. 고2. 성격이 삐뚤어졌다.

유키노시타 유키노 ········ 봉사부 부장. 완벽 미소녀. 그러나 성격이 유감.

유이가하마 유이 ········ 하치만과 같은 반. 주위의 눈치를 보는 경향이 있다.

자이모쿠자 요시테루 ········ 오타쿠. 하치만을 동류로 여긴다.

토츠카 사이카 ········ 테니스 부원. 대단히 귀엽다. 그러나 사실은······.

히라츠카 시즈카 ········ 국어 교사. 생활 지도 담당.

일본판 오리지널 디자인
numata rina

「고교 생활을 되돌아보며」

2학년 F반 히키가야 하치만

청춘이란 거짓이며 또한 악이다.

청춘을 구가하는 자들은 항상 자기 자신과 주위를 기만한다.

본인을 둘러싼 환경 전체를 긍정적으로 해석한다.

치명적인 잘못을 저지르고도 그것마저 청춘의 증거로 삼아 추억의 한 페이지에 새겨 넣는다.

예를 들어보자. 그들은 좀도둑질이나 오토바이 폭주 등의 범죄 행위에 가담해놓고도 「젊은 날의 혈기」라며 스스로의 행동을 미화한다.

시험에서 낙제점을 받으면 학교에 다니는 이유는 공부만이 아니라고 우겨댄다.

그들은 청춘이란 두 글자를 등에 업고 온갖 일반적인 해석과 사회 통념을 뒤틀어놓는다. 그들에게 걸려들면 거짓과 비밀, 죄악과 실패마저도 청춘을 더욱 맛깔나게 하는 양념으로 돌변한다.

그리고 그들은 그러한 악에서, 그러한 실패에서 특별함을 찾아낸다.

본인의 실패는 온전히 청춘의 일부이지만 타인의 실패는 청춘이 아닌 단순한 실패이자 패배라고 단정 짓는다.

만약 실패하는 것이 청춘의 증거라면 친구 만들기에 실패한 사람도 청춘을 구가하는 중이라 보아야 마땅하다. 하지만 그들은 결코 이러한 논리를 인정하지 않을 것이다.

이유는 간단하다. 모든 것은 그들의 자기중심적인 사고에 불과하기 때문이다.

그렇다면 이는 기만이다. 거짓도 기만도 비밀도 속임수도 전부 규탄받아야 할 악행이다.

그들은 악이다.

그렇다면 역설적으로 청춘에서 비껴난 자들이야말로 올바르며 참된 정의인 셈이다.

결론을 내리겠다.

리얼충 폭발해라.

1

**여하튼
히키가야 하치만은
썩었다.**

국어 교사인 히라츠카 시즈카는 이마에 핏대를 세운 채 내가 쓴 글을 큰 소리로 읽어 내려갔다.

가만히 듣고 있자니 내 문장력의 부족을 실감하게 된다. 어려운 단어를 늘어놓으면 유식해 보이겠거니 하는, 어딘가의 삼류 작가나 떠올릴 법한 약아빠진 계산이 탄로 난 기분이었다.

그렇다면 이 미숙한 글 솜씨 때문에 교무실로 불려 온 걸까? 물론 아닐 테지. 네네, 알고 있습니다요.

낭독을 마친 히라츠카 선생님은 이마를 짚으며 땅이 꺼지라 한숨을 쉬었다.

"어이, 히키가야. 내가 수업시간에 내준 숙제가 뭐였지?"

"……그야 『고교 생활을 되돌아보며』라는 주제의 글짓기였죠."

"그래. 그런데 넌 어째서 이딴 범행 예고장을 써온 거냐? 테러리스트냐? 아니면 머저리냐?"

히라츠카 선생님은 한숨을 푹 쉬더니 골치 아프다는 듯 머리카락을 쓸어 올렸다.

그러고 보니 여자 교사보다는 여교사라고 하는 편이 왠지 야하게 들린단 말이야.

실실 쪼개며 그딴 생각을 하다가 종이 다발로 머리를 얻어 맞았다.

"진지하게 듣도록."

"아, 네에."

"네 눈은 말이다, 꼭 썩은 동태눈 같구나."

"그렇게 DHA가 풍부해 보입니까? 똑똑할 것 같네요."

히라츠카 선생님의 입매가 꿈틀 올라갔다.

"히키가야, 대체 이 같잖은 작문은 뭐냐? 일단 변명 정도는 들어주마."

선생님이 찌릿, 하는 소리가 들릴 만큼 매서운 눈초리로 나를 쏘아보았다. 쓸데없이 미인이라서 이런 눈빛에도 이상하리만큼 박력이 넘쳐흘러 저도 모르게 압도당하고 만다. 아니, 그딴 말은 됐고 그냥 살 떨리게 무섭다.

"뎌, 더기요, 전 성실하게 고교 생활을 되돌아봤다고요. 요즘 고등학생들은 태부분 이런 느낌이잖아요! 대강 비슷하다오요!"

무참하게 말을 더듬고 말았다. 누군가와 이야기를 나눈다는 사실 자체만으로도 긴장되는데 상대방이 연상의 여성이니 말 다했다.

"이럴 때는 보통 본인의 고교 생활을 돌이켜보는 법이다."

"그럼 그렇게 전제를 달아주시던가요. 그랬더라면 그에 맞게 썼을 거라고요. 이건 어디까지나 선생님의 출제 미스로……."

"애송이, 궤변은 집어치워라."

"애송이라뇨……. 하기야 선생님 연배가 보시기엔 저는 까마득한 애송이겠지만요."

바람이 일었다.

주먹이다. 준비 동작 없이 날아든 주먹. 이래도 까불테냐 라는 듯 무시무시한 철권이 내 뺨을 스치고 지나갔다.

"다음에는 맞춘다."

눈이 진심이었다.

"잘못했습니다. 다시 쓸게요."

사죄와 반성의 뜻을 표현하기에 최적화된 문장을 선택했다.

그러나 히라츠카 선생님은 어딘가 만족스럽지 못한 기색이었다. 망했다. 이젠 무릎을 꿇는 수밖에 없나. 나는 바지 주름을 가볍게 털어 바짝 각을 세운 후 오른 다리를 굽혀 바닥에 대려 했다. 아름답고 군더더기 없는 동작이었다.

"나는 말이야, 화가 난 게 아니다."

……아아, 나왔다. 나왔어, 이 패턴.

성가신 패턴이다. 「화내지 않을 테니 말해보렴」과 마찬가지 논리다. 말은 그렇게 해놓고 화를 안 내는 인간을 여태껏 본 적이 없다.

하지만 뜻밖에도 히라츠카 선생님은 정말 화가 나지 않은 기색이었다. 나이 이야기만 제외하면 말이다. 나는 바닥에 대려던 오른쪽 무릎을 도로 펴며 슬그머니 눈치를 살폈다.

히라츠카 선생님은 터질 것 같은 가슴주머니에서 세븐 스타를 꺼내 들고는 필터로 책상을 톡톡 두들겼다. 아저씨 같은 버릇이다. 그렇게 담뱃잎을 꽉 채운 후 싸구려 라이터로 칙 하고 불을 붙인다. 길게 연기를 토해낸 선생님이 진지한 얼굴로 나를 바라보았다.

"너 동아리 활동 안 하지?"

"네."

"……친구는 있고?"

내게 친구가 없을 거란 가정하에 던진 질문이었다.

"펴, 평등을 중시해서 특별히 친한 사람을 만들지 않기로 한 것뿐이라고요, 전!"

"다시 말해 없다는 뜻이로군?"

"하, 한마디로 말하자면……."

내 대답에 히라츠카 선생님은 의욕이 넘쳐흐르는 표정이 되었다.

"그렇군! 역시 없었군! 짐작대로야. 네 썩은 눈을 보면 그 정도쯤이야 금방 알 수 있지!"

눈을 보고 알아차린 거냐고. 그럼 묻질 말든가.

히라츠카 선생님은 납득한 기색으로 고개를 주억거리고는 조심스럽게 내 얼굴을 들여다보았다.

"……여자 친구 같은 건 있고?"

여자 친구 같은 건 또 뭐야. 혹시라도 남자 친구가 있다고 하면 어쩔 셈이냐고.

"지금은, 없는데요."

다가올 미래에 대한 희망을 담아 「지금」이란 부분을 힘주어 발음했다.

"그러냐……."

이번에는 선생님이 어딘가 습기 찬 눈동자로 나를 응시한다. 담배 연기가 눈에 들어가서라고 믿고 싶다. 어이, 그만둬. 내게 그런 뜨뜻미지근하고 자애로운 시선을 보내지 마.

그나저나 뭐냐고, 이 흐름은. 히라츠카 선생님은 열혈 교사였나? 조만간 썩은 귤 운운#1하는 건가? 양키 모교로 돌아가는 건가? ……진짜로 돌아가 주지 않으려나?

히라츠카 선생님은 잠시 고민한 끝에 휴아아, 하고 한숨 섞인 연기를 뱉어냈다.

"좋다. 그럼 이렇게 하자. 작문은 다시 쓰도록."

"네."

그야 그래야겠죠.

좋았어. 이번에는 지극히 적당하고 무난한 글을 써내자. 그야말로 연예인이나 성우들의 블로그 뺨치게끔. 「오늘 저녁 메뉴는 놀랍게도…… 카레였습니다!」 같은 식으로. 놀랍긴 뭐가 놀라워? 의외성이라곤 눈곱만큼도 없잖아.

#1 썩은 귤 운운 일본 드라마 긴파치 선생에서 열혈 교사 긴파치 선생이 「상자 안에 썩은 귤(불량학생)이 하나 있으면 다른 귤들도 썩어버린다」는 논리에 반발하여 학생들은 썩은 귤이 아니라 인간이라고 말함.

여기까지는 예상 범위 내였다. 내 상상을 뛰어넘은 것은 그 다음이었다.

"그러나 네 무신경한 발언과 태도가 내 마음에 상처를 준 건 분명하다. 여자에게 나이 이야기를 하는 건 금기라고 배우지 않았나? 따라서 너에게 봉사활동을 명한다. 죄를 지었으니 벌을 줘야지. 암, 그렇고말고."

상처받았단 말이 도무지 믿기지 않을 만큼 기세등등하게, 오히려 평소보다 쾌활하게 느껴질 정도로 히히거리며 히라츠카 선생님이 말했다.

덕분에 '그러고 보니 히히하고 찌찌는 발음이 비슷한데……'라며 현실을 외면하고 블라우스를 뚫고 나올듯한 선생님의 가슴에 시선을 주고 말았다.

이런 몹쓸 가슴 같으니라고……. 그나저나 사람한테 벌을 주면서 희열을 느끼다니 도대체 어떻게 되먹은 성격이냐.

"봉사활동이라니…… 뭘 하면 되는데요?"

쭈뼛거리며 물어보았다. 하수구 청소면 다행이고 인간 청소를 하란 소리가 나와도 이상하지 않을 분위기였다.

"따라오도록."

꽁초가 수북한 재떨이에 담배를 비벼 끈 히라츠카 선생님이 자리에서 일어선다. 밑도 끝도 없는 지시에 내가 멀거니 서 있자 그새 문 앞까지 간 히라츠카 선생님이 이쪽을 돌아보았다.

"어이, 빨리 와라."

바짝 곤두선 눈썹 끄트머리가 노려보는 바람에 나는 허둥지

둥 선생님을 뒤따라갔다.

× × ×

이곳 치바 시립 소부 고등학교 교사는 미묘하게 일그러진 모양새를 하고 있다.

상공에서 내려다보면 한자의 입 구(口)자, 즉 미음(ㅁ)자와 상당히 비슷하다. 그 아래에 시청각관을 살짝 덧붙여주면 우리 학교의 조감도가 완성된다.

도로에 면한 건물이 교실이 있는 본관이고 그와 마주보는 위치에 특별관이 있다. 두 건물은 2층의 구름다리로 연결되어 커다란 사각형을 형성한다.

그러한 구조물들로 사방이 에워싸인 공간이 바로 리얼충들의 성지, 안뜰이다.

놈들은 점심시간에 그곳에서 남녀 합동으로 점심을 먹고 배도 꺼트릴 겸 배드민턴을 한다. 방과 후에는 땅거미 지는 교사를 배경으로 사랑을 속삭이고, 바닷바람을 쐬며 별을 구경한다.

장난 하냐?

방관자 입장에서는 마치 기를 쓰고 청춘 드라마의 등장인물을 연기하는 것처럼 보여 그저 으스스할 따름이다. 극 중에서 내 배역은 아마도 「나무」쯤 되겠지.

히라츠카 선생님이 리놀륨 바닥을 또각또각 울리며 향하는 곳은 아무래도 특별관인 듯했다.

——불길한 예감이 든다.

애초에 봉사활동이라는 것 자체가 되먹지 못한 짓이다.

봉사란 단어는 일상생활에서 쓰여서는 안 되며, 보다 한정적인 상황 하에서만 사용이 허락되어야 한다는 게 내 지론이다. 예컨대 메이드가 주인님에게 봉사하는 경우가 그렇다. 그런 봉사라면 물론 대환영에 렛츠 파티를 부르짖을 테지만 현실적으로 그런 일이 일어날 리 없다. 아니, 일정한 요금을 지불하면 가능하기는 하다. 그리고 바로 그 돈만 내면 실현 가능하다는 점에서 더더욱 꿈도 희망도 찾아볼 수 없다. 이처럼 봉사란 무가치한 행위다.

더군다나 장소가 특별관이라니. 음악실의 피아노 운반, 생물실의 쓰레기 치우기, 도서관의 장서 정리 등등을 시킬 게 불 보듯 뻔하다. 아무래도 이쯤에서 미리 선을 그어둬야겠다.

"실은 제가 허리에 지병이 있어서…… 그 뭐더라, 헤르, 헤르, 헤르페스? 그거거든요……."

"헤르니아라고 주장하고 싶은 모양인데, 그런 걱정은 접어둬라. 네게 시키려는 건 힘쓰는 일이 아니니까."

히라츠카 선생님은 한심하다는 표정으로 나를 바라보았다.

흐음. 그렇다면 무슨 조사나 서류 업무인가? 그런 단순 작업은 어떤 의미로는 육체노동 이상으로 고달프다. 열심히 판 구덩이를 메운 뒤 다시 똑같은 곳을 파헤치는 고문과도 비슷한 측면이 있다.

"실은 제가 교실에 들어가면 죽어버리는 병이⋯⋯."

"어디 사는 코쟁이 저격수냐. 밀짚모자 해적단이냐?"

댁은 소년 만화도 읽어?

하긴 뭐 혼자서 차근차근 해나가는 작업은 그리 싫지 않다. 마음의 스위치를 끄고 「나는 기계다」라고 스스로를 세뇌하면 아무런 문제도 없다. 이렇게 된 이상 최종적으로는 기계 몸을 얻으려다 나사가 될 기세로 해치워버리자.

"다 왔다."

선생님이 멈춰선 곳은 특이한 구석이라곤 없는 어느 교실 앞이었다.

문패에는 아무것도 쓰여 있지 않았다.

의아한 마음으로 지켜보고 있자니 선생님이 드르륵 문을 열었다.

교실 한쪽 귀퉁이에는 책상과 의자가 난잡하게 쌓여 있었다. 창고로 쓰이는 방인가? 다른 교실과의 차이점이라고는 오로지 그것뿐. 특수한 내부 설비도 없는 지극히 평범한 교실이었다.

하지만 그곳이 너무도 이질적으로 느껴진 것은 바로 한 소녀의 존재 탓이었다.

소녀는 저녁노을 속에서 책을 읽고 있었다.

세상이 멸망한 후에도 그녀는 분명 이곳에서 저렇게 책을 읽고 있으리라. 그런 착각에 사로잡힐 만큼, 그 광경은 마치 한 폭의 그림 같았다.

그 모습을 본 순간, 내 육체와 정신이 동시에 정지했다.

—얼떨결에 시선을 빼앗기고 말았다.

방문객의 등장을 깨달은 소녀가 문고본에 책갈피를 끼운 후 고개를 들었다.

"히라츠카 선생님, 들어오실 때는 노크를 해달라고 부탁드리지 않았던가요?"

단정한 이목구비. 찰랑이는 긴 흑발. 우리 반 떨거지 여학생들과 똑같은 교복을 입고 있는데도 전혀 다르게 보였다.

"노크를 해도 대답을 한 적이 없잖나."

"대답할 틈도 없이 들어오시니까 그렇잖아요."

히라츠카 선생님의 말에 유키노시타가 못마땅한 시선을 보낸다.

"그나저나 그 얼빠진 인간은 누구지요?"

소녀의 싸늘한 눈동자가 흘깃 나를 포착했다.

나는 이 소녀를 알고 있다.

2학년 J반 유키노시타 유키노.

물론 이름과 얼굴만 알 뿐이지 이야기를 나눈 적은 없다. 할 수 없잖아. 학교에서 누군가와 대화하는 일 자체가 드문 걸 어쩌라고.

소부 고등학교에는 일반과 아홉 반 이외에도 국제교양과란 이름의 특별반이 하나 있다. 그 반은 일반과보다 성적 평균이 높고 해외 거주 경험자와 유학 희망자가 주를 이룬다.

그 화려함 덕분에 주목받는 특별반 내에서도 유독 이채를 뿜어내는 존재가 있었으니 다름 아닌 유키노시타 유키노다.

그녀는 각종 시험에서 늘 전교 수석으로 군림해온 우등생이었다.

또 한 가지 덧붙이자면 그 보기 드문 미모로 인해 모두의 눈길을 끄는 존재이기도 했다.

한마디로 학교 제일이라 해도 손색이 없는 미소녀로 모르는 사람이 없는 유명인사라 할 수 있다.

반면에 나는 교내에서 알 만한 사람조차도 모르는, 평범하기 그지없는 일반 학생.

그러므로 유키노시타가 나를 모른다고 해서 상처받을 이유는 없다. 다만 얼빠졌다는 표현에는 살짝 상처받았다. 얼빠란 얼굴만 보고 쫓아다니는 빠순이들을 말하는 거던가? 라고 현실 도피를 시도할 만큼은 상처 입었다.

"저 녀석은 히키가야. 입부 희망자다."

히라츠카 선생님의 재촉에 나는 꾸벅 묵례를 했다. 흐름상 이대로 자기소개를 하는 편이 자연스럽겠지.

"2학년 F반 히키가야 하치만입니다. 어라? 잠깐만요. 입부라니 그게 무슨 소리에요?"

입부 희망이라니 어디에 말이에요? 여기가 무슨 동아린데요?

생략된 뒷말을 읽었는지 히라츠카 선생님이 입을 열었다.

"네게는 벌로 여기서 동아리 활동을 할 것을 명한다. 이견 반론 항의 질문 말대답은 인정하지 않겠다. 당분간 여기서 머리를 식히도록. 깊이 반성해라."

내게 항변할 여지조차 주지 않고, 히라츠카 선생님이 노도와 같은 기세로 판결을 내렸다.

"그래서 말인데, 딱 보면 알겠지만 저 녀석은 근성이 완전히 썩어빠졌다. 그래서 언제나 고독에 시달리는 가엾은 녀석이지."

그러니까 딱 보면 아는 거냐고.

"사람들과 어울리는 법을 알려주면 조금은 건실해질 거다. 이 녀석을 부원으로 받아주겠나? 저 삐뚤어진 고독 체질의 갱생을 의뢰하고 싶은데."

선생님이 자신을 바라보며 말하자 유키노시타가 성가신 기색으로 입을 열었다.

"그럼 선생님이 주먹질과 발길질로 버릇을 고쳐놓으시지 그러세요?"

……거참 무서운 여자로고.

"그야 나도 할 수만 있다면 그러고 싶다만 요즘은 워낙 말들이 많아서 말이야. 신체적인 폭력은 허용되지 않거든."

……어째 정신적인 폭력은 허용된다는 말투다.

"거절하겠습니다. 저 흑심으로 가득 찬 천박한 눈빛에 신변의 위협이 느껴져서요."

유키노시타가 딱히 흐트러지지도 않은 옷깃을 여미며 나를 노려본다. 야야, 애초에 네 그 겸손하기 짝이 없는 가슴 따위 본 적도 없거든? ……아니, 진짜라니까? 진짜야, 진짜. 정말로 안 봤다니까. 얼핏 시야에 들어오는 바람에 순간적으로 정신이 팔렸을 뿐.

"안심해라, 유키노시타. 저 녀석은 눈과 근성이 썩은 만큼 손익 계산과 자기 보신에만큼은 탁월한 재능이 있으니까. 형사 처분을 받을 만한 짓은 절대로 하지 않아. 저 녀석의 잔챙이 악당 기질 하나는 믿어도 좋다."

"어째 뭐 하나 칭찬하는 게 없냐……. 그게 아니죠. 손익 계산이니 자기 보신이니 하지 말고 그냥 상식적인 판단력의 소유자로 평가해달라고요."

"잔챙이 악당……. 그런가……."

"내 말을 무시한 걸로도 모자라서 납득하기까지 하냐……."

히라츠카 선생님의 설득이 효과를 발휘했든 내 잔챙이 기질이 신뢰를 얻었든, 나로서는 조금도 기쁘지 않은 형태로 유키노시타가 결론을 내렸다.

"하기야 선생님의 의뢰를 무시할 수도 없는 노릇이니……. 수락하도록 하죠."

유키노시타가 싫은 티를 팍팍 내며 그렇게 대답하자 선생님은 흡족한 기색으로 미소 지었다.

"그래? 그럼 뒷일은 네게 맡기마."

그 말을 마지막으로 선생님은 미련 없이 떠나갔다.

덕분에 나만 휑하니 남겨지고 말았다.

솔직히 혼자 방치당하는 편이 훨씬 나았을 것이다. 평소와 다름없는 고독한 환경이 심리적인 안정을 가져다주었을 테니.

째깍째깍 돌아가는 시계 초침 소리가 유난히 느리고 유달리 커다랗게 들려온다.

어이, 뭐야 이거? 난데없이 웬 러브코메디 식 전개냐고? 엄청난 긴장감이 엄습하잖아.

상황 자체는 더할 나위 없이 완벽하다. 불현듯 중학교 시절의 새큼달큼한 추억이 되살아난다.

방과 후, 둘만 남은 교실.

산들바람에 커튼이 펄럭이고 저물어가는 햇살이 쏟아지는 가운데, 용기를 짜내어 고백한 어느 소년. 지금도 생생하게 떠오르는 그 아이의 목소리.

『친구로 지내면 안 될까?』

으, 이런. 이건 비참한 추억이잖아. 게다가 친구가 되기는커녕 그 이후로 말 한 번 못해봤다고. 덕분에 친구란 대화 따윈 안 하는 사이인 줄 알았잖아.

요컨대 나란 인간은 미소녀와 단둘이 밀실에 남겨지든 말든 러브코메디로 발전할 여지 따위 없단 뜻이다.

고도로 훈련된 내가 이제 와서 그딴 초보적인 덫에 걸려들리 만무하다. 여자란 미남(훗)이나 리얼충(훗)에게 흥미를 보이는 존재이며, 또한 그런 놈들과 건전하지 못한 남녀 교제를 하는 족속이다.

다시 말해 나의 적이다.

두 번 다시 그런 아픔을 맛보지 않으리라 다짐하고 그간 나는 부단한 노력을 해왔다. 러브코메디 식 전개에 휘말려 들지 않으려면 미움을 사는 게 가장 빠르다. 살을 내주고 뼈를 취한다. 자존심을 지키기 위해서라면 호감도 따윈 얼마든지 버릴 수 있다!

그래서 나는 인사 대신 유키노시타를 노려보며 위협을 가하기로 마음먹었다. 야생의 맹수는 눈빛으로 사냥한다!

크르르르릉.

그러자 유키노시타가 오물을 보는듯한 표정으로 힐끗 시선을 준다. 실눈을 뜨듯 시원스런 눈매를 가늘게 접고 차가운 한숨을 흘린다. 그리고는 맑은 시냇물처럼 청량한 목소리로 말을 걸어왔다.

"……그런 데서 음침하게 으르렁대지 말고 앉지그래?"

"앗, 어엇, 네에. 죄송합니다."

……우와앗, 뭐야 방금 그 눈은? 야생의 맹수?

못해도 다섯 명은 해치웠을 게 분명하다. 백전노장 마츠시마 ○모코[#2]도 우적우적 씹어 먹을 수준. 무의식중에 반사적으로 사과해버렸잖아.

애써 위협할 필요도 없이 유키노시타는 나를 적대시하기로 결정한 모양이었다.

바짝 쫀 상태로 나는 빈 의자에 앉았다.

유키노시타는 이미 내게서 관심을 끊고 문고본을 펼쳐 든 상태였다. 팔랑 하고 페이지를 넘기는 소리가 들린다.

북 커버 때문에 제목은 알 수 없지만 무언가 순문학 쪽 서적

#2 마츠시마 ○모코 마츠시마 토모코. 일본 방송인으로 프로그램 촬영 도중 맹수에게 여러 차례 습격당한 전력이 있음.

을 읽는 눈치였다. 샐린저나 헤밍웨이나 톨스토이 같은 쪽. 이미지만 보기에는 그런 느낌이었다.

유키노시타는 귀한 집 아가씨처럼 기품 있고 지독하게 우등 생다우며, 빈말 안 보태고 그림 같은 미소녀였다.

다만 그런 인종들이 흔히 그렇듯 유키노시타 유키노(雪ノ下 雪乃)에게는 아웃사이더 성향이 있었다. 그 이름처럼 눈 밑의 눈. 제아무리 아름다운들 만질 수도 소유할 수도 없는, 오로 지 그 아름다움을 동경할 수밖에 없는 존재.

솔직히 이런 황당한 경위로 귀인과 인연을 맺게 될 줄은 생 각지도 못했다. 친구들에게 자랑하면 부러움을 살 게 분명하 다. 나한테는 자랑할 친구 따위 없지만.

그나저나 난 이 미소녀님과 여기서 무엇을 해야 하는 걸까.

"왜?"

너무 빤히 쳐다본 탓인지 유키노시타가 언짢은 기색으로 눈 살을 찌푸리며 나를 쏘아보았다.

"아, 미안. 어떡하는 게 좋을까 싶어서."

"뭐가?"

"아니, 뭔 소린지 모를 설명만 듣고 이리로 끌려왔거든."

내 말에 유키노시타는 혀를 차는 대신 문고본을 탁 하고 거 칠게 덮었다. 그리고는 벌레라도 보는 듯한 눈초리로 나를 쏘 아보더니 체념한 기색으로 가벼운 한숨을 토해내며 입을 열 었다.

"……좋아. 그럼 게임을 하자."

"게임?"

"그래. 여기가 무슨 부인지 맞추는 게임. 자, 여기는 무슨 부일까요?"

미소녀와 밀실에서 게임…….

에로틱한 요소로 가득한 상황이건만 유키노시타가 뿜어내는 분위기는 달달하기는커녕 시퍼렇게 벼린 칼날 같았다. 이러다가 지기라도 하면 인생 종 치는 게 아닐까 싶을 정도로 살기등등했다. 러브코메디는 어딜 간 거냐고. 이래서야 도박묵시록이 따로 없잖아.

나는 그 박력에 눌려 식은땀을 삐질삐질 흘리며 실마리를 찾아 교실 안을 둘러보았다.

"다른 부원은 없어?"

"없어."

그런데도 동아리가 존속 가능하단 말인가? 매우 의문스럽다.

아무리 봐도 힌트라곤 없는 상황.

─잠깐, 아니지. 거꾸로 생각하면 힌트밖에 없다고도 볼 수 있다.

자랑은 아니지만 소싯적부터 친구가 적었던 탓에 혼자서도 할 수 있는 게임은 내 주특기다. 특히 게임 북이나 수수께끼 종류에는 상당히 자신이 있다. 고교생 퀴즈에 나가도 우승 가능할지 모른다. 그래 봤자 팀원을 모으질 못하니 출전 불가능하지만.

그동안 알게 된 사실이 몇 개 있다. 그 정보를 토대로 하나

씩 짜 맞추어 가다 보면 해답은 저절로 나올 터.

"문예부냐?"

"흐음……. 그렇게 추측한 근거는?"

유키노시타가 흥미로운 기색으로 되묻는다.

"특수한 환경이나 특별한 장비가 필요 없고, 부원이 없어도 동아리가 유지돼. 그 말은 곧 활동비가 들지 않는다는 뜻이지. 그리고 넌 책을 보고 있었어. 해답은 처음부터 눈앞에 있었던 거야."

내가 했지만 참으로 완벽한 추리다. 「어라라, 이상하네~?」라며 힌트를 던져주는 안경잡이 초등학생이 없어도 이 정도쯤은 누워서 떡 먹기다.

콧대 높은 유키노시타 아가씨도 감탄했는지 흐음, 하고 중얼거린다.

"틀렸어."

그 후 유키노시타는 훗 하고 사람을 무지막지하게 깔보는 투로 웃었다. ……호오, 이거 살짝 열 받는걸☆ 이 녀석을 품행 방정한 완벽 초인이라고 평가한 놈은 누구야? 이건 완전 악마초인이잖아.

"그럼 무슨 부인데?"

나는 짜증 섞인 목소리로 물었다. 그러나 유키노시타는 그에 아랑곳 않고 게임 속행을 선언했다.

"그럼 결정적인 힌트. 내가 여기서 이러고 있는 것 자체가 동아리 활동이야."

간신히 주어진 힌트. 하지만 해답과의 접점은 전무하다. 결국 아까와 마찬가지로 문예부라는 결론이 도출되고 만다.

아냐, 잠깐만. 조바심내지 말고 진정해라. 냉정이다. 냉정을 되찾아라, 히키가야 하치만.

유키노시타는「나 말고 다른 부원은 없다」고 했다.

그런데도 동아리는 버젓이 존재한다.

그 말인즉슨 유령부원이 있다는 뜻이렷다? 그런데 그 유령부원이 실은 진짜 유령이었습니다~ 라는 식인 거지. 최종적으로는 그 미소녀 유령과 나의 러브코메디로 발전할 예정.

"오컬트 연구회!"

"부라고 했을 텐데."

"오, 오컬트 연구부!"

"틀렸어. ……흥, 유령이라니 멍청하긴. 그딴 건 세상에 없어."

유키노시타가 경멸이 가득 담긴 눈으로 나를 바라본다. 바라보는 나가 죽으라는 눈빛이었다. 지, 진짜로 유령 같은 건 없다니깐! 따, 딱히 무서워서 하는 소리가 아니라구! 라며 깜찍한 면모를 과시할 기미는 추호도 없었다.

"항복. 짐작조차 안 가."

이딴 걸 어떻게 맞춰? 더 간단한 문제를 내란 말이야.「아침에는 네발로, 낮에는 네발로, 밤에는 네 발로 걷는 짐승은 무엇이냐?」라든가. 야야, 그건 그냥 네발짐승이잖아. 게다가 퀴즈라기보다는 수수께끼에 가깝고.

"히키가야, 여자하고 이야기해본 게 몇 년 만이지?"

생뚱맞게 이야기의 흐름을 무시하고 내 경락이 파괴될 만큼 무자비한 질문을 던지다니.

참으로 무례하기 짝이 없는 인간이다.

나도 기억력에는 제법 자신이 있다. 남들은 모두 잊어버렸을 사소한 대화 내용까지도 전부 기억해내는 바람에 같은 반 여학생들에게 스토커 취급을 당한 과거가 있을 정도다.

내 우수한 해마에 따르면, 내가 마지막으로 여자와 이야기를 나눈 것은 재작년 6월.

여자『진짜 덥다, 그치?』
나『무던하게 무덥네.』
여자『어? ……어, 어어, 응, 그래.』
끝.

이런 식으로. 사실 저 여자애는 내가 아니라 내 대각선 뒷자리에 앉은 애한테 말한 거였지만.

인간은 원래 비참한 추억일수록 더욱 또렷이 기억하는 법이다. 지금도 한밤중에 문득 생각이 날 때마다 이불을 뒤집어쓰고 미친 듯이 절규하고 싶어진다.

끔찍한 기억에 취해 허우적대는데 유키노시타가 낭랑한 목소리로 선언했다.

"가진 자가 가지지 못한 자에게 자비를 베푸는 행위. 사람들은 그것을 자원봉사라고 부르지. 개도국에는 ODA를, 노숙

자에게는 무료 배식을, 인기 없는 남자에게는 여자와의 대화를. 곤경에 처한 사람에게 도움의 손길을 내미는 것. 그것이 우리 동아리의 활동 목표야.”

어느 틈에 일어섰는지 유키노시타의 시선은 자연스럽게 나를 내려다보는 형태가 되었다.

“봉사부에 온 것을 환영해.”

환영한다는 말이 무색하게 아픈 곳을 대놓고 찌르는 바람에 찔끔 눈물이 날 뻔했다.

좌절의 구렁텅이에서 신음하고 있는데 후속타가 날아든다.

“히라츠카 선생님께서 말씀하시기를 뛰어난 인간은 불쌍한 이들을 구제할 의무가 있다고 했어. 부탁을 받은 이상 책임은 완수하겠어. 네 문제점을 교정해주지. 고맙게 여기도록.”

노블리스 오블리제를 말하는 건가. 직역하면 귀족의 의무쯤 될 것이다.

팔짱을 낀 유키노시타의 모습은 그야말로 귀족. 하기야 유키노시타의 성적과 외모를 감안하면 귀족이란 표현도 과하지만은 않다.

“이게 보자 보자 하니까…….”

하지만 지금은 본때를 보여주어야만 한다. 내가 결코 연민의 대상이 아님을, 갖은 말발을 총동원하여 설명해주어야만 한다.

“……난 말이야, 내 입으로 말하기는 뭣하지만 그럭저럭 우수한 축에 속한다고. 실력 테스트 문과계열 국어 전교 3등! 얼굴도 준수한 편이야! 친구가 없는 것과 여자 친구가 없는 걸 제외하면 기본적인 스펙은 우월하다고!"

"마지막으로 치명적인 결함을 언급한 것 같은데……. 그런 말을 자신만만하게 내뱉다니 어떤 의미에서는 존경스럽기까지 하네. 희한한 인간. 이젠 기분 나쁠 지경이야."

"시끄러. 너한테 그런 소리 듣고 싶지 않아. 희한한 여자."

정말로 희한한 여자다. 적어도 내가 전해 들은…… 아니지, 남들하고 이야기한 기억이 없으니 멋대로 주워들은 유키노시타 유키노라는 여자의 이미지와는 완전히 딴판이다.

그야 물론 쿨한 미인이기는 하다.

그 미인이 지금은 콜드한 미소를 띠고 있다. 살짝 학구적인 단어를 쓰자면 가학적인 미소라고나 할까.

"흐음, 보아하니 네가 외톨이가 된 이유는 그 썩어빠진 근성과 삐뚤어진 감성 때문인 모양이네."

유키노시타가 주먹에 불끈 힘을 주며 열변을 토한다.

"우선 애처로운 처지인 네게 마음 붙일 곳을 마련해줄게. 그거 알아? 마음 붙일 곳만 있어도 별이 되어 불타오르는 비참한 최후를 맞지 않아도 된다는 사실을."

"『쏙독새의 별』[#3]이냐? 너무 마니악하잖아."

문과반 국어 3등의 수재이자 풍부한 교양을 갖춘 내가 아니었으면 못 알아들었을 비유라고. 게다가 좋아하는 이야기라

#3 쏙독새의 별 미야자와 켄지가 쓴 동화로 못생긴 외모로 인해 모두에게 따돌림당하던 쏙독새가 갖은 고초를 겪으며 하늘로 날아올라 불타오르는 별이 되는 이야기.

자세하게 기억한다. 그거 너무 슬퍼서 저절로 눈물이 난다니까. 누구에게도 사랑받지 못하는 점이라든가.

내 반박에 놀랐는지 유키노시타의 눈이 휘둥그레졌다.

"……의외네. 미야자와 켄지를 평범 이하의 남고생이 읽을 줄은 몰랐어."

"방금 은근슬쩍 열등생 취급했으렸다?"

"미안해, 내가 지나쳤어. 평범 미만이라고 해야 맞겠네."

"지나치게 후하게 평가했단 뜻이었냐!? 전교 3등이란 말 못 들었어!?"

"겨우 3등 주제에 거드름을 피워대는 것 자체가 수준이 낮다는 증거야. 애초에 고작 한 과목 시험 점수 가지고 두뇌의 명석함을 입증하려는 사고방식부터가 저능해."

……아니 이게 진짜, 실례에도 정도가 있지. 처음 만난 남자를 열등종자 취급하다니, 그딴 짓을 한 놈은 내가 아는 한 사이어인의 왕자뿐이다.

"어쨌든 『쏙독새의 별』은 너한테 참 잘 어울리는 것 같아. 쏙독새의 생김새도 그렇고."

"그거 지금 내 안면에 장애가 있단 소리냐……?"

"그런 말은 못하지. 진실은 때때로 사람을 상처 입히니까……."

"말한 거나 진배없잖아!"

그러자 유키노시타가 심각한 표정을 하고 내 어깨를 툭 쳤다.

"진실에서 눈을 돌려서는 안 돼. 현실을, 그리고 거울을 보렴."

"어이어이어이, 내 입으로 말하긴 민망하지만 이목구비 자체는 꽤 반듯하다고. 여동생한테도 『오빠는 영원히 입을 다물고 살면 좋을 텐데……』란 소리를 들을 정도지. 오히려 내세울 만한 건 얼굴뿐이라 해도 과언이 아니라니까?"

과연 내 동생이다. 사람 보는 눈이 있다. 그에 반해 이 학교 여자들은 참 보는 눈이 없단 말씀이야!

유키노시타는 두통이 오는지 관자놀이를 지그시 눌렀다.

"너 바보니? 미적 감각이란 어디까지나 주관적인 거라고. 요컨대 너와 나 둘뿐인 이 공간에서는 내가 하는 말이 곧 진리라니까?"

"어, 얼토당토않은 논리인데 왠지 맞는 말처럼 느껴진다……."

"생김새는 둘째 치고 너처럼 썩은 동태눈을 하고 있으면 필연적으로 인상이 나빠지기 마련이야. 이목구비 같은 개별 요소를 따지기 이전에 넌 표정이 추해. 심성이 단단히 삐뚤어졌다는 증거지."

그렇게 말하는 유키노시타야말로 얼굴은 예쁘장하지만 성격은 아주 글러 먹었다. 눈초리만 보면 범죄자가 따로 없다. 나나 이 녀석이나 「귀여운 구석이 없는」 인간이란 거겠지.

……그나저나 내 눈이 정말 그렇게 어류 같은가?

내가 여자라면 「뭐? 내가 그렇게 인어공주 같단 말이야?」하고 긍정적으로 해석해버릴 지경이라고.

그렇게 현실도피를 하고 있자니 유키노시타가 어깨에 내려앉은 머리카락을 걷어내며 의기양양하게 말했다.

"무엇보다도 성적이나 외모 같은 표층적인 부분에 자신을 갖고 있다는 점이 거슬려. 그리고 그 썩은 눈도."

"그놈의 눈 타령 좀 작작해라!"

"하긴. 이제 와서 지적한들 어찌해볼 방법도 없으니까."

"너, 우리 부모님한테 사과해."

내 얼굴이 꿈틀하고 경직되는 것이 느껴졌다. 유키노시타도 그 말에 미안한 마음이 들었는지 숙연한 표정을 지었다.

"내가 지나쳤다는 건 인정할게. 가장 괴로우신 건 분명 너희 부모님이실 텐데."

"이제 그만해. 내가 잘못했어. 아니, 내 얼굴이 잘못했어."

울상이 되다시피 해서 애원하자 유키노시타는 그제야 세 치혀의 칼날을 거두어들였다.

결국 아무리 떠들어봤자 입만 아프다는 사실을 깨달았다. 내가 보리수나무 아래에 가부좌를 튼 채 해탈의 경지로 접어드는 상상에 빠져 있자니 유키노시타가 대화를 재개했다.

"자, 이걸로 타인과의 대화 시뮬레이션은 끝났어. 나 같은 여자와 대화가 가능할 정도면 어지간한 사람들과는 큰 무리 없이 대화할 수 있겠지."

오른손으로 흐트러진 머리칼을 빗어 넘기며 유키노시타가 성취감에 젖은 표정을 짓는다. 그리고는 생긋 웃었다.

"앞으로는 이 아름다운 추억을 가슴에 품고 혼자서도 꿋꿋하게 살아갈 수 있을 거야."

"해결책이 너무 기상천외하잖아……."

"하지만 이걸로는 선생님의 의뢰를 해결했다고 말하긴 힘들어. 보다 근본적인 부분이 바뀌어야 할 텐데……. 예컨대 네가 학교를 그만둔다거나."

"그건 해결이 아니잖아. 오물을 한쪽 구석으로 밀어놓는 거나 다름없다고."

"어머나, 오물이란 자각은 있는 모양이네?"

"그야 줄곧 개똥 같은 취급을 받아왔으니까…… 라고 말할 줄 알았냐!"

"……한심하긴."

멋지게 받아쳤단 생각에 회심의 미소를 짓자 유키노시타가 「대체 왜 사니?」란 눈빛으로 쏘아본다. 저기 그러니까 눈이 무섭다니까요.

그 후에는 귀가 먹먹해질 만큼 무거운 침묵이 내려앉았다. 실제로 유키노시타의 폭언에 시달린 귀가 아프기도 했을 것이다.

그 정적을 깨뜨리듯 문을 거칠게 열어젖히는 소리가 울려 퍼졌다.

"유키노시타, 잠시 들어가마."

"노크를……."

"아, 미안. 나한테 신경 쓰지 말고 계속해라. 잠깐 상황을 보러 들른 것뿐이니까."

한숨을 쉬는 유키노시타를 향해 넉살 좋게 웃어 보인 히라츠카 선생님이 교실 벽에 기대섰다. 그리고는 나와 유키노시타를 번갈아 본다.

"사이가 좋아 보이니 다행이군."

어디를 어떻게 보면 그런 결론에 도달하느냐고.

"히키가야도 이 기세로 삐뚤어진 근성 갱생과 썩은 눈빛 교정에 힘쓰도록. 그럼 나는 이만 가보마. 너희들도 하교 시간 전에 돌아가고."

"앗, 자, 잠깐만요!"

나는 나가려는 선생님의 손을 급히 붙들었다. 그 순간,

"아얏! 아야야야얏! 항복! 항복항복!"

내 팔이 우두둑 꺾였다. 필사적으로 선생님의 몸을 두들기 자 그제야 놓아준다.

"뭐야, 히키가야였나. 부주의하게 내 뒤에 서지 마라. 의식 적으로 기술을 걸어버리잖나."

"댁이 무슨 고르고냐고요! 그리고 무의식적이겠죠! 의식적 으로 걸면 어떡합니까!"

"바라는 것도 많군……. 그나저나 무슨 일이지? 뭘 잘못 먹 었나?"

"뭘 잘못 먹은 건 댁이겠죠……. 갱생이라니 대체 무슨 소 리에요? 꼭 제가 비행청소년이라도 된 것 같잖아요. 아니, 그 이전에 여긴 대체 뭐하는 데에요?"

내 질문에 히라츠카 선생님은 흐음, 하고 턱을 쥔 채 고심하 는 표정을 지었다.

"유키노시타가 설명해주지 않았나? 이 동아리의 목적은 쉽

게 말해서 자기 변혁의 촉구와 고민 해결이다. 나는 개혁이 필요하다고 판단되는 학생들을 이곳으로 데려오지. 일종의 정신과 시간의 방이라고 보면 된다. 아니면 소녀혁명 우테나라고 말하는 편이 나으려나?"

"괜히 이해하기만 더 힘들고, 비유 때문에 나이가 들통 나거든요……?"

"방금 뭐라고 했나?"

"……아무 말도 안 했는데요."

서릿발처럼 차디찬 시선에 관통당한 나는 기어들어가는 목소리로 중얼거리며 어깨를 움츠렸다. 그 모습을 본 히라츠카 선생님이 탄식했다.

"유키노시타, 아무래도 히키가야의 갱생에 애를 먹고 있는 모양이군."

"본인이 문제점을 자각하지 못하는 탓입니다."

선생님이 얼굴을 찌푸리자 유키노시타가 냉담하게 대꾸했다.

……뭘까, 이 불편한 느낌은. 어째 초등학교 6학년 때 야한 책을 갖고 왔다가 들키는 바람에 부모님 앞에서 구구절절 간곡한 훈계를 들었던 때와 비슷하다.

아차, 중요한 건 그게 아니라.

"저기…… 아까부터 저의 갱생이니 변혁이니 개혁이니 소녀혁명이니 하며 멋대로 떠들어대시는데, 전 그런 걸 바란 적 없거든요……?"

내 말에 히라츠카 선생님이 고개를 갸웃했다.

"흐음?"

"……그게 무슨 소리야? 넌 달라지지 않으면 사회적으로 매장당할 수준이라고."

유키노시타가 마치 「전쟁 반대, 핵무장을 포기하라」 수준의 정론을 주장하는 표정으로 나를 바라보았다.

"가만 보니 넌 남들에 비해 인간성이 현격히 떨어지는 것 같은데. 그런 자신을 바꾸고 싶지 않아? 향상심이 전무해?"

"그게 아냐. ……뭐랄까, 남들이 나를 두고 변한다느니 변하라느니 왈가왈부하는 게 싫단 말이야. 애초에 남한테 한 소리 들었다고 바뀐다면 그게 진짜 『나 자신』일 리가 없잖아. 애초에 자아라는 건……."

"스스로를 객관적으로 보지 못하는 것뿐이겠지."

데카르트의 말을 베껴서 폼 좀 잡아보려고 한 순간 유키노시타에게 가로막혔다. ……진짜로 좀 괜찮은 대사를 치려고 했는데.

"넌 지금 그냥 현실에서 도망치는 것뿐이야. 변하지 않으면 발전할 수 없어."

유키노시타의 공격은 매서웠다. 얘는 아까부터 왜 이렇게 가시 돋친 소리만 해대는 거야? 부모님이 성게쯤 되나?

"도망치는 게 뭐 어때서? 변해라, 변해라 앵무새처럼 지껄여대기나 하고. 그럼 넌 태양을 향해 『석양이 눈부셔서 모두들 곤란해하니까 오늘부터는 동쪽으로 지세요』라고 할 거냐?"

"궤변이야. 논점을 흐리지 말아 줄래? 그리고 움직이는 건

태양이 아니라 지구야. 지동설도 모르니?"

"그냥 비유잖아! 궤변 운운하는데 따지고 보면 너도 궤변이야. 변한다는 건 결국 현재 상태에서 도망치기 위한 거잖아. 진짜 도망치는 게 누군데 그래? 도망치는 게 아니라면 끝까지 변하지 말고 뚝심 있게 버텨내야지. 어째서 현재의 자신과 과거의 자신을 부정하려 드는 거냐고?"

"……그런 식으로는 고민을 해결할 수 없고, 아무도 구원받지 못하잖아."

구원받지 못한다고 말한 순간, 유키노시타의 성난 표정에 귀기가 서렸다. 반사적으로 움찔하고 말았다. 얼떨결에 『죄죄죄죄송합니다!』라고 사과할 뻔했네.

그나저나 「구원」이라니 일개 고교생이 입에 담을 말이 아니지 않는가. 도대체 무엇이 유키노시타를 거기까지 몰아붙였는지 나로서는 알 수 없었다.

"둘 다 진정해라."

험악해지려는, 정확히는 처음부터 험악했던 분위기를 누그러뜨린 것은 히라츠카 선생님의 나지막한 목소리였다. 돌아보니 뭐가 그리 신이 나는지 히죽히죽 웃는 그 얼굴은 희열로 가득했다.

"상황이 재미있게 돌아가는군. 난 이런 전개를 무척 좋아한단다. 점프 느낌이 나는 게 제법 괜찮은걸."

선생님은 어째서인지 혼자 흥분에 젖어 있었다. 성인 여성이건만 그 눈동자는 완전히 소년이었다.

"예로부터 각자의 정의가 충돌할 때는 승부를 통해 결론을 내는 게 소년만화의 정석이다."

"저기요, 이건 현실인데요……."

말해봤자 쇠귀에 경 읽기다. 선생님은 호탕하게 웃음을 터뜨리더니 우리를 향해 큰 소리로 선언했다.

"그럼 이렇게 하지. 이제부터 너희 곁으로 방황하는 어린양들을 인도하겠다. 그들을 너희들 나름의 방식으로 구원해 보도록. 그리고 각자의 정의를 마음껏 증명해보아라. 과연 어느 쪽이 세상에 더 큰 보탬이 될 것인가!? 건담 파이트, 레디 고!!"

"싫습니다."

유키노시타가 매정하게 대꾸했다. 그 시선에는 방금 전까지 나를 바라볼 때와 똑같은 싸늘함이 깃들어 있었다. 어찌 됐든 나도 동감이었으므로 일단 고개를 끄덕여 보였다. 어차피 G 건담 세대도 아니고.

우리의 의사를 확인한 선생님이 분한 기색으로 엄지손톱을 질끈 깨물었다.

"크윽, 로보틀 파이트라고 할 걸 그랬나……."

"문제는 그게 아닐 텐데……."

메다로트라니 그런 걸 누가 알아…….

"선생님, 나잇값 못하고 주책 떨지 마세요. 지독하게 꼴사납습니다."

유키노시타가 고드름처럼 차디찬 독설의 비수를 던진다. 그러자 선생님도 머리가 식었는지 민망함에 얼굴을 붉히고는 얼버무리듯 헛기침을 했다.

"아, 아무튼! 오직 행동만이 자신의 정의를 증명하는 법! 승부하라면 잔말 말고 승부해라. 너희들에게 거부권은 없다."

"완전 횡포야……."

이 선생 순전 어린애잖아! 어른스러운 구석이라곤 가슴뿐이야!

하긴 승부라고 해봤자 설렁설렁 뭔가 하는 흉내만 내다가 아이쿠 져버렸네요 에헤헷☆ 하면 그만이지만. 참가하는 자체에 의의가 있다는 건 참 편리하고 멋진 말이라니까.

그러나 유치찬란한 정신세계를 지닌 짜증 나는 로리 거유 할망구는 또다시 망언을 토해냈다.

"사력을 다해 싸울 마음이 들도록 너희들에게도 포상을 제시하도록 하지. 이긴 사람이 진 사람에게 무엇이든 명령할 수 있다는 조건을 내거는 건 어떻겠나?"

"무엇이든요!?"

무엇이든이란 말은 그거죠? 흔히들 말하는 무엇이든 가능하다 그 뜻이지요? ……꿀꺽.

끼익 의자를 끄는 소리가 나는가 싶더니 유키노시타가 2미터쯤 뒤로 물러나 방어 태세를 취하듯 자기 몸을 끌어안았다.

"이 남자를 상대로는 정조가 위태로울 것 같으니 거부하겠습니다."

"편견이다! 고등학교 2학년 남자라고 머릿속에 야한 생각만 가득한 건 아니라고!"

그 밖에도 이것저것, 으음, 생각한다고! ……그러니까 세계 평화 등등? 음, 그거 말고는 딱히 생각하는 게 없네.

"천하의 유키노시타 유키노도 두려워하는 게 있다니…….
그렇게 이길 자신이 없나?"

히라츠카 선생님이 능글맞은 얼굴로 말하자 유키노시타가 살짝 울컥한 표정을 지었다.

"……좋아요. 그 얄팍한 도발에 넘어가는 건 본의가 아닙니다만 어쨌거나 받아들이도록 하지요. 하는 김에 이 남자도 처리해 드리겠습니다."

으아, 유키노시타 양 승부욕이 장난 아닌데? 특히 「네 속셈은 뻔히 들여다보인다만」이란 뉘앙스의 대사가 아주 승부욕이 철철 넘쳐흐른다. 잠깐, 그보다 처리라니 무슨 뜻이야. 무서우니까 그만둬.

"결정됐군."

히라츠카 선생님이 씨익 웃으며 유키노시타의 시선을 받아넘긴다.

"엇, 제 의견은……."

"네 그 음흉한 표정만 봐도 알겠다."

아, 네에. 그렇습니까…….

"승패 판정은 내가 내린다. 기준은 물론 내 독단과 편견이다. 너무 의식하지 말고 적당히…… 적절하고 타당하게 분발하도록."

그 말을 끝으로 선생님은 교실에서 나가버렸다. 남겨진 것은 나와 몹시 심기가 불편해 보이는 유키노시타뿐. 물론 대화 같은 게 오갈 리 없다.

그 적막한 공간에 지이— 하고 망가진 라디오에서 흘러나오는 잡음 같은 소리가 퍼져나간다. 종이 칠 전조다.

이윽고 스피커에서 기계음 냄새가 풀풀 나는 멜로디가 흘러나오자 유키노시타가 책을 탁 덮는다. 최종 하교 시간을 알리는 종소리였나 보다.

그것을 신호로 유키노시타는 신속히 귀가 준비에 착수한다. 문고본을 곱게 가방에 집어넣고 자리에서 일어선다. 그리고는 내 쪽을 흘끗 보았다.

그러나 보기만 했을 뿐 아무 말 없이 걸음을 재촉했다. 「수고했어」나 「먼저 갈게」 같은 인사 한마디 없이, 쌩하니 찬바람을 일으키며 사라져갔다.

어찌나 냉랭하게 구는지 말을 붙여볼 틈조차 없었다.

그 후 교실에는 나 홀로 덩그러니 남겨졌다.

이 무슨 재수에 옴 붙은 날이란 말인가. 교무실에 불려 가질 않나, 수수께끼의 동아리에 강제로 가입당하질 않나, 쓸데없이 얼굴만 예쁘장한 여자애한테 온갖 수모를 당하질 않나. 덕분에 정신적으로 지대한 타격을 입었다.

여자와의 대화란 원래 좀 더 마음 설레야 하는 법 아니냐고. 이래서야 마음이 우울해지기만 할 뿐이잖아. 이럴 바엔 차라리 평소 내 말벗인 봉제인형이 백배는 낫겠다. 말대꾸도 안 하고, 다정한 미소도 지어주고. 난 왜 마조히스트로 태어나지 않은 거지?

게다가 그것도 모자라 왜 이딴 황당한 승부를 해야 하는 건데? 그것도 저 유키노시타가 상대라니 내가 이길 거란 생각이 들기나 하겠냐고.

애초에 동아리나 승부 같은 건 옆에서 구경만 하는 게 정답이란 말이지. 내가 생각하기에는 여자애들이 밴드 활동을 하는 걸 DVD로 감상하는 정도가 가장 훌륭한 동아리 참가 방식이다.

이런 전개를 거치면서 친해진다고? 그럴 리가 있나. 아마 그 녀석은 태연자약하게 나한테 「입 냄새 나니까 세 시간 정도 숨을 쉬지 말아 줄래?」라고 명령할걸?

역시 청춘은 거짓투성이다.

고교 마지막 시합에서 패배한 자신들을 미화하고자 눈물을 흘리거나, 대학 입시에 실패해서 재수를 한 자신을 포장하고자 좌절도 인생 경험이라고 우겨대거나, 짝사랑하는 상대에게 고백할 용기가 없는 자신을 속이고자 상대방의 행복을 위해 물러났다고 큰소리치거나.

그밖에는…… 맞다. 저따위 까칠하고 재수 없는 여자를 츤데레라고 부르며 시작될 리 없는 러브코메디를 기대한다거나.

작문을 수정할 필요를 느끼지 못하겠다. 역시 청춘은 의태(擬態)이자 기만이며, 허위이자 망언이다.

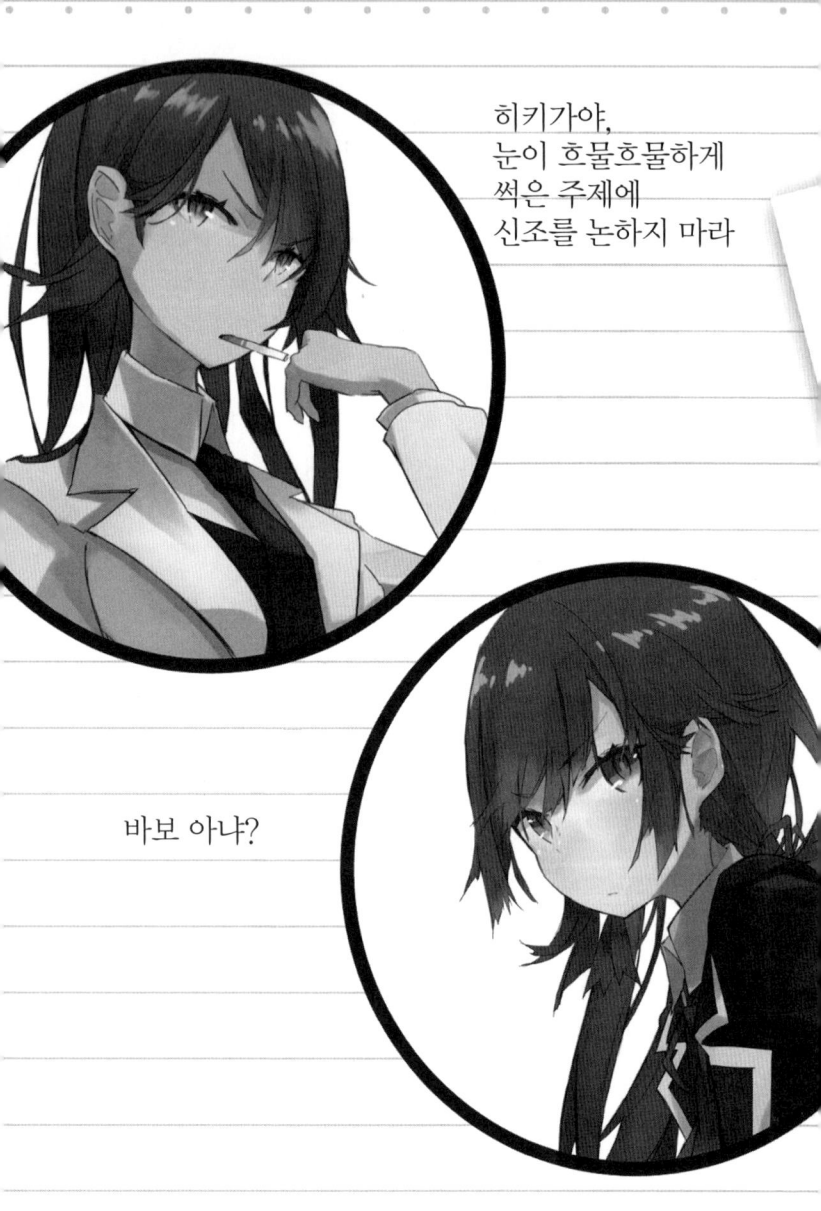

히키가야,
눈이 흐물흐물하게
썩은 주제에
신조를 논하지 마라

바보 아냐?

진 로 지 도 설 문 지

소부 고등학교 2 학년 F 반

영문표기	hikigaya hachiman

이 름

히키가야 하치만

남자

출석번호 29

당신의 신조를 알려주세요

신조나 신념, 좌우명 등은 일부러 떠벌리지 말고
가슴 속에 묻어두어야 한다는 게 나의 신조

졸업 앨범, 미래의 꿈은 뭐라고 적었나요?

나만 쓸 공간이 없었다

미래를 위해 어떤 노력을 하고 있나요?

과거의 트라우마를 잊는 것

선생님의 조언

히키가야 군답게 썩어빠진 신조라 안심했습니다.
졸업 앨범 건도 트라우마가 됐으려나?
히키가야 군은 고교 생활에서도 일상적으로
트라우마를 적립해가고 있으므로
결국 다람쥐 쳇바퀴 돌리기라고 생각됩니다.
포기합시다.

2

결코
유키노시타 유키노는
굴하지 않는다.

종례를 마치고 교실을 나서자 히라츠카 선생님이 기다리고 있었다.

팔짱을 낀 채 떡하니 버티고 서 있는 그 모습은 교도관을 방불케 했다. 군복을 입히고 채찍을 들려주면 더할 나위 없이 근사할 듯했다.

하기야 학교나 감옥이나 그게 그거니 이런 상상도 지나친 비약은 아니리라. 알카트라즈나 카산드라 비슷한 느낌이다. 얼른 세기말 구세주가 강림해주면 좋을 텐데.

"히키가야, 동아리 활동 시간이다."

그 말에 내 몸에서 핏기가 싸악 빠져나가는 것이 느껴졌다. 큰일 났다, 연행당하게 생겼다.

부실로 끌려갔다간 이번에야말로 나는 학교생활에 절망하고 말 것이다. 유키노시타라는 내추럴 본 업신녀의 발언은 독설 같은 깜찍한 수준이 아니라 막말 그 자체다. 츤데레는 무슨, 그건 그냥 재수 없는 여자라니까?

그러나 히라츠카 선생님은 그런 사정을 참작해줄 마음이 없는지 빙긋 무기질적인 미소를 지었다.

"가자."

그러면서 히라츠카 선생님은 내 팔을 잡으려 했다. 그 손을 스멀스멀 피하자 선생님이 다시 손을 뻗는다. 그 손을 다시 느물느물 피한다.

"저기요, 생각해봤는데 학생의 자율성을 존중하고 자립을 촉구하는 학교 교육의 관점에서 봐도 이런 식으로 강요당하는 현실에 이의를 제기하고 싶은데요."

"안됐지만 학교는 사회 적응을 목표로 하는 훈련 기관이다. 사회에 나가면 네 의견은 통용되지 않아. 지금부터 강요당하는 데 익숙해지도록 해라."

말이 끝나기가 무섭게 주먹이 날아든다. 날카로운 보디 블로가 작렬하며 숨이 턱하고 막혀온다. 짧은 경직의 순간을 놓치지 않고 히라츠카 선생님이 내 팔을 덥석 움켜쥐었다.

"또 내빼려 했다간 알지? 내 주먹을 너무 혹사시키지 말아다오."

"구타는 확정이냐고요……."

더 맞으면 저 죽어요.

복도를 걸어가는데 히라츠카 선생님이 생각났다는 듯 입을 연다.

"아아, 그래. 앞으로는 도망칠 경우 유키노시타와의 승부는 무조건 네 부전패로 간주하겠다. 추가로 페널티도 부과하지.

3년 만에 졸업할 수 있을 거란 생각은 버리는 게 좋을 거다."

미래와 정신 양면으로 도피로를 철통같이 봉쇄당했다.

또각또각 구두굽 소리를 내며 히라츠카 선생님이 나와 함께 걸어간다. 더구나 팔을 잡고 있는 상태라 보기에 따라서는 여교사 복장을 한 코스튬 술집 여종업원의 출근길에 동행하는 사람처럼 보일지도 모른다.

차이점은 세 가지. 첫 번째는 내가 돈을 내지 않았다는 점. 두 번째는 팔을 잡은 게 아니라 팔꿈치 관절을 압박당하는 중이란 점. 세 번째는 내 마음이 전혀 설레거나 들뜨지 않는 다는 점이다.

팔꿈치 끝에 선생님의 가슴이 와 닿는데도 기쁘지 않다. 지금 우리가 향하는 곳은 바로 그 부실이 아닌가.

"저기, 달아나지 않을 테니까 혼자 가게 해 주세요. 아시겠지만 전 늘 혼자잖아요. 혼자서도 아무렇지 않아요. 오히려 혼자가 아니면 불안해지는 수준이죠."

"그런 서글픈 소리 마라. 내가 같이 가고 싶어서 그런다."

불현듯 선생님이 다정하게 미소 지었다. 평소의 날카로운 눈초리와는 전혀 딴판이라 그 상반된 면모에 가슴이 쿵쿵 뛰었다.

"너를 놓치고 이를 갈며 후회할 바에야 억지로 끌고 가는 편이 심리적 스트레스가 덜하거든."

"이유가 악랄하군요!"

"모르는 소리. 나도 정말 이러긴 싫다만, 너를 갱생시키겠다는 마음 하나로 이렇게 애쓰는 것 아니냐. 아름다운 제자 사랑이라고 불러다오."

"이게 사랑이에요? 이게 사랑이라면 사랑 따위 필요 없거든 요?"

"아까 전에 댄 핑계도 그렇고, 너란 놈은 지독하게 삐뚤어 졌구나……. 지나치게 비뚤어져서 비공의 위치가 반대로 된 것 아니냐? 성제 십자릉 같은 건 만들면 안 된다?"

댁이야말로 만화를 지나치게 좋아하는 거 아냐……?

"조금 더 솔직하게 구는 편이 귀여움받을 거다. 삐딱한 눈 으로 세상을 본다고 딱히 즐거울 것도 없을 텐데?"

"즐거움만이 세상의 전부는 아니잖아요. 즐거우면 장땡이 란 가치관만으로 세상이 성립된다면 전미가 우는 영화는 만 들어질 수 없겠죠. 비극에서 쾌감을 발견하는 경우도 있고 요."

"방금 그 발언이 아주 전형적인 예로군. 젊을 때 삐딱선을 타는 경우는 흔하지만 너 정도 수준이면 질병의 영역이다. 고 등학교 2학년 특유의 질환. 역시 너는 『고 2병』이구나."

히라츠카 선생님이 매혹적인 미소를 지으며 환자 딱지를 붙 여주었다.

"잠깐만요, 병자 취급이라니 너무하잖아요. 그보다 고 2병 은 또 뭐에요?"

"히키가야, 만화나 애니메이션은 좋아하나?"

설명을 요구하는 나를 무시하고 히라츠카 선생님은 멋대로 화제를 돌렸다.

"뭐 싫어하지는 않는데요."

"좋아하는 이유는?"

"그야…… 일본 문화의 한 형태인데다 전 세계적으로 인정받는 팝 컬쳐이니 애써 부정하는 것도 부자연스럽잖아요. 시장도 커졌으니 경제적인 측면에서도 무시할 수 없고요."

"흐음. 그렇다면 일반 문학은 어떻게 생각하지? 히가시노 게이고나 이사카 고타로는 좋아하나?"

"읽기는 하지만 솔직히 뜨기 전에 쓴 작품들이 더 취향인데요."

"선호하는 라이트노벨 레이블은 어디지?"

"가가가……하고 고단샤 BOX 정도? 하긴 후자가 라이트노벨에 속하는지는 의문이지만요. 근데 아까부터 웬 심문입니까?"

"흐음……. 너는 정말이지 나쁜 의미로 기대를 저버리지 않는구나. 어엿한 고 2병이다."

선생님이 어이없다는 투로 나를 바라본다.

"그러니까 그 고 2병이라는 게 뭐냐고요……."

"고 2병은 고 2병이다. 고등학생들에게 흔히 나타나는 사고 유형이지. 삐딱하게 구는 게 폼 난다고 생각하거나 『일하면 지는 거다』처럼 인터넷에서 추앙받는 그럴듯한 의견을 떠벌리고 싶어 안달을 하고, 인기 작가나 만화가 이야기를 할 땐 『뜨기 전 작품을 더 좋아한다』고 주장하지. 대중이 열광하는 건 무시하고 비주류 감성을 떠받드는데다 동류인 오타쿠를 바보 취급하고 기묘하게 달관한 척하면서 삐뚤어진 논리를 들이대지. 한마디로 재수 없는 녀석이다."

"재수 없는 녀석이라니……. 빌어먹을! 대충 들어맞으니까 반론할 수가 없잖아!"

"아니, 난 칭찬한 거다만? 요즘 애들은 영악해서 교묘하게 현실과 타협을 지어버리니까 교사 입장에서는 할 맛이 안 난단 말이지. 꼭 무슨 공장에서 일하는 기분이다."

"요즘 애들이라고요……?"

나는 무심결에 쓴웃음을 짓고 말았다. 나왔다, 진부한 발언.

지긋지긋한 심정으로 가볍게 반박을 시도하려는데, 히라츠카 선생님이 내 눈을 빤히 들여다보더니 어깨를 으쓱했다.

"뭔가 할 말이 있는 표정인데, 난 그런 점이야말로 네가 고2병이라는 명백한 증거라고 생각한다."

"……그런가요?"

"오해하지 않길 바라는데, 나는 비교적 진심으로 칭찬한 거다. 생각하기를 포기하지 않는 인간은 좋아한다. 설령 삐뚤어졌을망정."

대놓고 좋아한다는 말을 들어버리면 그만 말문이 막힌다. 생소한 말에 어떤 식으로 되받아쳐야 좋을지 난감해진다.

"그렇게 삐뚤어진 네 눈에 유키노시타는 어떻게 비치지?"

"재수 없는 녀석."

서슴없이 대답했다. 「콘크리트 로드는 그만두는 편이 좋을 거 같은데,라는 말을 한 녀석만큼이나 재수 없다고 생각한다. 진심으로.

"그렇군."

히라츠카 선생님은 쓴웃음을 지었다.

"대단히 우수한 학생이긴 하다만…… 가진 자에게는 가진 자만의 고뇌가 있는 법이지. 하지만 무척 착한 아이다."

대체 어디가? 나는 속으로 혀를 찼다.

"그 녀석도 분명 어딘가 병을 앓고 있는 걸 거다. 선량하고 대체적으로 올바른 녀석이야. 다만 이 세상이 선량하지 않고 올바르지 않으니까 사는데 애로사항이 많겠지."

"유키노시타가 선량하고 올바른지는 둘째 치고, 이 세상을 보는 시각에는 대충 공감이 가는군요."

내 말에 선생님은 그렇지? 라는 표정으로 이쪽을 돌아보았다.

"역시 너는, 너희들은 삐뚤어졌구나. 사회 적응에 심각한 문제를 겪을 것 같아 걱정이다. 그래서 너희들을 한곳에 모아두고 싶어지는 거고."

"거기는 격리병동인가요……."

"그런지도 모르지. 하지만 너희 같은 학생은 보고 있으면 재미있어서 좋다. 그러니까 단순히 그냥 곁에 두고 싶은 것뿐인지도 몰라."

유쾌한 기색으로 웃으면서도 선생님은 변함없이 내 팔을 꽉 붙들고 있다. 이 종합격투기 버금가는 기술도 어쩌면 만화의 영향일지 모른다. 내 팔꿈치는 으득으득 섬뜩한 소리를 내며 선생님의 풍만한 가슴을 툭툭 건드린다.

……휴우. 이렇게까지 완벽하게 팔을 틀어 잡혔으니 제아무리 나라도 빠져나가지는 못하겠군. 분하지만 앞으로도 한참 동안 이 감촉을 감내해야만 한다.

정말로 대단히 유감스럽다.

가슴은 두 개니까 버스트(bust)는 버스츠(busts)라고 복수형으로 해야 한다고 생각했습니다.

× × ×

특별관에 들어선 이상 도주 우려는 없다고 판단했는지 선생님이 마침내 나를 놓아주었다. 그러고도 멀어져가면서 자꾸만 이쪽을 기웃거린다. 이별에 대한 아쉬움이나 미련 같은 애틋한 감정이라곤 눈곱만큼도 없고, 「도망쳤다간 알지?」라는 살의만이 강렬하게 전해져왔다.

그 모습에 쓴웃음을 지으며 복도를 걷는다.

특별관 한구석은 쥐죽은 듯 고요했고 서늘한 공기가 흘렀다.

활동 중인 다른 동아리도 있으련만, 그 시끌벅적한 소음도 이곳까지는 미치지 못하나 보다. 그것이 입지 조건의 영향인지 아니면 그녀, 유키노시타 유키노가 뿜어내는 불가사의한 분위기의 효과인지는 알 수 없었다.

문을 열기 위해 손잡이를 잡는다. 솔직히 마음이 무겁지만 그렇다고 도망치자니 자존심이 상한다.

요는 그 녀석이 하는 소리에 신경을 끄면 된다. 둘이 아니라 한 명과 한 명이라고 생각하면 그만이다. 서로 상관없는 사이라면 불편함을 느낄 필요도 없거니와 불쾌한 기분을 맛볼 일도 없다.

오늘부터 실시 예정인 외톨이 따윈 무섭지 않아 대책. 그 첫 번째는 「타인을 보거든 타인으로 생각하라」다. 참고로 두 번째는 없다.

요컨대 불편함이란 「무슨 얘기든 해야 하는데」, 「친해져야 하는데」라는 강박관념에서 비롯되는 법이다.

지하철에서 옆자리에 앉은 승객을 보며 「어쩜 좋아, 우리 둘뿐이잖아~ 불편해~」라고 생각하는 사람이 없는 것과 같은 이치다.

일단 그렇게 마음먹으면 체념도 빠르다. 그냥 묵묵히 책이나 읽다 가면 된다.

부실 문을 열자 유키노시타는 어제와 한 치도 다름없는 자세로 독서 중이었다.

"……."

문을 열기는 했지만 뭐라고 말을 붙여야 할지 난감하다. 우선 가볍게 묵례를 하고 유키노시타를 향해 다가간다.

유키노시타는 이쪽을 힐끗 곁눈질하더니 곧바로 문고본을 향해 시선을 돌렸다.

"이 거리, 이 분위기에서 씹기냐……."

시원스럽기까지 한 무시에 순간적으로 내가 투명 인간이 된 줄 알았다. 이거야 꼭 평소 교실에서의 내 모습 같잖아.

"색다른 인사네. 어느 부족의 예법이지?"

"……안녕."

빈정거림에 못 이겨 유치원에서 배운 인사를 건네자 유키노시타가 싱긋 웃었다.

아마도 이것이 유키노시타 유키노가 내게 보여준 첫 미소다. 웃으면 살짝 볼우물이 파인다든가, 깜찍한 송곳니가 드러난다든가 하는 아무짝에도 쓸데없는 지식을 얻고 말았다.

"안녕. 이젠 안 올 줄 알았는데."

솔직히 저 미소는 반칙이다. 그것도 마라도나의 신의 손에 맞먹는 반칙. 요컨대 결국은 인정할 수밖에 없단 뜻이기도 하다.

"우, 웃기지 마! 도망치면 지는 셈이니까 온 것뿐이야! 차, 착각하지 말라고!"

약간 러브코메디 풍의 대화였다. 그럼 뭐해, 남녀가 뒤바뀌었는데. 이거 역시 답이 없잖아.

유키노시타는 딱히 기분 상한 기색도 없이, 정확히는 내 반응에 전혀 흥미가 없다는 투로 말을 이었다.

"그 정도로 난도질을 당했으면 다시는 안 오는 게 보통일 텐데……. 혹시 마조히스트?"

"아니거든요……."

"그럼 스토커?"

"그것도 아니야. 이봐, 어째서 내가 너한테 호감을 갖고 있다는 전제 하에서 이야기를 진행시키는 건데?"

"아니야?"

아니, 이게 감히 태연하게 고개를 갸웃하며 의아한 표정을 짓다니! 귀엽기는 하지만 전혀 땡잡은 기분이 안 들어!

"아니거든!? 그딴 중증 도끼병에는 제아무리 나라도 식겁한 다고!"

"그래? 난 또 나한테 반한 줄 알았지."

유키노시타는 그리 뜻밖으로 여기는 기색도 없이 여느 때처럼 차가운 표정으로 대꾸했다.

유키노시타가 예쁜 건 사실이다. 아무런 접점도 없을뿐더러 학교에 친구라곤 한 명도 없는 나조차도 그 존재를 알고 있었을 정도다. 교내에서도 손꼽히는 미소녀란 사실만은 의심의 여지가 없다.

그 점을 감안한다 치더라도 이 여자의 자신감은 과도하다.

"야, 어떡하면 그토록 축복받은 사고방식을 가질 수 있냐? 1년 365일 생일이었냐? 아니면 혹시 산타클로스랑 사귀었 냐?"

그게 아니라면 이렇게 행복한 뇌구조를 가질 순 없겠지.

이대로 성장했다간 언젠가 호된 꼴을 당할 게 분명하다. 돌이킬 수 없는 상황이 벌어지기 전에 궤도 수정을 가해줄 필요가 있다. 본의 아니게 내 안의 인간미에 발동이 걸리고 말았다.

나는 신중하게 단어를 골라 완곡하게 충고했다.

"유키노시타. 넌 돌았어. 착각도 정도껏 해야지. 전두엽 절제술이라도 받아봐."

"말은 좀 가려서 하는 게 신상에 이로울걸?"

유키노시타는 생긋 웃으며 나를 바라보았지만 눈에는 웃음기가 없는 게 무섭다.

하지만 개인적으로는 쌍욕을 퍼붓지 않은 것만으로도 칭찬받아 마땅하다고 생각한다. 분명히 말해두는데 이 녀석의 얼굴이 예쁘지 않았더라면 진작 죽빵을 날렸으리란 자신이 있다.

"그야 하층민인 네 눈에는 이상하게 비칠지 모르지만 나한테는 지극히 당연한 추측이야. 이른바 경험적 법칙이라는 거지."

에헴, 하고 유키노시타가 가슴을 젖힌다. 그런 유치한 몸짓조차도 유키노시타가 하면 그림이 되니 신기할 따름이다.

"경험적 법칙이라……."

그 말은 곧 그쪽 방면의 연애 문제를 겪어보았다는 뜻이리라. 겉모습만 보면 충분히 납득이 간다.

"거참 신 나는 학교생활이셨겠네."

내가 한숨을 섞어 중얼거리자 유키노시타가 흠칫 몸을 굳혔다.

"그, 그래, 맞아. 한마디로 과함도 모자람도 없는 실로 평온한 학교생활을 해왔다고나 할까?"

대답과는 달리 유키노시타는 어째서인지 엉뚱한 방향을 바라보며 딴청을 피웠다. 덕분에 턱에서 목으로 이어지는 완만한 라인이 예쁘다는 식의 죽도록 쓸데없는 지식만 늘었다.

그 반응을 보고 나는 뒤늦게나마 깨달았다. 냉정하게 생각했으면 금방 알아차렸을 테지만 이런 고자세의 모태 업신녀가 정상적인 인간관계를 맺어왔을 리 없고, 고로 원만한 학교생활을 해왔을 리도 없다.

일단 물어나 볼까……?

"야, 너 친구는 있냐?"

내가 묻자 유키노시타는 은근슬쩍 눈을 피했다.

"……글쎄, 우선 어디서부터 어디까지가 친구인지 정의를 내려줬으면 하는데."

"아아, 됐어. 그건 친구 없는 인간의 대사야."

출처는 나.

하지만 생각해 보면 사실 어디서부터 어디까지가 친구에 해당하는지는 불명확하다. 그냥 아는 사람하고 뭐가 다른지 슬슬 누가 좀 설명해줬으면 좋겠는데.

한 번 만나면 친구고 매일 만나면 형제냐? 미도파도레시~ 솔라오?#4 그나저나 왜 「오」만 계이름이 아닌 거냐고. 마지막까지 신경 쓰라고.

애초에 친구와 지인의 차이를 표현하는 방식 자체가 미묘하단 말이지. 특히 여자들이 그런 경향이 짙다. 똑같이 같은 반 학생일지라도 동급생, 친구, 단짝이란 식으로 세밀하게 등급을 나누는 느낌이다. 그렇다면 그 차이는 대체 어디서 오는

#4 한 번 만나면 친구고 매일 만나면 형제냐? 미도파도레시~ 솔라오? 90년대 일본 어린이방송 「도레미파 도넛」의 주제가 가사.

거냐고.

각설하고.

"사실 너한테 친구가 없으리란 건 대충 상상이 가니까 상관
없지만."

"없다고 한 적은 없는데? 설령 없다 할지라도 그로 인해 무
언가 불이익을 당하는 것도 아니고."

"아아, 그래, 맞아. 네 말이 다 맞아."

새치름한 눈으로 나를 쏘아보는 유키노시타의 항변을 건성
으로 흘려 넘긴다.

"그런데 너 그렇게 인기 있는 주제에 친구가 없다니 어떻게
된 거야?"

내 말에 유키노시타가 울컥한 표정을 짓는다. 그러더니 언
짢은 듯 시선을 돌리고는 입을 열었다.

"……넌 죽어도 이해 못 할걸?"

볼이 부은 채 나를 외면하는 유키노시타. 기분 탓인지 토라
진 것처럼 느껴진다.

그야 물론 우리 둘은 전혀 다른 인간이고, 유키노시타가 무
슨 생각을 하며 사는지 나로서는 도통 짐작조차 가지 않는다.
설명을 듣는다 한들 이해하기는 힘들 것이다. 아무리 노력해
도 결국 인간과 인간은 서로를 이해하지 못하니까.

다만 유일하게 외톨이 문제에 한해서라면 아마도 나는 유키
노시타를 이해할 수 있을 것이다.

"글쎄, 뭐 네 마음을 모르는 바는 아니야. 혼자서도 얼마든

지 즐거운 시간을 보낼 수 있고, 혼자인 걸 죄악시하는 가치관이 오히려 구역질 나지."

"……."

유키노시타의 시선이 순간적으로 이쪽을 향했지만 이내 고개를 돌리고 눈을 감는다. 그 모습은 무언가 생각에 잠긴 것처럼 보이기도 한다.

"좋아서 혼자 다니는 건데 멋대로 불쌍한 사람 취급하는 것도 열 받고. 암, 이해하고말고."

"어째서 너처럼 수준 낮은 인간과 도매금으로 묶여야 하는 건지……. 몹시 불쾌한데."

그렇게 말하며 짜증스러움을 삭이듯 머리카락을 쓸어 넘기는 유키노시타.

"뭐 너와는 격이 다르지만 좋아서 혼자 다닌다는 부분에는 적잖이 공감해. 조금 자존심은 상하지만."

마지막으로 그렇게 덧붙인 유키노시타가 자조적으로 웃었다. 그늘이 느껴지지만 잔잔한 미소였다.

"격이 다르다니 무슨 뜻이냐……. 외톨이 인생에 대해서라면 나도 일가견이 있지. 외톨이 마이스터라 해도 과언이 아닐 정도라고. 그깟 공력으로 외톨이를 논하다니 가소롭기 그지없군."

"뭐지……? 이 비장미마저 감도는 자신감은……?"

유키노시타는 경악과 황당함에 사로잡힌 얼굴로 나를 바라보았다. 그 표정을 이끌어냈다는 사실에 만족스러움을 느끼며 뻐기듯 말한다.

"남들에게 사랑받는 주제에 외톨이를 자처하다니. 그딴 건 외톨이 축에도 못 끼어."

그러나 유키노시타는 같잖다는 기색으로 훗, 하고 코웃음을 쳤다.

"저차원적인 발상이네. 척수 반사만으로 사나 봐? 사랑받는다는 게 어떤 건지 알기나 해? —아참, 맞다. 넌 인기 있었던 적이 없지? 내 배려가 부족했어. 미안."

"배려를 할 거면 끝까지 하든가……."

정중한 무례함이라고 평가해야 하려나. 역시 죽도록 재수 없는 녀석이다.

"그래서? 사랑받는 게 뭐 어쨌다고?"

내 물음에 유키노시타는 잠시 생각을 정리하듯 눈을 감았다. 그러다 흐흠, 하고 가볍게 헛기침을 하고는 입을 연다.

"사랑받는 것과는 인연이 없는 너한테는 듣기 거슬리는 이야기일지도 모르겠지만."

"지금도 충분히 거슬리니까 안심해."

그 말에 유키노시타는 가볍게 심호흡을 했다.

어차피 더 이상 기분이 더러워질 리는 없다. 하도 욕을 얻어 먹어서 그런가 특대 사이즈 라면 한 사발을 깨끗이 먹어치운 것 마냥 배가 빵빵하니까.

"난 옛날부터 예뻤으니까 다가오는 남자들은 대부분 내게 호의를 표시했어."

항복.

이건 거기다 숙주를 왕창 올리고 MSG까지 한 바가지 추가한 수준이잖아.

하지만 큰소리를 떵떵 쳐놓고 여기서 물러설 수도 없는 노릇이다. 꾹 참고 이야기가 계속되기를 기다린다.

"초등학교 고학년 때쯤부터였나. 그 이후로 쭉⋯⋯."

그렇게 말하는 유키노시타의 얼굴에서는 그전과는 달리 희미한 음울함이 묻어났다.

햇수로 약 5년. 끊임없이 이성의 호감에 노출된다는 건 어떤 기분일까.

솔직히 햇수로 16년간 이성의 혐오에만 노출되어온 나로서는 이해하기 힘들다. 엄마한테도 밸런타인데이 초콜릿을 못 받는 내게는 완전히 미지의 세계다. 행복의 절정을 달리는 인생의 승리자처럼 느껴진다. 이거 혹시 터무니없는 자기자랑만 듣게 되는 거 아냐?

—하지만 생각해보면 그럴 법도 하다.

플러스와 마이너스라는 방향성의 차이는 있을지언정, 노골적인 감정 공세에 시달리는 건 괴로운 일이다. 휘몰아치는 폭풍우 속에 알몸뚱이로 서 있는 거나 마찬가지다. 학급 회의에서 지탄의 대상이 되는 것만큼이나 끔찍한 상황이다.

혼자 외로이 교실 앞으로 불려 나와, 손뼉을 치며 「사과해, 사과해」를 연호하는 동급생들에게 둘러싸여 있었던 그 지옥 같은 풍경.

……그건 진짜 끔찍했다. 내 평생 학교에서 울었던 건 그때뿐이다.

아니, 지금 중요한 건 내 과거가 아니다.

"그래도 죽도록 미움받는 것보다는 한결 나을 거 아냐. 결국 배부른 투정이라고."

처참한 기억이 뇌리를 스쳐 간 탓에 무심코 그렇게 반론하고 말았다.

내 말에 유키노시타는 가벼운 한숨을 쉬었다. 그것은 미소와 매우 흡사했지만 명백하게 다른 표정이었다.

"딱히 남들에게 사랑받고 싶다고 생각해본 적은 없어."

딱 잘라 말하고 다시 짤막한 문장을 덧붙였다.

"하지만 정말로 만인에게 사랑받는다면 그것도 괜찮았을지 모르지."

"뭐?"

들릴락 말락 하는 목소리로 중얼거리기에 반사적으로 되묻자 유키노시타가 정색을 하며 나를 돌아보았다.

"네 친구들 중에 항상 여자한테 인기 폭발인 사람이 있으면 어떡할래?"

"우문이로군. 난 친구가 없으니 그럴 염려는 없어."

너무나도 터프하고 남자다운 대답.

내가 해놓고도 시간차 제로에 약간 호전적이기까지 한 말투로 받아쳤다는 사실에 놀라고 말았다. 놀라기는 유키노시타도 매한가지였으리라. 할 말을 잃고 멍하니 입을 벌리고 있다.

"……순간적으로 멋진 말을 한 줄 알았네."

머리가 지끈거리는지 관자놀이에 살포시 손을 얹으며 유키노시타가 고개를 숙인다.

"있다는 가정하에 대답해봐."

"죽여 버려야지."

곧바로 돌아온 대답에 만족했는지 유키노시타가 고개를 주억거린다.

"그것 봐. 배제하려고 들잖아? 이성이 없는 짐승과 마찬가지, 아니 그야말로 금수만도 못한……. 내가 다녔던 학교도 그런 인간들이 수두룩했어. 그런 치졸한 행위로밖에는 자신의 존재 의의를 확인하지 못하는 가엾은 인간들이었을 테지만."

유키노시타는 훗 하고 코웃음을 쳤다.

여자들에게 미움받는 여자. 그런 부류는 실제로 존재한다. 나도 겉멋으로 10년간 학교를 다닌 게 아니다. 소용돌이의 중심에서는 비껴나 있었지만 옆에서 관찰만 해도 알 수 있었다. 아니, 관찰하는 입장이었기에 더욱 잘 알 수 있었으리라.

유키노시타는 언제나 그 중심에 있었을 테고, 따라서 사방이 적들로 득시글거렸을 게 분명하다.

그러한 존재가 어떠한 꼴을 당할지는 상상하기 어렵지 않다.

"초등학생 때 60번가량 실내화를 도둑맞았는데, 그중 50번은 동급생 여자애 짓이었어."

"나머지 열 번은?"

"남자애가 감춰둔 게 세 번. 교사가 사들인 게 두 번. 개가 물어간 게 다섯 번."

"어라? 개의 비중이 굉장한데?"

그것은 상상을 초월하는 이야기였다.

"놀라워할 포인트는 거기가 아닐 텐데?"

"일부러 그냥 넘어간 거거든!?"

"덕분에 난 매일 실내화를 들고 다녀야 했고, 리코더도 갖고 다녀야 하는 지경에 처했어."

넌덜머리가 난다는 표정으로 말하는 유키노시타에게 나는 그만 동정심을 품고 말았다.

아니, 딱히 비슷한 경험이 있어서라거나 초등학생 때 일찍 와서 아무도 없는 틈을 타 리코더 끝 부분만 바꿔 낀 데 대한 양심의 가책을 느껴서가 아니라니까? 나는 그저 순수하게 유키노시타가 안쓰러웠을 따름이다. 진짜야, 진짜라고. 우리 사람 거짓말 안 한다 해.

"마음고생이 심했겠네."

"그래, 고생했지. 난 예쁘니까."

그러면서 씁쓸하게 웃는 유키노시타를 보고 있자니 이번에는 별로 울컥하지 않았다.

"하지만 그것도 어쩔 수 없는 일이라고 생각해. 완벽한 인간은 아무도 없으니까. 나약한데다 심보도 고약해서 금세 남을 질투하고 밀어내려 들지. 이상하게도 우수한 인간일수록 살기 힘들게끔 만들어져 있어, 이 세상은. 하지만 그건 말이 안 되잖아. 그러니까 바꿔야 해. 인간을 포함한 이 세계 전부를."

유키노시타의 눈빛은 더없이 진심이었고, 드라이아이스처럼 지독하게 차가워서 화상을 입을 것만 같았다.

"노력의 방향이 너무 비현실적이잖아……."

"그래? 그렇다 할지라도 너처럼 시들시들하게 메말라 스러지는 것보다는 훨씬 낫다고 보는데. 너의…… 그런 식으로 나약함을 긍정해버리는 부분, 딱 질색이야."

그 말을 끝으로 유키노시타는 고개를 홱 돌려 창밖을 바라보았다.

유키노시타 유키노는 미소녀. 그것은 주지의 사실이며, 참으로 유감스럽지만 이 나도 인정하지 않을 수 없다.

언뜻 보기에는 품행 방정, 성적우수로 흠잡을 데가 없다. 다만 성격이 까칠한 게 옥의 치명상. 티 수준이면 귀엽기나 하지.

그러나 그 치명상에는 그럴만한 이유가 있다.

히라츠카 선생님의 평가를 곧이곧대로 믿을 마음은 없지만, 유키노시타 유키노는 가진 자이기에 그로 인한 고뇌를 안고 있다.

그 사실을 숨기고 협조적인 태도를 취함으로써 자신과 주위를 속이며 원만하게 살아가는 건 크게 어렵지 않을 터. 실제로 세상 사람들 중 대다수는 그렇게 살아가니까.

머리 좋은 사람이 시험을 잘 보아도 운이 좋았다느니 찍은데서 나왔다느니 하며 둘러대듯이. 미소녀가 열등감을 드러내는 추녀에게 피하지방 운운하며 자신도 못났다고 주장하듯이.

그러나 유키노시타는 그런 짓을 하지 않는다.

결코 자신에게 거짓말을 하지 않는다.

그 자세 하나는 높이 사지 못할 것도 없다.

왜냐하면 그건 나도 마찬가지니까.

이야기는 끝났다는 듯 유키노시타는 다시 문고본을 읽기 시작했다.

그 모습에 나는 불현듯 묘한 기분에 사로잡혔다.

—나와 유키노시타는 분명 어딘가 닮았다. 나답지 않게 그런 생각을 하고 말았다.

—이제는 이 침묵마저도 어딘가 편안하다고, 그렇게 느끼게 되었다.

—아주 조금, 맥박이 빨라지는 것을 감지했다. 심장이 새기는 율동이 초침의 속도를 추월하여 더 멀리 나아가고 싶다고 부르짖는 기분이 들었다.

—그렇다면.

—그렇다면, 나와 유키노시타는.

"저기, 유키노시타. 그럼 내가 친……."

"미안, 그건 무리야."

"뭐야아, 아직 말하던 도중인데—."

유키노시타는 단호하게 거절했다. 그것도 모자라「으엑……」이란 표정을 짓기까지 했고.

이딴 게 예쁘긴 쥐뿔이 예뻐. 러브코메디 따위 폭발해라.

3

항상
유이가하마 유이는
두리번거린다.

"넌 혹시 조리실습에 무슨 트라우마라도 있냐?"

조리실습 수업을 빼먹은 대가로 쓰게 된 가정과 리포트를 제출하자, 어찌 된 영문인지 불려온 교무실.

강렬한 기시감. 왜 또 댁한테 잔소리를 듣고 있는 걸까요, 히라츠카 선생님?

"선생님의 지도 과목은 현대국어 아니었어요……?"

"난 생활지도 담당이야. 츠루미 선생님이 내게 고스란히 떠넘겼다."

교무실 한쪽 구석으로 시선을 돌리자 바로 그 츠루미 선생님이 관엽식물에 물을 주고 있었다. 히라츠카 선생님은 그 모습을 힐끗 보고는 다시 내게로 고개를 돌렸다.

"우선 조리실습을 빼먹은 이유를 들어보도록 하지. 간결하게 대답하도록."

"아, 그건요, 조별로 조리실습이라니 이해가 안 가서……."

"네 대답이 나한테는 더 이해가 안 간다, 히키가야. 조를 짜는 게 그토록 괴로웠나? 아니면 어느 조에서도 받아주지 않았나?"

히라츠카 선생님은 비교적 진지하게 걱정하는 기색으로 내 얼굴을 들여다보았다.

"천만에요, 그게 무슨 말씀이십니까 선생님. 다른 것도 아니고 조리실습 아닙니까? 보다 현실에 가깝지 않으면 실습을 하는 의미가 없지요. 저희 어머니께선 혼자 음식을 만드신다고요. 따라서 요리란 원래 혼자서 하는 겁니다! 역설적으로 여럿이 하는 조리실습이란 잘못됐다고요!"

"그거랑 이거랑 같으냐."

"선생님! 지금 저희 어머니가 틀렸다는 겁니까? 용서 못 해! 더 이상 이야기해봤자 시간 낭비야! 난 그만 돌아가야겠어!"

그렇게 쏘아붙인 후, 나는 빙글 몸을 돌려 그곳을 벗어나려 했다.

"적반하장 식으로 넘어가려 들지 마라, 인마."

……제길, 들켰나. 히라츠카 선생님이 팔을 뻗어 내 교복 뒷덜미를 잡아챈다. 새끼 고양이를 달랑 들어 올리는 형태로 다시 선생님과 마주보게 되었다. 으윽, 「에헷♪ 난 몰라☆」라며 혀를 쏙 빼무는 편이 더 효과적이었을지도 모르겠다.

히라츠카 선생님은 한숨을 쉬며 리포트 용지를 손등으로 탁 쳤다.

"맛있는 카레 만드는 법. 여기까지는 좋아. 문제는 그다음이다. 1. 양파를 부챗살 모양으로 썬다. 얇게 저민 후 밑간을 한다. 얄팍한 인간일수록 남의 말에 쉽게 휘둘리는 것과 마찬가지로 얇게 써는 편이 간이 잘 배어든다……. 누가 쇳소리를 섞으라고 했나. 쇠고기를 섞어."

"선생님, 절묘한 농담을 했단 표정을 짓는 건 그만두세요……. 보는 제가 다 민망하다고요……."

"나라고 이딴 글을 읽고 싶은 건 아니다. 굳이 말 안 해도 알겠지만 다시 쓰도록."

선생님은 몹시 어이없어하는 기색으로 담배를 입으로 가져갔다.

"근데 너 요리할 줄 아냐?"

리포트 용지를 팔락 넘기며 히라츠카 선생님이 의외라는 표정으로 질문을 던진다. 날 그렇게 무능한 인간으로 봤다니 실망이다. 요즘 세상에 카레 하나 못하는 고등학생도 있단 말인가.

"물론이죠. 미래를 생각하면 할 줄 아는 게 당연합니다."

"슬슬 독립을 꿈꾸는 나이인가?"

"아뇨, 그건 아닌데요."

"흐음?"

그럼 뭣 때문에? 라고 히라츠카 선생님이 눈빛으로 물어온다.

"요리는 주부(主夫)의 필수 덕목이니까요."

내 대답에 히라츠카 선생님은 마스카라를 얇게 바른 커다란 눈을 두세 번 깜빡였다.

"넌 전업주부가 될 생각인가?"

"그것도 선택지 중 하나지요."

"흐물흐물 썩은 눈으로 꿈을 논하지 마라. 최소한 반짝반짝 빛내라고. ……참고삼아 묻겠는데, 네 미래의 청사진은 어떻지?"

저기요, 댁은 자기 미래나 걱정하시죠, 라고 했다가는 목이 달아날 분위기였으므로 그냥 논리정연하게 대답하기로 했다.

"일단 그럭저럭 괜찮은 대학에 들어가야죠."

고개를 끄덕이며 맞장구를 치는 히라츠카 선생님.

"흐음, 그 후 취직은 어떡할 생각이지?"

"예쁘고 똑똑한 여자를 찾아서 결혼합니다. 최종적으로는 얹혀사는 방향으로."

"취직이라고 했을 텐데! 직업으로 대답해!"

"그러니까 주부요."

"그건 기둥서방이라고 하는 거다! 무서우리만큼 악질적인 생활행태지. 놈들은 결혼을 미끼로 사람을 홀려서 정신을 차려보면 어느새 집까지 굴러들어와 여벌 열쇠를 만들어놓더니만 급기야 자기 짐을 들여놓기 시작하고, 헤어지면 내 가구까지 들고튀는 극악무도한 놈팡이들이란 말이다!!"

히라츠카 선생님은 아주 구체적인 부분까지 생생하고 꼼꼼하게 읊어댔다. 어찌나 격적적으로 부르짖었는지 숨은 턱까지 차오르고 눈에는 눈물이 맺혀 있었다.

너무 처절하잖아……. 하도 불쌍해서 나는 어떻게든 기운을 북돋아 주고 싶어졌다.

"선생님, 걱정 마세요! 전 그렇게 되지 않을 겁니다. 착실하게 살림을 해서 기둥서방을 초월한 궁극의 기둥서방이 될 거예요!"

"그건 또 무슨 초끈 이론이냐!"#5

장래 희망을 부정당한 나는 그야말로 인생의 갈림길에 섰다. 벼랑 끝에 내몰린 상황에서 나는 철저한 이론 무장을 시도했다.

"기둥서방이라고 하면 부정적인 뉘앙스가 짙지만, 전업주부란 게 꼭 나쁜 선택만은 아니라고 보는데요?"

"흐음?"

히라츠카 선생님이 의자를 삐걱거리며 나를 노려본다. 들어줄 테니 어디 한 번 말해보라는 태도였다.

"남녀평등 사회의 도래에 힘입어, 여성의 사회 진출은 이미 당연시되는 추세지요. 그 증거로 히라츠카 선생님도 이렇게 교사로 일하고 계시고요."

"……뭐, 그렇지."

도입부는 먹혀들어간 모양이다. 이로써 이야기를 풀어나갈 수 있다.

"하지만 여성 취업자 수가 늘면 그만큼 남자들이 일할 곳이 줄어드는 건 자명한 이치. 애초에 시대를 막론하고 일자리의 수는 한정되어 있으니까요."

"으……."

#5 그건 또 무슨 초끈 이론이냐! 초끈 이론(super-string theory)이란 현대 물리학의 대표적인 학설 중 하나로, 일본어로 「끈」과 「기둥서방」의 발음이 같은 것을 이용한 말장난.

"예를 들어 어느 회사의 50년 전 직원 수가 백 명이고 남성 비율이 100%였다고 가정해보지요. 그 상태에서 50명의 여성을 의무적으로 채용해야 한다면 당연히 기존 남직원 중 50명은 회사를 떠나야 할 테죠. 지극히 단순한 계산만으로도 이렇습니다. 최근의 경기 침체를 감안하면 남성 근로자를 수용할 곳이 확 줄어드는 것도 당연하지요."

거기까지 설명하자 히라츠카 선생님은 턱을 쓰다듬으며 생각하는 자세를 취했다.

"계속해라."

"회사란 조직 자체가 예전만큼 많은 노동력을 필요로 하지 않는다는 점도 있고요. 컴퓨터의 보급과 인터넷의 발달로 업무 효율이 높아지면서 1인당 생산능력이 비약적으로 향상되었으니까요. 오히려 사회적으로 보면 『그렇게 일할 의욕이 넘치셔도 곤란합니다만……』이란 상태겠죠. 워크셰어링 같은 게 그 좋은 사례랄까요?"

"분명 그런 개념이 등장하긴 했지."

"더군다나 가전제품도 눈부시게 발전해서 누가 사용하든 일정한 품질을 유지할 수 있게 되었지요. 남자라고 살림을 못 할 이유는 없습니다."

"아니, 잠깐만."

조리 있게 열변을 토하는 나를 선생님이 가로막았다. 크흠 헛기침을 하고는 내 얼굴을 흘끔 들여다본다.

"그, 그것도 생각보다 다루기가 힘들어서…… 항상 잘되는 건 아니다."

"선생님이나 그렇죠."

"……뭐?"

의자가 빙그르르 회전하며 선생님의 발이 내 정강이를 가격했다. 까무러치게 아프다. 선생님이 도끼눈을 뜨고 쳐다본다. 나는 허겁지겁 말을 이었다.

"아, 아무튼! 그토록 필사적으로 일하지 않아도 되는 사회를 만들어놓고서 일하라느니 일자리가 없다느니 하는 건 다 웃기는 소리라고요!"

완벽한 결론이다. 일하는 놈은 패배자. 암, 그렇고말고.

"……휴우, 네놈의 정신머리는 변함없이 썩어빠졌구나."

선생님이 한층 깊은 한숨을 쉬었다. 하지만 무슨 생각이 떠올랐는지 금방 다시 씨익 웃었다.

"여자가 손수 만든 음식을 대접받으면 네 생각도 달라질지 모르겠군……."

그렇게 말하며 일어서더니 내 어깨를 마구 떠밀어 교무실 밖으로 내쫓았다.

"자, 잠깐만요! 무슨 짓입니까!? 아파요! 아프다니까요!"

"봉사부에서 노동의 존귀함을 배워오도록 해라."

삐걱삐걱 바이스로 조이는 듯한 압력으로 내 어깨를 옥죄더니, 마지막으로 퍽 하고 있는 힘껏 밀쳐낸다.

뭐 하는 짓이냐고 항의할 생각으로 뒤돌아서자 매몰차게도 문이 탁 닫힌다. 이의 반론 항의 질문 말대꾸는 일절 용납하지 않겠다는 의사표명인가 보다.

이대로 내빼버릴까 생각한 순간, 방금 전까지 우악스럽게 틀어 잡혔던 어깨가 욱신거렸다. ……도망쳤다가는 또 얻어맞겠지. 이 짧은 기간 동안 내 몸에 조건반사를 새겨 넣다니 참으로 무서운 인간이 아닐 수 없다.

별수 없이 나는 최근 가입한 수수께끼의 동아리, 봉사부란 곳에 얼굴을 내밀기로 했다. 동아리 간판은 내걸었다만 활동 내용은 미스터리다. 추가로 부장의 행동은 더더욱 미스터리다.

그 녀석, 도대체 뭐냐고.

× × ×

여느 때와 다름없이 부실에서는 유키노시타가 책을 읽고 있었다.

가볍게 인사만 나누고 의자를 가져와 유키노시타한테서 약간 떨어진 곳에 앉는다. 가방에서 끄집어낸 물건은 다름 아닌 몇 권의 책.

어느새 봉사부는 완벽한 청소년 독서 클럽으로 탈바꿈했다.

그나저나 여긴 진짜 뭐하는 동아리야? 승부니 뭐니 했던 건 어떻게 된 거지?

그 의문의 해답은 갑작스럽게, 느닷없는 방문객의 소심한 노크 소리와 함께 찾아왔다.

"들어오세요."

페이지를 넘기던 손을 멈춘 유키노시타가 꼼꼼하게 책갈피를 끼워 넣으며 문을 향해 말했다.

"시, 실례합니다~."

긴장한 탓인지 살짝 상기된 목소리였다.

드르륵 문이 열리며 좁은 틈새가 생겨났다. 그리로 몸을 끼워 넣다시피 하며 한 소녀가 교실로 들어온다. 마치 누가 볼까 봐 겁을 내는 듯한 모양새였다.

어깨까지 내려오는 갈색 머리에 느슨하게 웨이브를 주어 걸음을 내딛을 때마다 살랑살랑 흔들린다. 탐색하듯 헤매는 시선은 불안해 보였고, 나와 눈이 마주치자 히익, 하고 작은 비명을 내질렀다.

……내가 무슨 크리처냐.

"어, 어째서 힛키가 여기 있어!?"

"……이봐, 나 여기 부원이거든."

그보다 힛키라니 나 말인가? 게다가 이 녀석은 또 누구야?

솔직히 말해서 전혀 기억에 없다.

소녀는 딱 보기에도 요즘 여고생이란 느낌으로 주위에서 흔히 볼 수 있는 타입이었다. 요컨대 청춘을 구가하는 화려한 여고생 스타일. 짧은 치마에 단추를 세 개쯤 풀어헤친 블라우스. 드러난 가슴께에서 빛나는 목걸이. 하트 모양 펜던트. 밝은 갈색으로 탈색한 머리카락. 전부 교칙을 완전히 무시한 차림새였다.

나는 저런 타입의 여자애하고는 친분이 없다. 사실은 어떤 타입의 여자와도 친분이 없다.

그러나 상대방은 나를 아는 기색이었고, 「죄송합니다만 뉘신지요?」라고 묻기도 껄끄러운 분위기였다.

그러다 문득 가슴에 달린 리본이 붉은색임을 깨달았다. 우리 학교는 학년별로 다른 색깔의 리본을 착용하므로 그것으로 학년을 구분할 수 있다. 붉은색은 나와 마찬가지로 2학년이란 뜻이다.

……리본이 가장 먼저 눈에 띈 건 딱히 가슴을 보고 있어서가 아니라니까? 우연히 눈에 들어왔을 뿐이라니까? 참고로 상당히 크다.

"어쨌든 일단 앉아."

나는 자연스럽게 의자를 빼서 소녀에게 권했다. 유별나게 신사적으로 구는 것은 켕기는 구석이 있어서가 아니라 단지 나의 순수한 자상함에서 나온 행동임을 강조하고 싶다.

정말이지 나란 놈은 완전 신사라니까. 그 증거로 양판점 신사복을 주로 입지.

"고, 고마워……."

소녀는 당혹스러운 기색이었지만 시키는 대로 의자에 살짝 걸터앉았다. 마주 앉은 유키노시타가 소녀와 시선을 마주했다.

"유이가하마 유이, 맞지?"

"나, 날 아는구나?"

이름을 불리자 소녀, 유이가하마 유이가 반색을 했다. 그녀에게는 유키노시타가 자신을 알아보았다는 사실이 사회적 위상의 상징인 모양이다.

"잘도 기억하네…… 혹시 전교생을 다 아는 거 아냐?"

"그렇지는 않아. 너 따윈 몰랐는걸."

"아, 그러십니까……."

"그렇다고 기죽을 필요는 없어. 오히려 이건 내 잘못인걸. 네 왜소함에 눈길조차 주지 않은 게 원인이고, 무엇보다도 네 존재를 외면하고픈 충동에 굴복하고 만 내 정신적인 나약함이 나쁜 거니까."

"야, 너 그걸 지금 위로라고 하는 거냐? 위로하는 방식이 너무 서툰 거 아냐? 그 말대로라면 결국 내가 문제란 이야기잖아?"

"위로한 적 없어. 그냥 비꼰 거지."

유키노시타는 말 그대로 이쪽을 거들떠보지도 않고 어깨에 내려앉은 머리카락을 등 뒤로 넘겼다.

"뭔가…… 재미있어 보이는 동아리네."

유이가하마가 초롱초롱한 눈망울로 나와 유키노시타를 바라본다. ……얘 혹시 눈이 삐었나?

"딱히 유쾌하지는 않은데……. 오히려 그 착각이 매우 불쾌한걸."

유키노시타도 싸늘한 시선을 보낸다. 그러자 유이가하마가 마구 허둥거리며 양손을 내젓는다.

"아, 아니, 뭐랄까 굉장히 편해 보인다구 생각했을 뿐이야! 그 왜, 힛키두 교실에 있을 때랑은 전혀 다르구. 제대로 말두

할 줄 아는구나 싶어서.”

“그럼 설마 말도 못하겠냐…….”

그렇게 커뮤니케이션 능력이 없어 보인단 말입니까…….

“듣고 보니 그러네. 유이가하마도 F반이었지.”

“어? 그랬…….”

“그럴 리야 없겠지만, 설마 몰랐어?”

유키노시타의 말에 유이가하마가 움찔한다.

큰일이다.

같은 반 녀석이 자신을 전혀 기억 못 할 때의 서러운 심경은 내가 누구보다도 잘 안다. 그렇기에 유이가하마에게 그런 가슴 아픈 기억을 심어주지 않으려고 어떻게든 둘러대기로 마음먹었다.

“아, 알지 그럼.”

“……그럼 왜 시선을 피하는데?”

유이가하마가 새치름한 눈으로 나를 쳐다본다.

“힛키가 그런 식이니까 반에 친구가 없는 거 아냐? 잡아떼는 모양새두 찌질하구.”

아아, 이 사람을 깔보는 시선은 익숙하다. 우리 반 여자애들이 가끔씩 이렇게 오물을 보는 듯한 눈초리로 나를 쳐다보곤 한다. 틀림없이 그 축구부 놈들하고 시시덕거리는 패거리 중 한 명이리라.

뭐야, 그럼 내 적이잖아. 괜히 걱정했네.

“……이 걸레년이.”

무심코 나지막이 독설을 흘리자 유이가하마가 발끈해서 덤벼들었다.

"뭐어? 걸레라니 무슨 소리야! 난 아직 처— 우, 우와앗! 아, 아무 것두 아냐!"

유이가하마 홍당무가 되어 격렬하게 손을 내저으며 방금 하던 말을 수습하려 했다. 그냥 덜떨어진 여자였다. 허둥대는 꼴이 보기에 안쓰러웠는지 유키노시타가 끼어든다.

"그렇게 창피해할 필요 없잖아. 우리 나이에 무경험—"

"우아아아앗, 그게 무슨 소리야!? 고2씩이나 돼서 아직이라니 쪽팔리잖아! 유키노시타, 여자력(女子力) 부족 아냐!?"

"……시답잖은 가치관이네."

오오, 뭔지는 몰라도 유키노시타의 싸늘함이 대폭 증가했다.

"그보다 여자력이란 단어부터가 걸레스럽다고."

"또 그 소리! 사람을 걸레라구 부르다니 웃기지두 않아! 힛키, 진짜 찌질해!"

유이가하마는 억울한 기색으로 우우, 하고 신음하며 눈물 맺힌 눈으로 나를 노려보았다.

"걸레라고 부르는 거랑 찌질한 거랑 대체 무슨 상관이야? 그리고 힛키라고 부르지 마."

꼭 내가 히키코모리란 말처럼 들리잖아. ……아, 그리고 보니 이거 일종의 욕이구나. 분명 우리 반에서 경멸조로 쓰는 내 별명이겠지.

……뭐야 그거 너무하잖아. 나 방금 살짝 눈물이 날 뻔했다고.

뒷말은 좋지 않다.

고로 나는 면전에서 똑똑히 말해준다. 직접 들려줘야만 타격을 입힐 수 있으니까!

"이 걸레 같은 게."

"이게……! 완전 짜증 나! 게다가 진짜 찌질해! 나가 죽어!"

그 말에는 평소에 지극히 온화하여 절대로 폭발하지 않는 불발탄 같은 나도 할 말을 잃었다. 이 세상에는 해선 안 되는 말들도 많다. 특히 사람의 생명에 관련된 말은 강력한 힘을 갖고 있다. 타인의 생명을 해칠 각오가 없다면 결코 입에 담아서는 안 된다.

유이가하마에게 주의를 주고자 잠시 침묵한 후 강렬한 분노를 담아 무겁게 입을 열었다.

"죽으라느니 죽인다느니 하는 소리를 함부로 내뱉는 게 아냐. 콱 죽여 버린다."

"아…… 미, 미안. 그럴 생각은…… 엇!? 힛키두 방금 말했잖아! 분명 말했다구!"

진작 눈치챘지만 역시나 유이가하마는 바보였다. 그러나 의외로 잘못했을 때는 순순히 사과할 줄도 아는 녀석인 모양이다.

겉모습만 보고 상상한 것과는 조금 다르다. 본인이 속한 그룹, 즉 축구부 놈들이나 그 주위 인간들과 마찬가지로 유흥과 섹스와 약물로 머릿속이 가득 찬 녀석인 줄만 알았는데. 그럴 리가. 무슨 무라카미 류의 소설이냐.

꽥꽥거리다 지쳤는지 유이가하마가 에휴, 하고 한숨을 쉰다.

"……있지, 히라츠카 선생님한테 들었는데 여기가 학생들의 소원을 들어주는 곳이라면서?"

잠시 뜸을 들인 후, 유이가하마는 그렇게 운을 뗐다.

"그래?"

난 또 책이나 읽으면서 빈둥거리는 동아리인 줄만 알았지.

유키노시타는 나의 의구심을 깨끗이 무시하고 유이가하마의 질문에 답했다.

"조금 달라. 봉사부는 어디까지나 도움을 주는 곳일 뿐. 소원의 성취 여부는 너 하기 나름이니까."

어딘가 차갑게 밀어내는 듯한 말이었다.

"어떻게 다른데?"

어리둥절한 표정으로 유이가하마가 묻는다. 그것은 사실 내가 하고 싶었던 질문이기도 했다.

"굶주린 사람에게 물고기를 주느냐 물고기 잡는 법을 가르쳐주느냐의 차이랄까? 봉사란 본래 방법론을 제공하는 거지 결과물만을 제공하는 게 아니야. 굳이 따지자면 자립을 촉구한다는 개념에 가장 가까우려나?"

윤리 교과서에나 나올 법한 이야기였다.

어느 학교에서나 내세우는 허울뿐인 덕목, 자립과 협력의 실천을 위한 동아리쯤으로 정의하면 대충 맞을 것이다. 그러고 보니 선생님도 노동의 존귀함 운운했었고, 한마디로 학생들을 위해 일하는 동아리란 뜻일 테지.

"뭐, 뭔가 굉장하다!"

유이가하마는 입을 헤 벌린 채 우매한 소생에게 큰 가르침을 주셨습니다! 란 표정을 하고 있다. 저러다 나중에 사이비 종교의 마수에 걸려들까 우려된다.

과학적 근거는 전무하지만, 항간에 떠도는 소문 중 가슴이 큰 여자는 대체로…… 란 속설이 존재하는데, 그 일례로 추가해도 될 법하다.

반면에 절벽 뺨치는 가슴을 지닌, 두뇌 명석하며 지극히 영리한 유키노시타의 입가에는 차가운 미소가 걸려 있었다.

"네 소원이 반드시 이루어진다는 보장은 없지만, 최대한 협조할게."

그 말에 여기 온 목적을 떠올렸는지, 유이가하마가 앗, 하고 탄성을 질렀다.

"저기저기, 있잖아, 쿠키를……."

말하다 말고 내 쪽을 흘끗 쳐다본다.

그래봤자 나는 쿠키가 아니다. 학교에서는 공기 취급이니 발음은 비슷하지만 전혀 다르다.

"히키가야."

유키노시타가 턱으로 복도를 가리켰다. 꺼지라는 신호다. 굳이 그런 암호를 쓸 것 없이 「눈에 거슬리니 사라져줄래? 기왕이면 영영 안 돌아왔음 하는데」라고 다정하게 말하면 되련만.

여자들끼리만 할 수 있는 이야기라면 별수 없다. 세상에는 그런 영역도 있는 법이리라. 힌트는 「보건 체육」 「남학생 출입 금지」 「여학생들만 다른 교실에서 수업」. 뭐 대충 그런 거겠지.

　……그때 대체 어떤 수업을 했던 걸까. 지금도 궁금하다.

　"……잠깐 나가서 『스포르탑』 사올게."

　분위기를 읽고 자연스럽게 행동하다니, 자화자찬이지만 세심함의 극치다. 내가 여자면 분명 반해버릴 거다.

　그 모습에 천하의 유키노시타도 느끼는 바가 있었는지 문을 열려는 내 등을 향해 말했다.

　"난 『야채생활 100 딸기 요구르트 믹스』면 돼."

　태연하게 사람을 부려 먹다니, 유키노시타 양 완전 쩌네요.

× × ×

　특별관 3층에서 1층을 오가는 데는 10분이 채 안 걸린다. 느긋하게 터덜터덜 걸어갔다 오면 비밀 이야기도 끝나 있으리라.

　어떤 인간이든 간에 이것이 첫 의뢰인. 요컨대 나와 유키노시타가 벌이게 될 승부의 시작이다. 그래 봤자 어차피 이길 리가 만무하니 이쪽의 피해를 최소화하는 데 전념하면 그만이다.

　매점 앞에 있는 수상쩍은 자판기에는 요 근처 편의점에서는 찾아보기 힘든 수수께끼의 종이팩 주스들이 들어 있다. 한없이 무언가를 닮은 그 음료수들은 겉보기와 달리 제법 먹을 만하므로 주의를 게을리해서는 안 된다.

특히 스포르탑의 불량식품스러운 풍미는 최근의 무가당 저칼로리 열풍에 정면으로 맞서는 것이나 마찬가지라 나는 그 반골기질이 마음에 들었다.

맛도 그럭저럭.

공중요새처럼 웅웅 울어대는 자판기에 백 엔짜리 동전을 집어넣는다. 스포르탑과 야채생활을 구입한 다음 다시 백 엔을 넣는다.

셋 중 둘만 음료수를 마시는 것도 묘하게 껄끄럽다. 유이가하마 몫도 사다주기로 마음먹고 『남자의 카페오레』 버튼을 누른다.

총지출 3백 엔. 내 소지금의 약 절반가량이 날아갔다. 나란 놈 완전히 거지잖아.

$$\times \quad \times \quad \times$$

"늦었잖아."

입을 열자마자 그렇게 쏘아붙인 유키노시타가 내 손에서 야채생활을 낚아채 빨대를 척 꽂아 마신다.

내 손에 남은 것은 스포르탑과 남자의 카페오레. 유이가하마도 그중 남자의 카페오레가 누구 몫인지 알아차린 모양이었다.

"……자."

그렇게 말하며 유이가하마가 자그마한 손가방 형태의 동전

지갑에서 백 엔을 꺼내 든다.

"아, 됐으니까 넣어둬."

유키노시타도 공짜로 얻어 마셨고, 무엇보다 내가 멋대로 사온 거다. 유키노시타에게 돈을 달라고 할 이유는 있어도 유이가하마에게 돈을 받을 이유는 없다.

내미는 백 엔을 받아드는 대신 유이가하마의 손에 카페오레를 올려놓는다.

"그, 그치만!"

유이가하마는 고집스럽게 돈을 건네주려 했지만, 받느니 마느니 승강이를 벌이기도 귀찮아서 그대로 유키노시타에게로 다가간다. 유이가하마는 우우, 하고 신음하고는 마지못해 동전을 집어넣었다.

"……고마워."

작은 목소리로 고마움을 표하고는 기쁜 듯 카페오레를 양손으로 감싸 쥔 채로 배시시 수줍게 웃는다. 방금 그거, 내 평생 최고의 감사 인사 아닐까.

고작 백 엔의 대가라기엔 분에 넘치는 미소였다.

흐뭇한 마음으로 유키노시타에게 말을 걸었다.

"이야기는 끝났냐?"

"그래. 네가 사라져준 덕분에 순조롭게 이야기가 진행됐어. 고마워."

내 평생 최악의 감사 인사였음이 분명하다.

"……그거 다행이군. 그래서 이제 어쩔 건데?"

"가정 실습실로 갈 거야. 히키가야 너도 같이."

"가정 실습실?"

가정 실습실이라면 그곳인가. 「원하는 사람과 조를 짜서 조리실습」이란 고문을 자행하는 아이언 메이든 같은 교실 말인가. 식칼에 가스레인지까지 있잖아. 위험하니까 규제하라고, 규제.

"뭐 하려고?"

체육, 소풍과 더불어 3대 트라우마 명산지 중 하나에 자발적으로 걸어 들어가는 녀석 따윈 없으리라. 친한 멤버들끼리 신 나게 수다를 떨다가 내가 끼어든 순간 흐르는 정적이란. 그야말로 눈물 나게 비참하다.

"쿠키……. 쿠키를 구울려구."

"흐음, 쿠키라……."

영문을 모르니 반응을 보이기도 애매하다.

"유이가하마에게는 수제 쿠키를 선물하고 싶은 사람이 있다고 해. 하지만 자신이 없으니 도와달라고 의뢰해왔어."

유키노시타가 내 의문을 해소하듯 설명해주었다.

"왜 우리가 그런 걸…… 그거야말로 친구들한테 부탁하면 될 거 아냐?"

"으…… 그, 그게…… 가능하면 알리구 싶지 않구, 이런 짓 하는 걸 들키면 분명 비웃음을 살 테구……. 이런 진지한 분위기, 친구들하고는 안 맞으니까."

유이가하마가 허공을 향해 눈동자를 굴리며 대답했다.

그 말에 저절로 한숨이 흘러나왔다.

솔직히 말해서 남의 연애사정만큼이나 무익한 것도 없다. 누가 누구를 좋아하는지 알아볼 시간이 있으면 영단어 하나라도 더 외우는 편이 훨씬 낫다. 하물며 그런 행위를 거들기까지 하다니 거론할 가치도 없는 일이다.

최소한 그런 생각이 들 정도로 이런 식의 연애 문제에는 흥미가 없다.

단둘이서 이야기한다기에 무슨 심각한 이야기인가 했더니 고작 이거였냐……. 아니, 오히려 안심했다. 솔직히 연애 상담 같은 건 그냥 「힘내~ 분명 잘 될 거야~」라고 말해주면 그만이니까. 그러다 일이 잘못되면 「그 남자 진짜 쓰레기라니까~」라면서 다독여주면 만사 오케이 아니겠어?

"하."

무심코 코웃음을 치는데 유이가하마와 눈이 마주쳤다.

"우, 우웃……."

유이가하마가 입을 꾹 다문 채 시선을 떨군다. 치맛자락을 꼭 움켜쥔 어깨가 가늘게 떨린다.

"아, 아하하~ 우, 웃기지? 나 같은 게 수제 쿠키라니 웬 꿈 많은 소녀 흉내내냐는 느낌이겠지. ……미안해, 유키노시타. 역시 그만둘래."

"네가 그러기를 원한다면 나야 상관없지만……. ―아참, 이 남자는 무시해도 돼. 인권 따위 없으니까 강제로 거들게 할 테니."

아무래도 나한테는 헌법이 적용되지 않는 모양이다. 대체 어디의 악덕 기업이냐.

"아냐아냐 괜찮아! 역시 나하구는 안 어울리구, 웃기잖아……. 유미코나 마리한테도 물어봤지만 그런 건 구식이래구."

그렇게 말하며 유이가하마가 흘깃 나를 보았다. 그 풀죽은 모습에 쐐기를 박듯 유키노시타가 입을 열었다.

"……맞아. 확실히 너처럼 화려한 스타일의 여자애가 할 법한 시도는 아니지."

"그, 그치? 이상하지~?"

아하핫, 하고 주변의 눈치를 살피듯 유이가하마가 웃는다. 살짝 내리깐 시선이 문득 나와 마주쳤다. 그런 눈으로 바라보면 무언가 대답을 요구받는 기분이 들잖아.

"……아니 뭐 딱히 이상하다느니 이미지에 안 맞는다느니 안 어울린다느니 주책없다느니 하는 게 아니라, 그냥 순수하게 흥미가 없는데."

"그게 더 나빠!"

탕 하고 책상을 내리치며 유이가하마가 분노를 터뜨린다.

"힛키, 진짜 못됐어! 에잇, 열 받기 시작했다. 나두 하면 되는 애란 말이야!"

"그런 말은 본인이 하는 게 아니야. 엄마가 촉촉하게 젖은 눈으로 이쪽을 바라보며 하는 거라고. 『너도 하면 되는 애라고 생각했었는데……』 같은 느낌으로."

"너희 엄마, 이미 포기해버리셨구나!"

"올바른 판단이네."

유이가하마는 그렁그렁 눈물을 머금은 채로, 유키노시타는 고개를 주억거리며 뜻 모를 소리를 했다.

저기요, 시끄럽거든요?

하지만 확실히 그냥 포기하라는 말을 듣는 것도 서글프긴 하지. 유이가하마가 의욕을 불태우는데 찬물을 끼얹기도 미안하거니와 승부 문제도 걸려 있다. 나는 떨떠름하게 협조를 제안했다.

"뭐, 만들 줄 아는 건 카레 정도뿐이지만 도와줄게."

"고…… 고마워."

유이가하마가 안도의 한숨을 내쉰다.

"어차피 네 요리 실력은 기대 안 해. 그냥 맛이나 보고 감상을 들려주면 돼."

유키노시타의 말대로 남자 측의 의견이 필요한 거라면 내가 공헌할 수 있는 부분도 있으리라. 단 것을 싫어하는 남자들도 많으니 남자의 입맛에 맞춘다는 의미에서는 참고가 되겠지.

게다가 난 어지간한 음식은 다 맛있다고 느낄 정도로 괜찮은 인간이고.

……정말로 도움이 될까?

× × ×

가정 실습실에는 바닐라 에센스의 달콤한 향기가 감돌았다.

유키노시타는 익숙한 손놀림으로 냉장고를 열고 달걀과 우유를 가져왔다. 그 밖에도 저울과 믹싱 볼 등을 꺼내오더니 국자를 비롯한 갖가지 수수께끼의 조리기구들을 달그락거리며 준비 작업에 들어갔다.

아무래도 이 완벽 초인, 요리 솜씨도 상당한 모양이다.

신속하게 준비를 끝내고 지금부터가 본론이라는 양 앞치마를 걸친다.

유이가하마도 따라 해보지만 입어버릇한 게 아니라서인지 매듭이 엉성하다.

"삐뚤어졌어. 너 앞치마 하나 똑바로 못 입니?"

"미안, 고마워. ……뭐!? 앞치마 정도는 입을 줄 알거든!?"

"그래? 그럼 제대로 입어. 대충대충 살다가는 저 남자처럼 돌이킬 수 없는 지경에 처하게 될 테니까."

"사람을 훈계용 도구로 쓰지 마. 내가 무슨 나마하게[#6]냐?"

"처음으로 남에게 도움이 된 셈이니까 좀 더 기뻐해야지. ……아참, 나마하게라고는 해도 네 두피 상태를 빗대서 한 말은 아니니까 안심해."

"애초에 걱정한 적도 없거든……. 그만둬, 자애로운 미소를 띤 채 내 머리카락을 바라보지 말란 말이야……."

평상시에는 절대로 볼 수 없는 유키노시타의 다정한 미소에서 벗어나고자 나는 황급히 내 이마 경계선을 가렸다.

#6 나마하게 일본 아키타 지방의 전통 축제에 등장하는 도깨비로 게으름뱅이를 혼내준다고 함. 생(生)대머리와 발음이 같다.

그 모습을 보며 쿡쿡 웃는 소리가 들린다. 유이가하마는 변함없이 흐트러진 앞치마 차림으로 약간 떨어진 곳에서 나와 유키노시타를 관찰하는 중이었다.

"아직도 못 입었어? 아니면 역시 입을 줄 모르는 거야? ……됐어. 묶어줄 테니까 이리 와."

어처구니없다는 표정으로 유키노시타가 유이가하마를 향해 손짓한다.

"……그래두, 될까?"

유이가하마는 나와 유키노시타를 번갈아 보며 아주 잠깐 주저하는 기색으로 중얼거렸다. 자기가 있을 곳을 찾지 못해 불안해하는 어린아이처럼 보였다.

"어서."

그 망설임을 깨부순 것은 유키노시타의 차가운 음성이었다. 저기요, 신경질이 난 건지 살짝 무섭습니다만.

"미미미미안해!"

유이가하마가 후다닥 유키노시타 곁으로 달려간다. 네가 무슨 강아지냐.

유키노시타가 그 등 뒤로 돌아가 끈을 단단히 고쳐 묶는나.

"어쩐지…… 유키노시타, 꼭 언니 같아."

"내 여동생이 이렇게 칠칠맞을 리가 없지만."

유키노시타는 한숨을 쉬며 인상을 찌푸렸지만 의외로 유이가하마의 비유에도 일리가 있었다. 어른스러운 분위기의 유키노시타와 동안인 유이가하마의 조합은 제법 자매지간처럼 보인다.

그나저나 참으로 가정적인 분위기가 느껴진다.

게다가 사실 알몸 에이프런에 환장하는 건 아저씨들뿐이고, 오히려 교복에 에이프런이야말로 최고의 궁합이라고 생각한다.

가슴속이 따스해지는 느낌에 그만 느물느물 웃고 말았다.

"저, 저기, 힛키……."

"왜, 왜 불러?"

아뿔싸. 저질스러운 미소를 지어버렸나 보다. 당황한 나머지 목소리가 상기되어 변태도가 훌쩍 치솟는다. 부정적인 시너지 효과가 발동한 것이다.

"가, 가정적인 여자에 대해 어떻게 생각해?"

"딱히 싫어하진 않는데. 남자라면 어느 정도는 그에 관한 로망이 있지 않을까?"

"그, 그렇구나……."

그 말을 듣고 유이가하마는 안심한 기색으로 미소 지었다.

"좋았어! 어디 한 번 해보자구!"

블라우스 소매를 걷어붙이고 달걀을 깨서 휘젓는다. 밀가루를 붓고 설탕, 버터, 바닐라 에센스 등의 재료를 추가한다.

요리에 별다른 조예가 없는 나도 한눈에 알아볼 수 있을 만큼 유이가하마의 솜씨는 범상치 않았다. 쿠키 하나에 웬 호들갑이냐고 할지도 모르지만 심플한 음식이기에 오히려 역량 차가 뚜렷이 드러난다. 잔재주로 커버할 수 없는 진정한 실력이 노출되는 것이다.

먼저 풀어놓은 달걀. 껍질이 들어갔다.

다음으로 밀가루. 몽글몽글 멍울진 상태다.

그밖에 버터. 고체 상태로 굳어 있다.

당연하다는 듯 설탕 대신 소금이 들어갔고, 바닐라 에센스를 질펀하게 퍼부은 데다 우유는 거의 홍수 수준이었다.

문득 유키노시타 쪽을 보니 새파랗게 질린 얼굴로 이마를 짚고 있었다. 요리 초보인 나조차도 등줄기가 서늘할 지경이다. 요리의 달인인 유키노시타가 보기에는 전율 그 자체이리라.

"자, 그럼 다음은……."

중얼거리며 유이가하마가 인스턴트 커피를 꺼냈다.

"커피라. 하긴 마실 것을 곁들이는 편이 먹기 편하니까. 제법 센스 있는데."

"뭐? 아니거든? 이건 비밀병기야. 남자들은 단 걸 싫어하는 사람이 많잖아?"

유이가하마가 작업을 하며 내 쪽을 돌아본다. 그러면 당연히 시선이 조리대에서 떨어지게 되고, 정신을 차렸을 때는 이미 그릇 안에 시커먼 산봉우리가 생겨난 후였다.

"전혀 비밀이 아니잖아!"

"응? 아아, 그럼 설탕을 넣어서 균형을 맞춰야지."

그렇게 말하며 검은 산 옆에 하얀 산을 쌓아올린다. 그 산봉우리들을 미리 풀어놓은 달걀의 대해일이 집어삼키며 지옥도가 탄생했다.

결론부터 말하겠다. 유이가하마는 요리 기술이 결여된 인간이다. 많고 적음의 문제가 아니라 애초부터 존재하지 않는다.

　유이가하마는 손재주도 없을뿐더러 무신경하고 쓸데없이 독창적이기까지 한, 요리에는 전혀 걸맞지 않은 인간이었다. 이 녀석과 화학 실험을 함께하는 것만은 사양하고 싶다. 얼떨결에 사람 하나 잡을 수준이다.

　그 흉물스러운 반죽을 굽자 어찌 된 영문인지 시커먼 핫케이크 같은 물체가 생겨났다. 벌써 냄새부터가 쓰다.

　"어, 어째서?"

　유이가하마는 망연자실한 표정으로 물체 X를 응시했다.

　"이해를 못 하겠어……. 어쩜 저렇게 끊임없이 실수를 거듭할 수가 있담……."

　유키노시타가 중얼거린다. 목소리를 낮춘 것으로 보아 일단 유이가하마에게 들리지 않도록 신경을 쓰고는 있는 모양이다. 그럼에도 참다못해 입 밖으로 내고 만 느낌이었다.

　유이가하마가 물체 X를 그릇에 담는다.

　"겉보기엔 좀 그렇지만……. 먹어보기 전까진 모르는 거니까!"

　"그러게. 시식해줄 사람도 있고."

　"후하하하! 유키노시타, 너답지 않게 웬 말실수냐! ……이건 음독이라고 하는 거다."

　"뭐가 독이야! ……독? 으음~ 역시 독인가아?"

　기세등등하게 쏘아붙였지만 생긴 게 아무래도 불안했나 보다. 유이가하마가 고개를 갸웃하며 「어떻게 생각해?」란 시선을 보내온다.

그걸 꼭 대답해줘야만 알겠냐. 유이가하마의 강아지 같은 시선을 뿌리치고 유키노시타를 향해 항의한다.

　"야, 이걸 진짜 먹으라고? 완전히 슈퍼에서 파는 바비큐용 참숯이잖아, 이거."

　"못 먹는 재료는 들어가지 않았으니 문제없어, 아마도. 그리고……."

　유키노시타가 잠시 뜸을 들이더니 귓속말을 해온다.

　"나도 먹을 테니 안심해."

　"정말로? 너 설마 좋은 녀석이었냐? 아니면 혹시 날 좋아해?"

　"……그냥 혼자 다 먹고 죽어버려."

　"죄송합니다. 충격이 너무 커서 괴상한 소리를 지껄이고 말았습니다."

　워낙에 괴상한 과자다 보니……. 눈앞에 있는 물체가 과연 과자인지는 미묘하지만.

　"난 네게 시식을 부탁했지 처리를 맡긴 게 아니야. 게다가 유이가하마의 의뢰를 받아들인 건 나잖아. 그 정도 책임은 져야지."

　그렇게 말하며 유키노시타가 그릇을 자기 쪽으로 끌어당긴다.

　"문제점을 파악하지 못하면 올바르게 대처할 수 없고, 해답을 알아내기 위해서라면 위험을 무릅쓰는 것쯤은 감수해야겠지."

　철광석이라 해도 의심하지 않을 거무튀튀한 물체를 집어든 유키노시타가 내게 시선을 준다. 기분 탓인지 눈이 울먹울먹해 보인다.

"······죽지는 않겠지?"

"나도 그게 궁금하거든······?"

그렇게 말하며 유이가하마 쪽을 돌아보니 나도 끼워달란 눈빛으로 이쪽을 바라보고 있었다. ······마침 잘됐네. 이 녀석한테도 먹이자. 우리의 고통을 느껴보라고.

× × ×

유이가하마가 만든 쿠키는 간신히 먹을 수 있었다.

만화처럼 입에 넣자마자 왈칵 게워내며 쓰러지진 않았지만, 오히려 혼절할 수 있다니 부럽단 생각이 절로 들 만큼 리얼하게 끔찍한 맛이었다. 차라리 정신을 잃으면 그만 먹어도 되련만.

꽁치 내장이 들어갔던가? 란 의문이 스쳐 가긴 했지만 맛의 문제일 뿐 최소한 먹자마자 즉사하지는 않았다. 다만 장기적인 관점으로 보면 이것을 섭취함으로써 발암 확률이 높아져 몇 년 후에 발병한다 할지라도 이상하지 않다.

"우우~ 쓰구 맛없어~."

눈물 맺힌 눈으로 오독오독 소리 내어 씹어 먹는 유이가하마. 유키노시타가 얼른 찻잔을 건넸다.

"가급적 씹지 않고 삼키는 게 좋아. 혀에 닿지 않도록 조심하고. 극약이나 다름없으니까."

태연하게 잔인한 소리를 하네, 이 녀석.

보글보글 끓어오르는 주전자에서 물을 따라 유키노시타가 홍차를 타준다.

　각자에게 할당된 책임량을 완수하고 홍차로 입가심을 한다. 그제야 제정신이 돌아오며 숨통이 트였다.

　느슨해진 분위기를 다잡듯 유키노시타가 입을 열었다.

　"자, 그럼 어떡하면 상황이 개선될지 생각해보자."

　"유이가하마가 두 번 다시 요리를 하지 않을 것."

　"전면 부정당했어!?"

　"히키가야, 그건 최후의 해결책이고."

　"그걸루 해결되어 버리는 거야!?"

　경악에 뒤이어 실의에 젖는 유이가하마. 어깨를 축 늘어뜨린 채 땅이 꺼지라 한숨을 내쉰다.

　"역시 난 요리는 안 맞나 봐……. 재능이라구 하나? 그런 것 두 없구."

　그 말을 들은 유키노시타가 휴우, 하고 짧은 한숨을 내뱉었다.

　"……그래, 해결책을 찾았어."

　"뭔데?"

　물어보자 유키노시타는 담담하게 대꾸했다.

　"부단한 노력."

　"그게 해결책이야?"

　내가 생각하기에는 노력이란 최악의 해결책이다.

　이젠 노력하는 수밖에 없다, 그 밖의 어떠한 요소도 영향을 주지 못한다는 건 뒤집어 말하면 더 이상 손 쓸 도리가 없다는 뜻에 불과하다. 솔직히 말해서 무대책이나 마찬가지다. 차라리 가망이 없으니 그만두라고 충고해주는 편이 훨씬 낫다. 무의미한 노력만큼 허망한 것은 없다. 그렇다면 냉정하게 판결을 선고하여 괜한 일에 쏟을 시간과 노력을 다른 방향으로 돌리게끔 이끌어주는 게 더 효율적이다.

"노력은 훌륭한 해결책이야. 올바른 방식으로 노력한다는 전제하에서지만."

유키노시타가 내 머릿속을 들여다본 것처럼 말한다. 넌 무슨 초능력자냐.

"유이가하마, 너 방금 재능이 없다고 했지?"

"어? 아아, 응."

"그 인식을 수정하도록 해. 최소한의 노력도 하지 않는 사람이 재능 있는 사람을 부러워할 자격은 없어. 성공 못 하는 사람은 성공한 사람이 얼마나 피땀 흘려 노력했는지 상상조차 못하니까 항상 제자리걸음인 거야."

유키노시타의 지적은 신랄했다. 그리고 반론의 여지가 없을 만큼 지극히 타당했다.

유이가하마가 움찔하며 입을 다문다. 그동안은 이렇게까지 직설적으로 정론을 들이대는 사람이 없었기 때문이리라. 그 얼굴에서는 당혹감과 두려움이 묻어났다.

그러한 속내를 감추듯 유이가하마는 해죽 웃었다.

"그, 그치만 이런 거 요즘은 한물갔다 그러구……. 역시 나한테는 안 맞는 거야, 분명."

에헤헷, 하고 유이가하마가 수줍은 미소를 거두려는 찰나, 달칵 하고 컵을 내려놓는 소리가 들렸다. 그것은 굉장히 작고 조용한 소리였지만 투명한 얼음처럼 섬뜩했다. 저도 모르게 소리가 난 방향으로 시선이 빨려 들어간다. 그곳에는 에일 듯 냉랭한 기운을 뿜어내는 유키노시타가 있었다.

　"……그 주위와 맞춰가려는 버릇 좀 버리지그래? 몹시 불쾌하거든? 자신의 무능함, 한심함, 우매함의 원인을 남에게서 찾으려 하다니 부끄럽지도 않아?"

　유키노시타의 말투는 매서웠다. 혐오감이 어찌나 짙게 배어 나오는지 독설에는 익숙한 나도 무심결에 「우, 우와아」하고 신음을 흘렸을 만큼 진심으로 쫄았다.

　"……."

　유이가하마는 주눅이 들어 입도 뻥긋 못했다. 고개를 수그리고 있어 표정은 살피기 어려웠지만 치맛단을 꼭 움켜쥔 손이 그 심정을 대변해주었다.

　아마도 유이가하마는 친화력이 뛰어난 축에 속할 것이다. 반에서 잘나가는 그룹에 속하려면 수려한 용모 이외에도 협조성이 필요하다. 다만 그것은 나쁘게 말하면 남의 비위를 맞추는 데 능하다는 의미로, 다시 말해 고독이라는 위험부담을 짊어지면서까지 본인의 주장을 관철할 용기는 없단 뜻이기도 하다.

　한편 유키노시타는 꿋꿋하게 자기 길을 걸어가는 인간이다. 그 추진력은 모두가 인정하는 바다. 마치 혼자라는 사실에 일종의 자긍심이라도 느끼는 것처럼 행동한다.

완전히 정반대 기질의 여자들인 셈이다.

파워 밸런스로 따지면 유키노시타의 압승이다. 무엇보다도 정론이니까.

유이가하마의 눈동자가 촉촉이 젖어든다.

"머……."

먼저 갈게, 라고 하려는 건가. 당장에라도 울음을 터뜨릴 것처럼 가냘픈 목소리가 흘러나온다. 어깨가 바르르 떨리는 탓에 그 목소리도 힘없이 흔들린다.

"멋있어……."

""뭐어?""

나와 유키노시타의 목소리가 겹쳐졌다. 아니, 얘가 미쳤나? 놀란 나머지 무심코 유키노시타와 서로 얼굴을 마주보고 말았다.

"접대성 발언 같은 건 전혀 안 하는구나……. 뭐랄까, 그런 부분이 멋있어……."

유이가하마가 흠모의 눈빛으로 유키노시타를 뚫어지라 응시한다. 반면에 당사자인 유키노시타는 경직된 표정으로 두 발짝쯤 뒤로 물러섰다.

"지, 지금 무슨 소리를 하는 거야……. 내 말 똑똑히 들었어? 이래봬도 나 상당히 매몰찬 소리를 했다고 생각하는데."

"아냐, 안 그래! 아, 물론 말이 심하긴 했구, 솔직히 말함 살짝 깨긴 했지만……."

음, 뭐 그렇겠지. 솔직히 유키노시타가 여자애를 상대로 저렇게까지 할 줄은 몰랐다. 살짝은 양반이고 나는 완전 식겁했었다. 그러나 유이가하마는 단순히 깨기만 한 건 아니었나 보다.

"그치만 진심이 느껴져. 힛키랑 얘기할 때두 가시 돋친 말들만 오가지만…… 성의 있게 상대해주구. 난 언제나 남들한테 맞춰왔으니까, 이런 경험은 처음이라……."

유이가하마는 도망치지 않았다.

"미안, 이번에는 제대루 할게."

사과하고는 유키노시타와 똑바로 시선을 맞춘다.

예상 밖의 반응에 이번에는 반대로 유키노시타가 할 말을 잃었다.

"……."

아마도 유키노시타로서는 평생 처음 겪는 일일 것이다. 정론을 내세웠을 때 선뜻 잘못을 인정하는 사람은 의외로 적다. 대개는 얼굴이 시뻘게져서 버럭! 화를 내버리니까.

유키노시타가 슬쩍 시선을 틀더니 손으로 머리카락을 빗어 넘긴다. 무언가 할 말을 찾고는 있는데 얼른 떠오르지 않는 눈치였다. ……이 녀석 순발력이 완전 꽝이잖아.

"……그 올바른 방식이란 걸 가르쳐줘. 유이가하마도 시키는 대로 열심히 하고."

둘 사이에 흐르는 정적을 깨뜨리듯 내가 끼어들자, 짧은 한숨과 함께 유키노시타가 고개를 끄덕인다.

"내가 시범을 보여줄 테니까, 그대로 따라 해봐."

그렇게 말하며 일어선 유키노시타는 빠릿빠릿하게 작업 준비에 착수했다.

블라우스 소매를 접어 올리고 달걀을 깨서 잘 섞는다. 저울에 달아 정확하게 계량한 밀가루를 체에 쳐서 멍울이 지지 않도록 곱게 갠다. 그 후 설탕, 버터, 바닐라 에센스 등의 재료를 첨가한다.

그 손놀림은 방금 전의 유이가하마에 비할 바가 아니었다.

눈 깜짝할 사이에 반죽이 완성되자 하트, 별, 동그라미 등의 틀을 써서 모양을 찍어낸다.

오븐 팬에는 이미 베이킹 시트가 깔려 있었다. 그 위에 조심스럽게 반죽을 올려놓고는 예열해둔 오븐에 넣는다.

잠시 후 이루 말할 수 없이 향긋한 냄새가 풍겨오기 시작했다.

밑작업이 저토록 완벽하니 결과물이야 말해 무엇하리오.

예상대로 완성된 쿠키는 환상적인 자태를 자랑했다.

완성품을 옮겨 담아온 유키노시타가 쓰윽 접시를 내밀었다.

노릇노릇하게 구워진 쿠키는 그야말로 쿠키라 부르기에 손색이 없었다. 유명 제과업체의 쿠키 저리 가라 할 정도로 근사했다.

기쁜 마음으로 시식에 임한다.

하나 집어 들고 입에 넣자 저절로 표정이 풀어졌다.

"맛있어! 너 대체 무슨 빛 파티시엘이냐!?"

솔직한 감상이 입 밖으로 흘러나온다.

또다시 손이 간다. 하나 더 입에 넣는다. 역시 맛있다. 여자가 만든 쿠키를 먹어볼 기회 따윈 두 번 다시 찾아오지 않을 테니 이때다 싶은 마음에 하나 더 집어 먹는다. 유이가하마가 만든 건 쿠키가 아니었으므로 제외하자.

"진짜루 맛있다……. 유키노시타, 굉장해."

"고마워."

유키노시타가 아무런 악의도 없이 생긋 미소 지었다.

"하지만 난 그저 레시피를 충실하게 따른 것뿐인걸. 그러니 유이가하마도 분명 똑같이 만들 수 있을 거야. 오히려 못하는 게 더 이상하지."

"그냥 이걸 갖다 주면 되는 거 아냐?"

"그래서는 의미가 없잖아. 자, 유이가하마, 열심히 하자."

"으, 으응. ……진짜루 할 수 있을까? 나두 저런 쿠키를 구울 수 있어?"

"물론이지. 레시피대로만 만들면."

잊지 않고 못을 박는 유키노시타.

그리하여 유이가하마의 재도전이 시작됐다.

방금 전의 유키노시타와 빵틀에 찍어낸 것처럼 같은 공정, 같은 동작을 취한다. 만드는 게 쿠키이다 보니 무심코 빵틀에 찍어낸다는 근사한 비유를 하고 말았다.

완성될 쿠키도 분명 근사하리라. 근사한 소리를 했으므로.

그러나…….

"유이가하마, 밀가루를 체에 칠 때는 원을 그리듯이 해야 돼. 원이라니까, 원. 뭔지 알아? 초등학교 때 제대로 배웠어?"

"재료를 섞을 때는 그릇을 꽉 잡아. 그릇째로 회전하니까 전혀 섞이질 않잖아. 휘젓는 게 아니라 반죽을 칼로 가르듯이 팔을 움직여야 돼."

"아냐, 아니라니까. 비장의 무기는 됐어. 복숭아 통조림은 다음으로 미루자. 그렇게 수분을 넣으면 반죽이 끓아. 곤죽이 된다고."

유키노시타가, 천하의 유키노시타가 쩔쩔매고 있었다. 힘겨워하는 기색이 역력했다.

간신히 반죽을 오븐에 넣었을 때는 헉헉 어깻숨을 몰아쉬는 지경에 다다랐다. 평소의 후안무치한 낯짝이 벗겨지고 이마에는 엷게 땀이 배어 있었다.

오븐을 오픈하자 아까처럼 향기로운 냄새가 물씬 피어오른다. 하지만…….

"뭔가 달라……."

유이가하마가 시무룩하게 어깨를 축 늘어뜨린다. 먹어보니 과연 아까 유키노시타가 만든 것과는 명백하게 차이가 났다.

그래도 충분히 쿠키라고 부를 만한 수준에 도달하기는 했다. 아까 그 숯덩어리에 비하면 장족의 발전이 아닐 수 없다. 솔직히 큰 불평 없이 먹을 만큼은 된다.

그러나 유이가하마와 유키노시타는 납득이 가지 않는 눈치였다.

"……어떤 식으로 가르쳐야 알아들을까?"

유키노시타가 낮게 신음하며 고개를 옆으로 꼰다.

그 모습을 지켜보다가 문득 깨달았는데, 이 녀석 그거다. 가르치는 요령이 없어.

한마디로 유키노시타는 본인이 천재이기에 둔재의 마음을 털끝만큼도 헤아리지 못한다. 왜 그런 데서 좌절하는지 이해를 못 하는 것이다.

레시피대로만 하면 된다는 말은 수학 문제를 풀 때 그냥 공식에 대입하기만 하면 된다는 소리나 마찬가지다.

그러나 수학이 젬병인 사람 입장에서 보면 공식의 존재 이유부터가 의문이다. 그 공식이 어째서 해답을 이끌어내는 열쇠가 되는지 이해할 수 없다.

유키노시타 입장에서는 유이가하마가 어째서 이해하지 못하는지 이해할 수 없다.

이렇게 말하면 유키노시타에게 잘못이 있는 것처럼 들릴지도 모른다.

하지만 그건 잘못된 생각이다. 유키노시타는 할 만큼 했다.

문제는 이 녀석이다.

"왜 잘 안 되는 거지······? 전부 시키는 대루 했는데~?"

진심으로 불가사의하단 얼굴을 한 채 유이가하마가 다시 쿠키를 향해 손을 뻗었다.

정말로 똑똑한 사람은 남을 가르치는 능력도 뛰어나다느니, 백치도 알아들을 수 있게 설명한다느니 하는데, 그건 죄다 새빨간 거짓말이다.

왜냐하면 무능한 녀석에게 무슨 소리를 하든 무능한 녀석은 무능하니까 이해하지 못한다.

　몇 번을 되풀이해봐야 그 간극은 메워지지 않는다.

　"으음~ 역시 유키노시타가 만든 거랑은 달라~."

　유이가하마는 좌절했고 유키노시타는 머리를 감싸 안았다.

　나는 그런 두 사람을 지켜보며 쿠키를 다시 한 입 베어 물었다.

　"있잖아, 아까부터 궁금했는데 너희들 왜 맛있는 쿠키를 만들려고 기를 쓰는 건데?"

　"뭐어?"

　유이가하마가 「이 녀석 웬 헛소리야? 동정?」이란 얼굴로 나를 쳐다본다. 하도 같잖다는 얼굴이라 살짝 배알이 뒤틀렸다.

　"너 걸레 주제에 아는 게 그렇게 없어? 바보냐?"

　"그러니까 걸레라구 하지 말랬지!"

　"남자 마음이라곤 하나도 모르네."

　"그, 그야 당연하지! 사귀어본 적두 없는걸! 그, 그야 친구들 중엔 커, 커플인 애들두 제법 있지만…… 그, 그런 애들한테 맞추다 보니 이렇게 돼버렸구…….."

　유이가하마의 목소리는 급속도로 기어들어가 뒷말은 하나도 들리지 않았다. 똑바로 말하라고, 똑바로. 넌 무슨 수업 시간에 지적당했을 때의 나냐.

　"유이가하마의 아랫도리 사정에는 관심 없지만, 그래서 결국 히키가야 네가 하고 싶은 말이 뭔데?"

　야야, 아랫도리 사정이라니. 그건 요즘은 전철에 나붙는 삼류 잡지 광고에서도 좀처럼 찾아보기 힘든 단어라고. 너 도대체 몇 살이야?

충분히 뜸을 들여 분위기를 조성한 뒤, 나는 기고만장하게 웃었다.

"휴우, 아무래도 그쪽 분들은 진정한 수제 쿠키를 맛본 적이 없는 모양이군요. 10분 후에 다시 이곳으로 와주시죠. 제가 ″진정″한 수제 쿠키를 대접할 테니."

"뭐라구……? 좋아, 어디 한 번 해보시지!"

자신이 만든 쿠키를 부정하자 울컥했는지, 유이가하마가 유키노시타를 질질 끌고 복도로 사라졌다.

자, 이것으로 승부의 주도권은 내 손으로 넘어왔다. 다시 말해 궁극의 고민 상담과 최고의 고민 상담의 최종 결전이다.

× × ×

잠시 후, 가정 실습실은 험악한 분위기에 휩싸였다.

"이게 『진정한 수제 쿠키』야? 모양도 형편없고, 크기도 들쑥날쑥하네. 게다가 군데군데 탄 것도 있고. ─이건……."

유키노시타가 미심쩍은 표정으로 테이블 위에 놓인 물체들을 바라본다. 그 옆에서 유이가하마가 빠끔히 고개를 내민다.

"푸핫, 큰 소리 떵떵 치더니만 내놓은 게 고작 이거야? 진짜 웃겨! 먹어보지 않아두 뻔해!"

유이가하마가 느닷없이 조소했다…… 아니, 정확히는 폭소

했다. 이 자식, 어디 나중에도 그딴 소리가 나오나 보자.

"아, 아무튼 그런 섭섭한 소리 말고 일단 드셔 보시라니까요?"

씰룩씰룩 경련을 일으키려는 입꼬리를 억누르며 여유로운 미소를 유지한다. 준비는 완벽하다고, 반전이 기다리고 있다고, 승리를 확신한다고, 그 미소를 통해 암시한다.

"정 그렇다면야⋯⋯."

유이가하마가 머뭇머뭇 쿠키를 입으로 가져간다. 유키노시타도 잠자코 한 개 집어 들었다.

파삭, 하는 상쾌한 소리와 함께 짧은 침묵이 내려앉는다.

그것은 다름 아닌 폭풍 전야의 고요함이었다.

"우웃! 이, 이것은!"

유이가하마가 눈을 부릅떴다. 미각이 뇌세포에 도달해 그 느낌을 표현하기에 적합한 말들을 찾아 헤맨다.

"뭔가 큰 특색이 있는 것두 아니구, 가끔씩 버석버석 알갱이가 씹히기까지 해! 분명히 말해서 그다지 맛있지 않아!"

놀라움에서 분노로 감정의 저울추가 확 기운다. 그 변화폭이 워낙 컸던 탓인지 유이가하마가 나를 매서운 눈초리로 째려본다.

유키노시타는 묵묵히 수상하단 눈빛으로 나를 쳐다본다. 아무래도 이 녀석은 알아차린 모양인데.

두 여자의 눈총을 받으며 나는 조용히 눈을 내리깔았다.

"그래? 맛이 없나 보네. ⋯⋯열심히 만들었는데."

"─아, 미안⋯⋯."

내가 고개를 숙이자 유이가하마도 겸연쩍은 얼굴로 바닥에 시선을 떨구었다.

"미안, 버릴게."

그렇게 말하며 접시를 빼앗아 들고 빙글 몸을 돌린다.

"자, 잠깐만!"

"……왜?"

유이가하마가 내 팔을 붙들어 제지한다. 그리고는 내 질문에 대답하는 대신 그 못생긴 쿠키를 집어 들더니 입안으로 쏙 던져 넣었다.

오독오독 소리를 내며 버스럭거리는 쿠키를 씹어 먹는다.

"그, 그렇다구 버릴 건 없잖아. ……말은 그렇게 했지만 아주 맛없는 것두 아니구."

"……그래? 먹을 만하냐?"

내가 씨익 웃어 보이자 유이가하마는 말없이 고개를 끄덕이더니 이내 획 하고 시선을 돌렸다. 창문을 통해 스며드는 저녁놀 탓에 그 얼굴이 벌겋게 보였다.

"뭐, 사실은 아까 유이가하마가 만든 쿠키지만 말이야."

"……으응?"

담담히, 태연하게 진실을 고했다. 내가 만들었단 소리는 한마디도 안 했으니 거짓말은 아니다.

유이가하마가 얼빠진 소리를 낸다. 눈이 점이 되고 입이 크게 벌어져 더욱 얼빠져 보인다.

"어? 어?"

눈을 깜빡거리며 나와 유키노시타를 번갈아 본다. 어떻게 된 건지 전혀 파악을 못 한 눈치다.

"히키가야, 이해가 잘 안 가는데. 방금 그 유치한 연극에 무슨 의미가 있지?"

유키노시타가 못마땅한 표정으로 나를 쏘아본다.

"이런 말이 있지…… 『사랑이 있으면, 러브 이즈 오케이!!』."

나는 상큼한 미소를 지으며 엄지를 휙 치켜들었다.

"노티 나."

유이가하마가 작은 소리로 되받아쳤다. 뭐 내가 초등학생일 때 했던 프로그램이니까. 유키노시타는 영문을 모르겠는지 의아한 표정으로 고개를 갸웃했다.

"너희들은 허들을 너무 높게 잡았어."

저도 모르게 훗 하고 미소를 짓고 만다. 이 우월감은 뭘까. 정답을 아는 사람은 나뿐이라는 이 쾌감. 끝내주는데. 자연스럽게 말수가 늘어난다.

"훗……. 허들 경기의 주목적은 뛰어넘는 게 아냐. 가장 먼저 결승선을 통과하는 거지. 반드시 뛰어넘어야만 한다는 규칙은 없어. 허―."

"요점은 파악했으니 이제 됐어."

―들을 쓸어버리든 날려버리든 밑으로 기어서 통과하든 상관없단 소리지, 라고 말하려 한 순간 유키노시타에게 가로막혔다.

"결국 본말이 전도됐단 소리지?"

……어째 기분이 찝찝한데. 그러나 유키노시타의 해석은 정확히 내가 하려던 말 그 자체였으므로 별수 없이 고개를 끄덕이고는 설명을 이어갔다.

"힘들게 만든 수제 쿠키잖아. 수제라는 부분을 어필하지 않으면 의미가 없어. 가게에서 파는 쿠키와 똑같은 걸 내놔봤자 기쁘지도 않다고. 오히려 맛은 살짝 별로인 편이 더 나아."

그 말에 유키노시타가 납득이 가지 않는다는 얼굴로 되물었다.

"별로인 편이 낫다고?"

"그래. 어설프지만 최선을 다했습니다! 라는 점을 어필하면 『날 위해 열심히 만들었구나……』라고 착각한다고. 슬프게도."

"설마 그렇게 단순할까……."

유이가하마가 의심스러운 표정으로 나를 쳐다본다. 동정 주제에 웬 헛소리야? 라는 듯한 시선이다.

휴우, 어쩔 수 없군. 조금 더 설득력 있는 이야기를 들려줘볼까.

"……이건 내 친구의 친구 이야기인데, 그 녀석이 갓 중학교 2학년이 되었을 때 일이야. 학기 초니까 첫 학급회의 시간에 임원 선거를 하게 되어 있지. 하지만 중학교 2학년이잖아. 그 나이에 임원 따위를 하고 싶어 하는 남학생이 있을 리 없지. 결론은 제비뽑기였어. 내 친구 놈은 워낙에 천성적으로 운이 없는 인간이라 그런지 당연하다는 듯 임원이 되고 말았지. 그리고 담임으로부터 회의 진행권을 넘겨받아 여자 임원을 뽑아야 했어. 내성적이고 부끄럼 많은 샤이 보이에겐 무척 부담스러운 상황이었지."

"다 똑같은 뜻이잖아. 게다가 서론이 너무 길어."

"잠자코 듣기나 해. 그때 한 여자애가 입후보했어. 귀여운 아이였지. 그리하여 경사스럽게도 남녀 임원이 결정되었어. 그 여자애는 수줍어하며 『앞으로 1년간 잘 부탁해』라고 인사해왔어. 그 후로 그 여자애는 툭하면 그 녀석에게 말을 걸어왔어. 『어라? 애 혹시 날 좋아하는 거 아냐? 그러고 보니 내가 임원이 된 다음에 입후보했고, 자꾸만 말을 걸어오는 걸로 봐서는 날 좋아하는 게 분명해!』 그렇게 확신하게 되기까지는 오랜 시간이 걸리지 않았어. 대략 1주일 정도?"

"너무 빠르잖아!"

흠흠 고개를 끄덕이며 듣고 있던 유이가하마가 기겁을 했다.

"야 이 바보야, 사랑에 나이 차이나 알아온 시간 같은 건 상관없다고. 그리하여 어느 날 방과 후, 선생님의 지시로 유인물을 걷던 도중에 녀석은 결심을 굳히고 고백했지.

『저, 저기, 혹시 좋아하는 애 있어?』

『무슨 소리야, 그런 거 없어.』

『에이, 그렇게 말하는 걸 보니까 있네 뭘! 누구야?』

『……누구일 거 같아?』

『그걸 내가 어떻게 아나? 맞다, 힌트! 힌트를 줘봐!』

『딱히 힌트를 줄 만한 게 없는데…….』

『아, 그럼 이니셜, 이니셜을 알려줘. 성이든 이름이든 상관 없으니까. 제발 부탁이야!』

『으음, 뭐 그 정도라면…….』

『정말!? 아싸! 그래서? 이니셜이 뭔데?』

『……H.』

『엇……? 그거…… 혹시 나?』

『뭐? 무슨 소리야, 그럴 리가 없잖아. 뭐야, 아 진짜 기분 나빠. 그런 소리 하지도 마』

『아, 아하하, 그, 그렇지? 그냥 장난이었어.』

『아니, 이건 진짜 아니라고 봐……. ─시킨 일도 다 했고, 나 먼저 갈게.』

『그, 그래…….』

그리하여 홀로 교실에 남겨진 나는 석양을 바라보며 눈물을 흘렸지. 설상가상으로 이튿날 학교에 와보니 반 전체에 소문이 쫙 퍼졌더라고."

"힛키의 경험담이었구나……."

유이가하마가 멋쩍은 기색으로 눈을 피하며 중얼거렸다.

"무, 뭐, 야 이 바보야, 누가 내 경험담이래? 그냥 말이 헛나온 거라니까!"

내 변명 따위 일고의 가치도 없다는 듯 유키노시타는 성가신 기색으로 한숨을 쉬었다.

"애초에 친구의 친구 운운한 시점에서 아웃이잖아. 친구도 없으면서."

"아니, 이게!?"

"네 트라우마 같은 건 아무래도 상관없고, 그래서 결국 하고 싶은 말이 뭐였는데?"

아무래도 상관없을 리 있겠냐, 나는 그 사건을 계기로 여자들한테 완전히 미운털이 박혀버렸다고. 게다가 남자들한테는 절호의 놀림감이 되어 「나르가야(나르시스트+히키가야)」라는 별명을…… 아무래도 상관없는 이야기 맞네.

나는 잡념을 떨쳐버리고 말을 이었다.

"요지는 이거야. 남자란 불쌍하리만큼 단순한 생물이라고. 말만 걸어와도 착각하고, 수제 쿠키라는 이유만으로 기뻐해. 그러니까……."

나는 잠시 뜸을 들이고는 유이가하마를 바라보았다.

"뭔가 큰 특색이 있는 것도 아니고 가끔씩 버석버석 알갱이가 씹히기까지 하는, 분명히 말해서 그다지 맛있지 않은 쿠키로도 충분하단 이야기지."

"으윽~! 시끄러워!"

유이가하마가 분노로 얼굴을 붉게 물들인 채 비닐봉지와 유산지 기타 등등을 집어던진다. 맞아도 아프지 않을 만한 물건들만 고르다니 이 녀석 착하구나. 어라? 애 혹시 날 좋아하는 거 아냐? 아뇨 저기요 농담이라니까요. 두 번 다시 그딴 머저리 같은 짓을 할까 보냐.

"힛키, 진짜 재수 없어! 난 갈래!"

사나운 눈으로 나를 째려본 유이가하마가 가방을 집어 들고 벌떡 일어섰다. 흥, 하고 얼굴을 돌린 채 문을 향해 빠르게 걸어간다. 그 어깨가 부들부들 떨리는 게 보였다.

이런, 말이 좀 심했나…… 또다시 교실에서 내 악담이 난무할 걸 생각하니 마음이 편치 않다. 수습에 들어가야겠다.

"저기, 그러니까…… 네가 열심히 노력했다는 게 느껴지면 남자 마음도 흔들리지 않겠어?"

유이가하마가 문 앞에서 고개를 돌린다. 역광이라 표정은 잘 보이지 않았다.

"……힛키두 흔들려?"

"엉? 아, 그야 미친 듯이 흔들리겠지. 정확히는 친절하게 대해주기만 해도 반해버릴 수준. 그보다 힛키라고 부르지 마."

"흐, 흐음."

적당히 대꾸하자 유이가하마는 심드렁하게 응수하고는 이번에도 금방 시선을 피했다. 그리고는 문을 열고 그대로 돌아가려 한다. 그 등을 향해 유키노시타가 물었다.

"유이가하마, 의뢰는 어떡하고?"

"그건 이제 됐어! 다음엔 내 방식대로 해볼게. 고마워, 유키노시타."

뒤돌아본 유이가하마는 웃고 있었다.

"그럼 내일 봐, 빠이빠이~."

손을 흔들며 이번에야말로 유이가하마는 돌아갔다. 앞치마를 걸친 채로.

"……정말 이걸로 된 걸까?"

유키노시타가 문쪽을 바라보며 중얼거렸다.

"난 기량 향상에 도움이 된다면 한계까지 도전해봐야 한다고 생각해. 결국은 그게 유이가하마의 피와 살이 되는 거니까."

"뭐 그게 정론이긴 하지. 노력은 자신을 배신하지 않아. 꿈을 배신하는 경우는 있지만."

"뭐가 다른데?"

돌아보는 유키노시타의 뺨을 바람이 어루만진다. 양 갈래로 묶은 머리카락이 휘날린다.

"노력한다고 꿈이 이루어진다는 보장은 없어. 오히려 이루어지지 않는 경우가 더 많겠지. 하지만 노력했다는 사실 자체로 어느 정도 위안은 되니까."

"단순한 자기만족이야."

"하지만 그게 자신을 배신하는 건 아니잖아?"

"물러 터져서는……. 기분 나빠."

"너를 포함한 이 사회가 내게 너무 가혹해서 말이야. 나만이라도 스스로에게 관대해지기로 했거든. 모두들 자기 자신에게 좀 더 너그러워질 필요가 있어. 모두가 잉여가 되면 잉여도 사라질 테니."

"부정적인 사고방식의 이상론자라니 난생처음 봐……. 그런 사상이 횡행했다간 지구가 멸망할걸."

유키노시타는 어처구니없단 표정이지만 나는 이 사상이 제법 마음에 든다. 언젠가는 니트의, 니트에 의한, 니트를 위한 니트 국가, 니트리아를 건설하고 싶다. ……어째 사흘 만에

망할 것 같군.

× × ×

마침내 봉사부란 동아리가 무엇을 하는 곳인지 알아냈다.

쉽게 말해 이곳은 상담을 요청해오는 학생들의 문제 해결을 돕는 동아리인 셈이다. 하지만 그 존재가 대외적으로 알려진 것은 아닌가 보다. 실제로 나만 해도 이런 곳이 존재하는 줄 몰랐으니까. 아니, 꼭 내가 전교 왕따인 탓에 몰랐던 것만은 아니다. 유이가하마도 동아리의 성격을 정확히 알지 못했음을 감안하면 이곳에 상담하러 오기까지는 모종의 연결고리가 필요한 듯하다. 그 연결고리가 바로 히라츠카 선생님.

이따금 문제나 고민거리를 지닌 학생을 발견하면 선생님이 이곳으로 보내오는 것이다.

말하자면 격리병동.

그 요양소에서 나는 여전히 책만 들여다보고 있었다.

고민을 상담한다는 행위는 콤플렉스를 내보이는 것이나 다름없다. 자신의 약점을 같은 학교 학생에게 털어놓는다는 것은 감수성 예민한 고교생에게는 결코 쉽지 않은 일이리라. 유이가하마만 해도 히라츠카 선생님의 소개로 찾아온 것이고, 그렇지 않고서야 이런 곳까지 발걸음 할 사람은 없다.

오늘도 손님이 오지 않아 개점휴업 상태다.

나나 유키노시타나 침묵에 개의치 않는 성격이라 이렇게 둘이서 독서에 열중하는 시간은 대단히 조용하다.

덕분에 똑똑 문을 두들기는 건조한 소리가 유난히 또렷하게 울려 퍼졌다.

"안뇨옹~."

기운이 빠질 만큼 덜떨어진 인사와 함께 미닫이문을 열어젖힌 사람은 유이가하마 유이였다.

맨다리가 드러나는 짧은 치마에서 눈을 돌리자, 이번에는 활짝 풀어헤친 블라우스 앞섶으로 눈길이 간다. 변함없이 걸레도가 높은 여자다.

그 모습을 본 유키노시타가 큰 소리로 한숨을 쉬었다.

"……무슨 일이야?"

"어어, 뭐야? 별루 환영받는 분위기가 아니네……? 저기 혹시 유키노시타, 내가…… 싫어?"

유키노시타의 입에서 흘러나온 한숨 소리를 들은 유이가하마가 흠칫 어깨를 떤다. 그러자 유키노시타는 흐음, 하고 생각에 잠긴 표정을 했다. 그리고는 평소와 똑같은 목소리로 대답했다.

"딱히 싫지는 않아. ……그냥 조금 불편하달까?"

"그거 여자 언어로 싫다랑 동의어거든!?"

유이가하마가 허둥댄다. 역시 미움받는 건 싫은 모양이다. 이 녀석 하고 다니는 꼬락서니는 완전히 걸레인데 행동거지는 하나같이 평범한 여자애란 말이지.

"그나저나 무슨 일이지?"

"아, 유키노시타두 알다시피 내가 요즘 요리에 취미를 붙였잖아?"

"알다시피라니…… 금시초문인데?"

"그래서 말인데, 지난번의 답례랄까? 쿠키를 만들어왔는데 먹어보라구."

그 순간 유키노시타의 얼굴에서 핏기가 싹 가셨다. 유이가하마의 요리라고 하면 그 거무튀튀한 쇳덩어리 쿠키가 제일 먼저 떠오른다. 생각만 해도 목구멍과 마음이 바짝 타들어 간다.

"별로 식욕이 없으니 됐어. 마음만 받아둘게."

아마도 식욕을 잃은 건 방금 유이가하마가 쿠키 이야기를 꺼낸 탓이겠지만, 그 사실을 굳이 말하지 않는 점이 유키노시타의 상냥함이리라.

그러나 유키노시타의 사양에도 아랑곳 않고 유이가하마는 콧노래를 흥얼거리며 가방에서 셀로판지 꾸러미를 꺼낸다. 깜찍하게 포장된 그것은 역시나 거무튀튀했다.

"아니, 막상 해보니까 재밌더라구~. 다음번엔 도시락 싸기에 도전해볼까나? 아, 그래서 말인데 유키농, 점심 같이 먹자."

"아니, 난 혼자 먹는 게 좋으니까 그건 좀. 그리고 유키농이란 호칭은 소름 끼치니 그만 둬."

"말두 안 돼, 외롭지 않아? 유키농, 어디서 먹어?"

"부실에서……. 저기, 내 말 듣고는 있는 거야?"

"맞다, 그리고 나두 방과 후엔 한가하니까 동아리 일 거들게. 어, 그 뭐랄까, 답례? 이것두 답례니까 조금도 신경 쓸 필요 없어."

"⋯⋯내 말, 듣고는 있어?"

유이가하마의 폭풍 같은 수다 공세에 유키노시타가 곤혹스러움이 역력한 표정으로 이쪽을 힐끔거린다. 이 녀석 좀 어떻게 해보란 뜻인가 보다.

도와줄 리가 있겠냐, 바보야.

걸핏하면 내게 폭언을 퍼붓고, 음료수값은 떼어먹고, ⋯⋯게다가 그 녀석은 네 친구잖아.

솔직히 말하면 유키노시타가 유이가하마의 고민 상담에 진지하게 응했기에 유이가하마도 이렇게 답례를 하러 온 것이라고 생각한다. 그렇다면 이 상황은 유키노시타가 누려야 마땅한 권리이자 의무다. 방해해선 안 된다.

나는 읽던 문고본을 덮고 슬그머니 자리를 떴다. 들릴락 말락 한 소리로 "수고해"라고 작별 인사를 남기고 부실을 나서려 했다.

"아참, 힛키."

부르는 소리에 뒤돌아보니 눈앞으로 시커면 물체가 날아든다. 반사적으로 잡아챈다.

"일단은 답례랄까? 힛키두 도와줬으니까."

살펴보니 시커면 하트 모양의 무언가다. 거참 흉측하구만. 왠지 모르게 불길하지만 답례라고 하니 일단 고맙게 받아두기로 하자.

그리고 힛키라고 부르지 마.

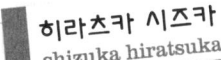

히라츠카 시즈카
shizuka hiratsuka

생일
비공개
(여자에게 생년월일을 묻지 마라)

특기
격투기

취미
드라이브, 나들이, 독서
(만화, 할리퀸 소설)

휴일을 보내는 법
아침까지 마신다,
대낮까지 잔다,
일어나면 마신다,
잔다

히키가야 하치만
hachiman hikigaya

생일
8월 8일
(여름방학 때라 친구에게 한 번도
축하를 받아본 적이 없다.
다만 저주받은 적은 있다)

특기
퀴즈, 수수께끼 등
혼자서 할 수 있는 것들.
혼잣말

취미
독서

휴일을 보내는 법
뒹굴뒹굴 독서,
뒹굴뒹굴 TV 시청,
뒹굴뒹굴 수면

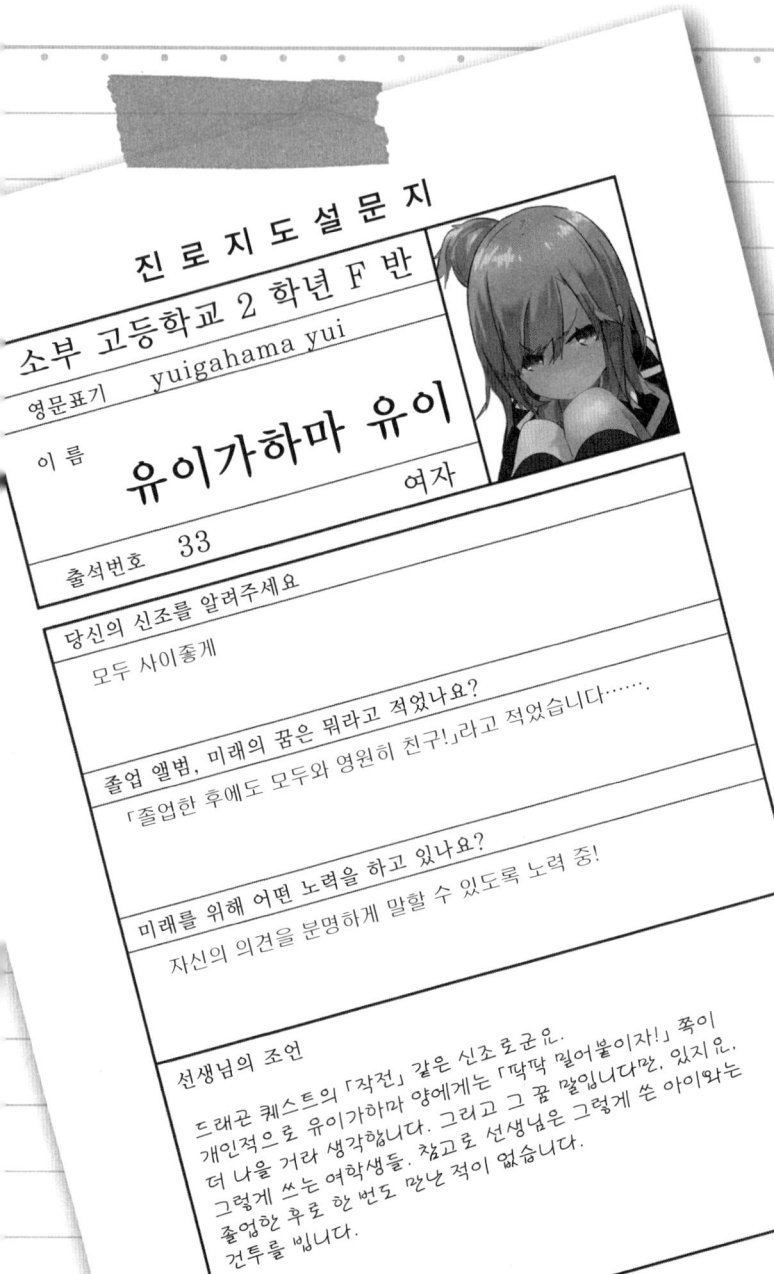

진 로 지 도 설 문 지

소부 고등학교 2 학년 F 반

영문표기　yuigahama yui

이 름　**유이가하마 유이**

여자

출석번호　33

당신의 신조를 알려주세요

모두 사이좋게

졸업 앨범, 미래의 꿈은 뭐라고 적었나요?

「졸업한 후에도 모두와 영원히 친구!」라고 적었습니다……

미래를 위해 어떤 노력을 하고 있나요?

자신의 의견을 분명하게 말할 수 있도록 노력 중!

선생님의 조언

드래곤 퀘스트의 「작전」 같은 신조로군요.
개인적으로 유이가하마 양에게는 「딱딱 밀어붙이자!」 쪽이
더 나을 거라 생각합니다. 그리고 그 꿈 멋집니다만, 있지요,
그렇게 쓰는 여학생들. 참고로 선생님은 그렇게 쓴 아이와는
졸업한 후로 한 번도 만난 적이 없습니다.
건투를 빕니다.

그래도 **학급**은 잘 돌아간다.

종이 치며 4교시가 끝났다. 대번에 느슨한 공기가 흐르기 시작한다. 어떤 녀석은 매점을 향해 질주하고, 어떤 녀석은 덜컹덜컹 책상을 움직여 도시락을 펼쳐놓고, 또 어떤 녀석은 다른 교실로 걸음을 옮긴다.

점심시간, 2학년 F반 교실은 오늘도 평상시와 다름없는 소란스러움으로 가득했다.

오늘처럼 비가 내리면 나는 갈 곳이 없다. 평소 같으면 점심 먹기에 안성맞춤인 최적의 장소가 있지만, 아무리 나라도 쫄딱 젖어가며 밥을 먹는 취미는 없다.

별수 없이 교실에서 혼자 편의점 봉지빵을 우물우물 먹어치운다.

이렇게 비 오는 날 점심시간에는 보통 소설이나 만화를 읽으며 시간을 때우지만, 읽다 만 책은 어제 부실에 두고 와버렸다. 쉬는 시간에 가지러 갔다 올 걸 그랬나 보다.

이제 와서 후회해본들 이미 버스는 떠나갔다. 영어로 하면

after the bus. 그건 버스 다음이잖아!

혼자 헛소리를 하고 혼자 딴죽을 건다. 그럴 만큼 지루했다.

그나저나 늘 생각하는 거지만 혼자 있는 시간이 길어지면 자연스럽게 다양한 것들이 머릿속에서 완결되어 버린다.

집에 있으면 혼잣말이 늘어난다. 혼자 목이 터져라 열창을 하기도 한다. 그러다가 여동생이 돌아오는 바람에 「MOTTO! MOT…… 왔어?」가 되는 경우도 허다하다. 아무리 그래도 교실에서 노래를 부르진 않지만.

그러다 보니 대신 생각이 많아진다.

외톨이란 말하자면 사색의 달인이다. 인간은 생각하는 갈대란 말처럼 정신이 들면 늘 무언가를 생각하고 있다. 그중에서도 외톨이는 남에게 사고 영역을 할애할 필요가 없으므로 그만큼 사색의 깊이가 더해진다. 따라서 우리들 외톨이는 범인(凡人)과는 다른 사고 회로를 가지기에 이르러 때로는 일반인의 틀을 뛰어넘는 발상이 샘솟기도 한다.

방대한 정보를 대화라는 불완전한 표현수단으로 전달하기는 쉽지 않다. 컴퓨터를 생각해보면 이해가 빠르다. 컴퓨터도 막대한 데이터를 서버에 올리거나 메일로 전송하려면 시간이 걸리지 않는가. 그와 같은 원리로 방대한 사고량을 지닌 외톨이는 약간 말주변이 부족한 경향이 있다.

나는 그게 꼭 단점이라고만은 생각하지 않는다. 메일을 보내는 것이 컴퓨터가 가진 기능의 전부는 아니다. 인터넷도 포토샵도 있지 않은가. 편협한 가치관으로 사람을 재단하지 말라는 이야기다.

　비유를 들긴 했지만, 사실 나는 특별히 컴퓨터에 해박하진 않다. 그쪽 방면에 정통한 건 지금 교실 앞에 진을 치고 있는 녀석들이다.

　녀석들이란 현재 PSP를 들고 옹기종기 모여앉아 멀티 플레이 모드로 사냥 중인 놈들을 가리킨다. 내 기억이 맞는다면 오다니 타하라니 하는 이름일 거다.

　"야야, 너 해머라니!"

　"건랜스로 학살 여유네요^^"

　참으로 재미있어 보인다. 저 게임은 나도 하고 있고, 솔직히 말해서 저 무리에 끼고 싶을 정도다.

　만화, 애니메이션, 게임 등은 한때 외톨이의 독무대였지만, 최근 들어 일종의 커뮤니케이션 도구화되면서 저런 집단에 들어가는 데에도 친화력이 필요하다.

　그리고 슬프게도 내 이 어중간한 용모 탓에 녀석들에게 접근하면 「냄비팬」, 「말로만 찌질이」라는 식으로 뒤에서 까인다. 대체 나더러 어쩌라고.

　중학교 때 애니메이션 이야기를 하고 있기에 끼어들려고 했더니 다들 노골적으로 침묵하는 바람에 엄청 괴로웠더랬지…… . 그 이후로 저런 집단에 들어가는 건 포기했다.

　게다가 나란 놈은 어릴 때부터 「나도 끼워줘~」라고 조를 줄 모르는 아이였으니 더 문제다. 학교 체육 시간에 발야구를 할 때 학급의 중심인물인 남자애 둘이 가위바위보를 해서 이긴 쪽이 자기 팀에 넣고 싶은 아이를 데려가는 규칙이 있었다. 그럴 때마다 난 언제나 끝까지 남았었다고? 「난 언제쯤 뽑히려나~ 두근두근」하며 가슴 설레어 했던 열 살 때의 내가 가엾어서 눈물이 다 난다.

덕분에 운동 자체는 싫어하지 않건만 스포츠를 싫어하게 되었다. 야구는 좋아하지만 같이 할 상대가 없다. 그래서 어렸을 때 나는 죽도록 벽 피칭과 1인 시트 노크를 했고, 투명 주자와 투명 수비진을 구사하여 1인 야구를 해본 적도 있다.

반면에 아주 세련되고 뛰어난 커뮤니케이션 기술을 지닌 인종들도 이 교실에는 있다.

이를테면 교실 뒤에 있는 패거리가 그렇다.

축구부 둘에 남자 농구부 둘, 그리고 여자 셋. 그 화사한 분위기만 보아도 그들이 이 학급의 상위 카스트라는 사실을 한눈에 알 수 있다. 참고로 유이가하마도 이 그룹에 속한다.

그중에서도 한결 눈부신 광채를 뿜어내는 인간이 둘 있었다.

하야마 하야토.

그것이 저놈들의 대장 격인 녀석의 이름이다. 축구부 에이스이자 차기 부장 후보. 오래 보고 있기에 유쾌한 녀석은 아니다.

뭐 흔히들 말하는 뚱품계 미남이다. 뭐야, 너 지금 나 무시하냐?

"으음, 오늘은 무리야. 축구부 연습도 있고."

"하루 정돈 상관없잖아? 오늘 말야, 배스킨에서 더블을 싸게 판다구우~. 나아 초코라든가 쇼콜라 더블이 먹고 싶은뎅~."

"그거 둘 다 초코잖아(웃음)."

"뭐야아, 전~혀 다르거덩? 그보다 배고파 죽겠고오."

그렇게 툴툴거리는 인간이 바로 하야마의 파트너 미우라 유미코.

금색 롤빵 머리에 「너 오이란#7이냐?」라고 묻고 싶어지는, 어깨까지 드러낼 기세로 과감히 풀어헤친 교복. 치마는 아예 「그거 입어봐야 의미가 있냐?」란 생각이 들 정도로 짧다.

미우라도 얼굴은 오목조목 예쁘장하지만 그 과격한 차림새와 무식해 보이는 행동거지 탓에 개인적으로는 비호감이다. 아니, 사실은 그냥 순수하게 무섭다. 잘못했다간 무슨 소리를 들을지 모르잖아.

그러나 하야마에게는 미우라가 공포의 대상이 아닌지, 하는 짓으로만 봐서는 도리어 쾌활하고 죽이 잘 맞는 상대로 인식하는 눈치다. 이래서 카스트가 높은 남자들의 머릿속은 도통 알 수가 없다니까. 저 여자, 아무리 봐도 상대가 하야마니까 살갑게 구는 것뿐이잖아. 나였으면 콧김 한 방에 살해당할 수준.

하긴 나하고는 아무런 접점이 없는 관계로 말을 섞을 일도 없으니 상관없지만.

하야마와 미우라는 여전히 티격태격하는 중이었다.

....

#7 오이란 에도시대의 고급 기녀.

"미안한데 오늘은 봐주라."

하야마가 분위기 전환을 꾀하듯 딱 잘라 거절했다. 미우라
가 어리둥절한 얼굴로 쳐다본다. 그러자 하야마가 근사한 미
소를 지으며 자신만만하게 선언했다.

"우리들, 올해는 진심으로 국립을 노리고 있으니까."

뭐? 국립? 쿠니타치(国立)가 아니라? 이 녀석 지금 중앙선
을 타고 가다보면 나오는 도쿄 쿠니타치 시가 아니라 국립 경
기장을 말하는 거야?

"푸홋……."

발작적으로 웃음이 치밀어 오른다. 나 참, 뭔가 근사한 대사
를 쳐버렸단 분위기를 풀풀 풍겨대는 게 정말이지 답이 없다.
빌어먹을, 절대 용서 못 해.

"게다가 유미코, 그렇게 먹어대다간 나중에 후회할걸?"

"나아 아~무리 먹어도 살 안 찌거덩? 아아, 역시 오늘도 먹
는 수밖에 없나아~ 그치이, 유이~?"

"응, 그래그래. 유미코 날씬하잖아. 그래서 말인데, 나 오늘
은 좀 약속이 있어서……."

"그지이~? 일케 된 이상 오늘도 배터지게 먹는 수밖에 없
겠넹~."

미우라의 말에 비위를 맞추듯 와자지껄한 웃음소리가 터져
나왔다. 마치 예능 프로그램에서 덧입히기라도 한 듯 공허한
웃음소리다. 소리만 쓸데없이 커서 왠지 썰렁한 자막이 딸려
나올 것만 같다.

별로 듣고 싶은 마음은 없지만 놈들의 목소리가 워낙 커서 귀에 쏙쏙 들어온다. 하긴 기본적으로 무리를 이룬 오타쿠와 리얼충은 목청이 크다. 교실 한가운데에 자리한 나는 주위에 아무도 없는데 주위가 시끄럽다는, 태풍의 눈 상태를 경험 중이었다.

하야마는 모두의 중심에서 누구나 호감을 느낄 만한 미소를 지어 보였다.

"과식해서 배탈 나지나 마."

"그니까 암만 먹어도 멀쩡하다니까안? 살도 안 찌공, 그치이, 유이~?"

"이야~ 진짜 유미코 몸매는 완전 사기 급이지. 각선미두 진짜 끝내주구. 근데 나 잠깐……."

"우웅~ 그런가아? 그치만 유키노시탄가 뭔가 하는 애가 더 쩔지 않나아~?"

"아, 그러게. 유키농은 진짜 쩔지."

"……."

"……아, 그, 그치만 유미코가 더 화사하다구나 할까!"

미우라가 말없이 눈썹을 꿈틀하자 유이가하마가 재빨리 덧붙인다. 이쯤 되면 뭐랄까, 여왕과 시녀 같은 구도다. 하지만 뒤늦은 칭찬도 여왕의 불편해진 심기를 누그러뜨리기에는 역부족이었나 보다. 미우라의 눈초리가 불쾌한 듯 가늘어진다.

"뭐 맘대로 해. 연습이 끝난 후에라도 괜찮다면 나도 같이 갈 테니."

긴장된 분위기를 감지했는지, 하야마가 능청스러운 말투로 끼어들었다. 그 말에 여왕의 기분도 풀렸는지 "오케, 그럼 나중에 문자 보내기당?"하고 웃는 얼굴로 대화를 재개했다.

슬쩍 뒤로 물러나서 가슴을 쓸어내리는 유이가하마.

야야, 엄청 피곤해 보이잖아. 무슨 봉건사회냐? 저런 식으로 바짝 신경을 곤두세워야만 리얼충이 될 수 있다면 난 평생 이대로 살련다.

그 순간 고개를 든 유이가하마와 눈이 마주쳤다. 내 얼굴을 본 유이가하마가 무언가 결심을 굳힌 표정으로 후우, 하고 심호흡을 했다.

"있지…… 나 좀 가볼 데가 있어서……."

"아, 그래? 그럼 올 때 그거 쫌 사다주라, 레몬 티. 오늘 마실 거 갖고 온대 놓고 깜빡했거덩~ 빵인데 음료수 없음 퍽퍽하잖아?"

"아, 그, 그치만 그게 나 5교시 시작할 때나 돼야 돌아올 거라구나 할까, 점심시간 내내 교실에 없을 거라 그건 좀 힘들지 않을까 하는 생각이……."

유이가하마의 대답에 일순 미우라의 얼굴이 굳어진다.

미우라는 기르는 개에게 손을 물린 표정을 하고 있었다. 여태껏 미우라의 말에 토를 단 적이 없었을 유이가하마가 다른 사람도 아닌 자신의 부탁을 거절한 것이다.

"헐? 어라, 잠깐, 뭐야, 어떻게 된 거야아? 유이 너 전번에도 글구선 수업 끝나구 딴 데로 샜잖아? 어째 요즘 우릴 멀리

하는 거 같은데에……."

"아~ 그건 뭐랄까, 불가피한 사정 탓이랄까 일신상의 문제 때문이랄까……."

두서없이 횡설수설하는 유이가하마. 네가 무슨 회사원이냐.

하지만 그 대답이 역효과였는지 미우라가 짜증스럽게 손톱으로 탁탁 책상을 두들긴다.

여왕의 느닷없는 폭발에 교실 안이 쥐죽은 듯 고요해진다. 앞에 있는 오다인지 타하라인지도 PSP 음량을 대폭 줄였다. 하야마와 그 밖의 추종자들도 어색하게 땅바닥만 쳐다보고 있었다.

미우라의 긴 손톱이 신경질적으로 책상을 두들기는 소리만이 울려 퍼진다.

"글케 말함 못 알아듣지. 할 말 있음 똑바로 하던가. 우리 친구잖아? 그런 식의, 비밀이랄까? 그딴 거 없어야 되지 않아?"

유이가하마가 풀이 죽어 고개를 푹 수그린다.

미우라의 말은 듣기엔 번드르르하지만 실상은 동료 의식의 강요에 불과하다. 친구니까, 동료니까 무슨 말이든 할 수 있고 또 무엇을 해도 상관없다. 미우라는 그렇게 주장하려는 것이다. 그리고 그 논리의 이면에는 「그게 불가능하다면 친구가 아니다. 따라서 적이다」라는 의도가 은연중에 깔려 있다. 이딴 건 그냥 사상 검증이고 이단 심문일 뿐이다.

"미안……."

시선을 내리깐 유이가하마가 쭈뼛쭈뼛 입을 열었다.

"그니깐 미안 말고 뭐 할 말이 있을 거 아냐?"

그렇게 말하는데 말할 수 있는 놈이 어디 있냐? 이딴 건 대화도 질문도 아니다. 그저 사과를 받아내고 싶을 뿐이고 공격을 하고 싶을 뿐이다.

머저리들, 지들끼리 실컷 치고받으라지.

나는 정면으로 돌아앉아 휴대폰을 만지작거리며 빵을 입으로 가져간다. 우물우물 씹어 꿀꺽 삼킨다. 그럼에도 무언가가, 빵이 아닌 무언가가 명치 언저리에 묵직하게 얹혀 있었다.

……으음, 그 뭐랄까.

자고로 식사란 좀 더 즐겁고 행복해야만 하는 거 아닌가? 『고독한 미식가』만 봐도 그렇고.

도와줄 마음은 요만큼도 없다만, 아는 여자애가 눈앞에서 울먹대고 있으면 위가 꾸륵꾸륵 조여들어 밥맛이 떨어진단 말이야. 누구나 밥 정도는 맛있게 먹고 싶은 법이잖아.

게다가 저렇게 공격당하는 역할은 내 전매특허인데 남한테 맨입으로 양보할 순 없는 노릇이지.

아아, 그리고 또 있다.

……재수 없다고, 망할 년.

나는 책상을 덜컹 밀어젖히며 벌떡 일어섰다.

"어이, 이제—."

"닥쳐."

—그만 둬, 라고 말하려는 찰나, 미우라가 뱀 같은 눈으로

쉭쉭대며 나를 노려보았다.

"……이, 이제 음료수라도 사올까. 그, 그렇지만 역시 그만두는 편이 나으려나?"

으아, 깜짝이야! 저건 대체 무슨 콘다냐고……! 반사적으로 「자자자자잘모해씁니다!」라고 빌어댈 뻔했잖아!

주춤주춤 다시 자리에 앉는 나는 거들떠보지도 않고 미우라가 작게 움츠러든 유이가하마를 거만한 태도로 내려다본다.

"있지이~ 이게 다아 유일 위해 하는 말인데, 그딴 어정쩡한 태도, 겁나 짜증나거덩?"

유이가하마를 위해 하는 말이라면서 결국은 미우라의 감정과 이득을 위한 내용으로 끝난다. 한 문장 안에 이미 모순이 존재한다. 그러나 미우라의 머릿속에서는 결코 모순이 아니다. 왜냐하면 그녀는 이 그룹의 여왕이기 때문이다. 봉건사회에서는 지배자가 곧 법 아닌가.

"……미안."

"또 그 소리야?"

미우라가 황당함과 분노를 뒤섞어 고압적으로 코웃음 쳤다. 그것만으로도 유이가하마는 더욱 위축되고 만다.

제발 그만 좀 해, 이런 짓을 하면 보는 사람도 스트레스를 받는단 말이야. 이딴 불편한 분위기 아주 신물이 난다고. 너희들의 유치한 청춘 군상극에 애먼 관객을 끌어들이지 말란 말이야.

다시 한 번 나는 바닥나다시피 한 용기를 쥐어짜 냈다. 어차피 더 이상 깎아 먹을 호감도도 없다. 손해 볼 위험 없이 승부할 수 있다면 그렇게 나쁜 조건은 아니다.

내가 일어서서 두 사람의 곁으로 향하는 것과 유이가하마가 눈물에 젖은 눈으로 나를 바라본 것은 거의 동시였다. 마치 그 순간을 기다렸던 것처럼 미우라가 냉랭한 목소리로 말했다.

"얘얘, 유이~ 어딜 보니? 너 아까부터 계속 사과만 해대는 거 같은데에~."

"사과할 상대가 잘못됐잖아, 유이가하마."

그 목소리에는 미우라의 목소리보다도 훨씬 냉혹한 울림이 담겨 있었다. 듣는 이가 저절로 몸을 움츠리게 만드는, 극한의 대지에 휘몰아치는 칼바람과도 같은, 그럼에도 불구하고 극광(오로라)처럼 아름다운 목소리.

교실 끝에 위치한 출입문 앞에 서 있는데도 마치 그곳이 세계의 중심인 양 모두의 시선이 그리로 빨려들었다.

그런 목소리를 낼 수 있는 사람은 이 세상에 오직 유키노시타 유키노 한 명뿐이다.

나는 가위에 눌린 것처럼 엉거주춤 일어서려다 만 자세로 굳어버렸다. 이것에 비하면 방금 전 미우라의 협박은 어린애 장난이나 다름없었다. 유키노시타가 상대일 때는 겁먹을 여유도 없다니까? 공포를 뛰어넘어 아름답다는 생각마저 들어버리거든.

그 존재에 교실 안에 있는 사람들 전원이 매료되었다. 어느새 미우라가 책상을 두들기는 소리도 사라지고 완전한 정적이 내려앉았다. 그것을 찢어발기는 것은 유키노시타의 목소리뿐이었다.

"유이가하마, 자기가 먼저 말을 꺼내놓고 약속 장소에 나타나지 않는 건 인간적으로 문제가 있다고 생각하는데? 늦을 거면 연락 한 통쯤은 주는 게 예의 아니니?"

그 말에 유이가하마는 안심한 기색으로 미소를 지으며 유키노시타 곁으로 다가간다.

"……미, 미안해. 아, 그치만 나 유키농 휴대폰 번호도 모르구……."

"……그래? 그랬던가? 그렇다면 꼭 네 잘못이라고만 할 수도 없겠네. 이번 일은 불문에 부치도록 할게."

유키노시타는 주위 반응에는 전혀 개의치 않고 이야기를 진행시켜나갔다. 시원스럽게 느껴질 정도로 마이페이스였다.

"자, 잠깐마안! 우린 아직 얘기가 덜 끝났거덩!?"

가까스로 경직 상태에서 벗어난 미우라가 유키노시타와 유이가하마에게 대들었다.

화염의 여왕은 아까보다 더욱 맹렬한 기세로 화톳불을 피워올리며 분노를 활활 불사른다.

"뭐지? 너랑 이야기할 시간도 아까운데. 아직 점심을 못 먹었거든."

"헐? 뜬금없이 불쑥 쳐들어와선 웬 헛소리래? 유인 나랑 이야기하던 중이라고웃!"

"이야기? 윽박지르는 걸 잘못 말한 게 아니고? 그게 대화를 할 요량으로 한 행동이었단 말이지? 난 또 히스테리를 부리며 일방적으로 자신의 의견을 강요하는 중인 줄만 알았지."

"뭐엇!?"

"오해해서 미안. 너희들의 생태계에 어둡다 보니 그만 유인원의 위협과 동일한 행위로 분류해버렸네."

이글이글 타오르는 화염의 여왕도 얼음 여왕 앞에서는 꽁꽁 얼어붙고 만다.

"으윽~."

미우라가 분기탱천해서 유키노시타를 노려본다. 그러나 유키노시타는 그 눈빛을 차갑게 받아넘겼다.

"골목대장 노릇을 하며 허세를 부리는 건 자유지만 설치는 건 네 구역 안에서만 해. 네가 지금 한 화장처럼 금방 실체가 드러날 테니까."

"……흥, 뭐래? 도대체가 못 알아듣겠네."

괜한 오기를 부리며 미우라가 털썩 의자에 주저앉는다. 그리고는 돌돌 말린 머리카락을 거칠게 흔들며 신경질적으로 휴대폰을 만지작거리기 시작한다.

그런 미우라에게 말을 거는 인간은 아무도 없었다. 장단을 맞추는 게 주특기인 하야마조차도 딴청을 피우며 후아암, 하고 하품을 했다.

그 바로 옆에는 유이가하마가 우두커니 서 있었다. 무언가

하고 싶은 말이 있는 기색으로 치맛자락을 움켜쥔 손에 힘을 준다. 유이가하마의 의중을 읽었는지, 유키노시타가 먼저 교실을 나섰다.

"먼저 가 있을게."

"앗, 나, 나두……."

"……원하는 대로 해."

"응."

그 말을 들은 유이가하마가 싱긋 웃는다. 그러나 웃는 사람은 유이가하마뿐이었다.

어이, 뭐냐고, 이 분위기는……. 교실 안에 흐르는 불편한 분위기는 어느덧 심상치 않은 수준에 다다라 평소보다 훨씬 앉아 있기가 거북했다. 정신을 차려보니 안에 있던 인간들은 대부분 목이 마르다느니 화장실에 가야겠다느니 하며 교실을 빠져나간 상태였다. 남아 있는 사람이라곤 하야마&미우라 그룹과 호기심 넘치는 구경꾼들뿐이다.

나도 편승할 수밖에 없겠군, 이 대세의 흐름에! 아니, 솔직히 말해서 이보다 더 심각한 분위기가 되기라도 했다간 숨을 못 쉬어. 죽는다고.

살금살금 최대한 발소리를 죽여 유이가하마 옆을 지나친다. 그때 나지막한 목소리가 불쑥 귓속으로 흘러들었다.

"고마워, 아까 일어나줘서."

×　×　×

교실에서 나오니 유키노시타가 보였다. 문 바로 옆에 기대서서 팔짱을 낀 채 눈을 지그시 감고 있다. 유키노시타가 뿜어내는 분위기가 하도 냉랭해서인지 주위에는 아무도 없었다. 무척 조용했다.

　그 덕택에 교실 안에서 나누는 대화가 여기까지 들려왔다.

　『……저기, 미안. 나 말이야, 남들에게 맞추지 않으면 불안하다구나 할까…… 무의식적으로 분위기를 살핀다구나 할까…… 그래서 짜증 나게 만드는 부분이, 있었을지두…….』

　『…….』

　『음~ 뭐라구 해야 하나? 예전부터 그랬거든. 꼬마마법사레미 놀이를 할 때두 사실은 레미나 보라가 좋은데 다른 애들이 하고 싶어 하니까 메이를 고른다거나……. 서민 아파트 단지에서 자라서 그런가 주위엔 늘 사람들이 있었구 그게 당연해서…….』

　『무슨 소릴 하는지 전혀 모르겠거덩?』

　『그, 그치? 그게, 사실은 나두 잘 모르지만……. 그치만 힛키랑 유키농을 보면서 생각했거든. 주위에 아무두 없지만 즐거워 보이구, 속내를 다 드러내구 서로에게 맞추려구 노력하는 것두 아닌데, 어쩐지 잘 맞구…….』

　히끅, 하고 울음을 삼키는 소리가 간간이 들려온다. 그럴 때마다 유키노시타의 어깨가 움찔하며 슬그머니 실눈을 뜨고 눈동자만 굴려 교실 안의 동태를 살피려 애쓴다. 바보, 여기서는 안 보인다고. 그렇게 걱정되면 안으로 들어가면 될 거 아냐. 솔직하지 못한 녀석.

『그걸 보니까 지금껏 필사적으루 남에게 맞추려구 했던 게, 잘못된 거 같아서…… 예를 들어 힛키는 솔직히 진짜 히키코모리잖아. 쉬는 시간에 혼자 책 읽으며 낄낄대구…… 찌질하지만, 그래두 즐거워 보이구.』

찌질하다니……. 그 말을 들은 유키노시타가 피식 웃는다.

"네 그 기괴한 버릇, 부실에서만 그러는 줄 알았더니 교실에서도 똑같구나. 그거 진짜 소름 끼치니까 그만두는 편이 좋아."

"알아차렸으면 그 자리에서 말하라고……."

"싫은 게 당연하잖아. 그런 소름 끼치는 상황에서 말 걸고 싶지 않은걸."

다음부터는 진짜로 조심해야지. 이제부터 학교에서 사신(邪神)이 나오는 라이트노벨은 읽지 말아야겠다.

『그러니까, 나두 무리하지 말구 좀 더 대충 살아볼까…… 뭐 그런 느낌이랄까. 그치만 그게 유미코가 싫단 뜻은 절대 아니니까. 그러니까, 앞으로두 친하게, 지낼 수…… 있을까?』

『……흐응, 그래? 뭐, 맘대로 하던가.』

탁 하고 미우라가 휴대폰을 닫는 소리가 들렸다.

『……미안, 고마워.』

그 말을 끝으로 대화가 끊기고, 유이가하마가 실내화를 타박대며 걷는 소리가 들려온다. 그 소리를 신호탄으로 유키노시타가 기대어 서 있던 벽에서 몸을 뗐다.

"……뭐야, 똑바로 말할 줄도 아네."

그 순간, 희미하게 보여준 미소에 그만 넋을 잃고 말았다.

자조도 멸시도 비애도 찾아볼 수 없는, 너무도 순수한 미소.

하지만 그 미소는 눈 깜짝할 사이에 자취를 감추고 평소처럼 차가운, 얼음 결정 같은 얼굴로 돌아온다. 찰나의 덧없는 미소에 취해 있는데, 유키노시타는 나 같은 건 안중에도 없다는 듯 성큼성큼 복도 저편으로 사라져간다. 분명 유이가하마와 약속한 곳으로 향했을 것이다.

……자, 그럼 나는 이제 어떡하지? 그렇게 생각하며 막 발길을 떼려 한 순간이었다.

드르륵 교실 문이 열렸다.

"어엇? 히, 힛키가 왜 여기 있어?"

나는 뻣뻣하게 경직된 상태로 끼기긱 오른팔을 들어 올려 안녕, 하고 시치미를 뗐다. 유이가하마의 얼굴이 순식간에 새빨개진다.

"들었어?"

"뭐, 뭘 말합니까……."

"다 들었구나! 엿들었어!? 찌질해! 스토커! 변태! 어, 그리구 또 뭐가 있지? 찌질해! 기가 막혀! 진짜 찌질해, 있지, 거짓말 안 보태고 진짜 찌질하거든?"

"야! 말 좀 조심해!"

아무리 나라도 그렇게까지 원색적인 비난을 퍼부으면 살짝 슬퍼지잖아. 그리고 끝부분에서 정색을 하며 말하지 말라고. 왠지 리얼해서 상처 입는단 말이야.

"흥, 이제 와서 말조심은 무슨. 이게 다 누구 탓인데 그래? 바보."

유이가하마가 앙증맞은 핑크빛 혀를 쏙 내밀며 깜찍한 도발을 하고는 그대로 줄행랑을 친다. 넌 무슨 초등학생이냐. 복도에서 뛰지 말라고.

"누구 탓이긴……. 그야 유키노시타, 아닌가?"

혼잣말을 한다. 혼자니까 당연하다.

시계를 보니 쉬는 시간도 이제 얼마 남지 않았다. 유별나게 목이 타는 점심시간도 이제 끝이다. 스포르탑이라도 사 와서 목과 마음의 갈증을 달래야겠다.

매점으로 향하는 도중에 문득 생각나서 되짚어 본다.

오타쿠에게는 오타쿠만의 공동체가 있고, 따라서 녀석들은 외톨이가 아니다.

리얼충이 되려면 상하관계나 힘의 균형에 신경을 써야 하므로 이만저만 고생이 아니다.

결국 외톨이는 나 하나뿐. 군이 히라츠카 선생님에 의해 격리당할 필요도 없이 나는 이미 교실 내에서 격리된 상태다. 이래서야 봉사부에 격리해놔 봤자 의미가 없잖아.

……이 비참한 결론은 뭐냐고. 이놈의 현실은 왜 이리 냉혹해?

스포르탑의 달달한 맛만이 나의 응석을 받아주었다.

유이가하마 유이
yui yuigahama

생일
6월 18일

특기
문자, 노래방, 남에게 맞추기

취미
노래방, 요리
(이제부터 열심히 할 거야!)

휴일을 보내는 법
친구와 쇼핑,
친구와 노래방,
친구와 스티커 사진,
친구와 빈둥빈둥

유키노시타 유키노
yukino yukinoshita

생일
1월 3일
(겨울방학이라 동급생에게
축하받은 경험은 없음)

특기
취사 세탁 청소 등 가사 전반,
합기도

취미
독서(일반 문학, 영미 문학, 고전),
승마

휴일을 보내는 법
독서, 영화 감상

5

요컨대
**자이모쿠자 요시테루는
괴상하다.**

　새삼스러운 이야기지만, 이 봉사부란 동아리는 간단히 말해 학생들의 바람을 듣고 그것이 이루어지도록 돕는 곳이다.

　이렇게 못을 박아두지 않으면 이 동아리가 뭐하는 곳인지 헷갈리기 일쑤다. 그도 그럴 법한 게 나나 유키노시타나 평소에는 그저 책만 읽고 있잖아? 유이가하마는 아예 아까부터 휴대폰만 만지작대고.

　"응? 어라, 그러고 보니 넌 왜 여기 있냐?"

　지나치게 위화감이 없다 보니 당연하다는 듯 머릿수에 포함시키고 말았지만, 사실 유이가하마는 봉사부 부원이 아니다. 심지어 나만 해도 부원인지 미묘한 실정이다. 저기 나 진짜로 부원 맞아? 오늘부로 그만두고 싶은데.

　"어? 아, 그야 나 오늘 한가하잖아?"

　"잖아? 라고 해도 모르거든. 무슨 히로시마 사투리냐."

　"뭐? 히로시마? 나 치바 태생이거든?"

　실제로 히로시마 사투리는 어미에 「~잖아(じゃん)」를 붙이

기 때문에 「네? 죄송하지만 생전 처음 듣는 소린데요?」라는 반응을 보이게 되는 경우가 많다. 남자가 쓰는 히로시마 사투리는 험악하다는 이미지가 있지만 여자들이 쓰는 본토 히로시마 사투리는 애교가 철철 넘쳐흘러서 내가 뽑은 귀여운 사투리 10선에 이름을 올릴 정도다.

"풋, 고작 치바에서 태어난 정도로 치바 태생을 자처하다니 건방지군."

"저기, 히키가야. 지금 무슨 소리를 하는 건지 전혀 모르겠거든……?"

유키노시타가 한심하기 짝이 없단 눈빛으로 나를 쳐다본다. 그러나 무시한다.

"간다, 유이가하마. ……첫 번째 문제, 타박상을 입었을 때 생기는 내출혈을 뭐라고 하나?"

"퍼렁자국(青なじみ)!"

"크윽! 정답이다. 설마 치바 사투리까지 꿰고 있을 줄은……. 그럼 두 번째 문제. 학교 급식의 단골 파트너는?"

"된장 땅콩(みそピ－)!"

"호오, 보아하니 정말로 치바 태생인 모양이로군……."

"그러니까 그렇다구 했잖아."

허리춤에 손을 얹은 채 「이 녀석 웬 헛소리야?」라는 표정으로 고개를 갸웃하는 유이가하마. 그 옆에서는 유키노시타가 책상에 팔꿈치를 괸 채 이마를 짚고 탄식을 흘린다.

"……저기, 뜬금없이 뭐하는 거야? 방금 그 문답에 뭔가 의미가 있어?"

물론 의미 같은 건 없다.

"그냥 치바 현 횡단 울트라 퀴즈#8야. 구체적으로는 마츠도 – 쵸시 사이를 횡단하지."

"너무 가깝잖아!?"

"뭐야, 그럼 사와라 – 타테야마로 해주랴?"

"그건 종단이잖아……."

……너희들, 지명만 듣고 알아차리다니 대체 얼마나 치바를 사랑하는 거냐…….

"그럼 세 번째 문제. 소토보우 선을 타고 토케 방면으로 가다 보면 불쑥 모습을 드러내는 진기한 동물은?"

"아, 마츠도라구 하니까 생각났다~ 유키농, 그쪽 동네에 라면집이 엄청 많대! 우리 다음에 한번 가보자아~."

"라면……. 먹어본 적이 많지 않아서 잘 모르는데."

"걱정 마! 나두 별루 먹어본 적 없으니까!"

"……뭐? 그게 어디가 괜찮다는 거니? 설명 좀 해주겠어?"

"응, 그래서 말인데, 마츠도의 그 뭐랬더라~? 암튼 그 뭐라는 가게가 맛있는 모양이라~."

"내 말 듣고 있어?"

"응? 듣구 있는데? 아, 그치만 요 근처에두 맛있는 집 있어. 나 집이 이 동네라서 엄청 잘 알아. 여기서 걸어서 5분이면 갈

#8 치바 현 횡단 울트라 퀴즈 일본에서 매년 방영하는 특집 퀴즈 프로그램 「미국 횡단 울트라 퀴즈」의 패러디. 시청자 참가 퀴즈로 괌에서 뉴욕까지 이동하며 천 개 이상의 지역 밀착 퀴즈를 푼다.

수 있구. 강아지 산책시키면서 자주 지나다니는 가게가 있거든!"

⋯⋯정답은 타조였습니다~. 이야, 전철 타고 가는데 갑자기 창밖에 타조가 나타나니까 놀라움을 뛰어넘어 감동적이기까지 하더라고~.

휴우.

라면 가게에 관해 핀트가 안 맞는 대화를 나누는 여자 둘을 내버려둔 채, 나는 홀로 독서를 재개했다.

셋이 있는데 외톨이라니 대체 어떻게 된 거냐고⋯⋯.

하지만 뭐 이렇게 보내는 시간은 은근히 고교생다운 느낌이 들기도 한다. 중학생에 비해 활동 반경이 넓은 고등학생은 자고로 패션이나 맛집에 흥미를 보이는 법. 라면집을 화제 삼아 이야기꽃을 피우다니 참으로 고교생답지 아니한가.

⋯⋯뭐 치바 현 횡단 울트라 퀴즈를 하는 경우는 거의 없겠지만.

×　×　×

이튿날 부실로 향하자 웬일인지 유키노시타와 유이가하마가 문 앞에 우두커니 서 있었다. 뭐하는 거야, 이것들. 가만히 지켜보자니 아무래도 문을 살짝 열고 교실 안을 엿보는 중인 듯했다.

"뭐하냐?"

"히얏!"

깜찍한 비명을 내지름과 동시에 움찔움찔움찔! 하고 두 여자가 펄쩍 뛰어오른다.

"히, 히키가야……? 까, 깜짝 놀랐네……."

"야, 놀란 건 나거든……?"

이게 무슨 과격한 반응이냐고. 야밤에 거실에서 나하고 맞닥뜨렸을 때의 우리 집 고양이냐.

"갑자기 말 걸지 말아 줄래?"

불만스러운 표정으로 쏘아보는 것까지 우리 집 고양이를 쏙 빼닮았다. 그러고 보니 우리 집 고양이, 식구들 중에 유독 나한테만 데면데면하게 군단 말이지. 그런 점까지 포함해서 유키노시타와 우리 집 고양이는 아주 붕어빵이다.

"그래, 다 내가 잘못했다. 그나저나 뭐하냐?"

내가 거듭 묻자 유이가하마는 아까처럼 문을 빠끔히 열고 슬그머니 안을 들여다보며 대답했다.

"부실에 수상한 인간이 있어."

"수상한 건 너희들이거든?"

"됐어. 그딴 말은 됐으니까 들어가서 상황을 살펴보고 와."

유키노시타가 울컥한 표정으로 명령을 내린다.

나는 시키는 대로 두 사람 앞에 서서 신중하게 문을 열고 안으로 들어섰다.

우리를 맞아준 것은 한 줄기 바람이었다.

문을 연 순간 뺨을 스쳐 가는 바닷바람. 이곳 해변에 자리한 학교 특유의 풍향으로 인해 흩날린 A4용지들이 교실 안을 뒤덮는다.

그것은 마치 마술에 쓰는 신사용 모자에서 흰 비둘기들이 무리지어 날아오르는 광경처럼 보였다. 그 순백의 세계 속에 홀로 서 있는 남자가 있었다.

"크큭, 이런 곳에서 만나게 되다니 놀랍군. ─네놈이 오기만을 손꼽아 기다렸다, 히키가야 하치만."

"뭐, 뭐라고!?"

손꼽아 기다렸다면서 왜 놀라고 난리야? 그게 더 놀랍다.

어지럽게 흩날리는 하얀 종이들을 헤치며 나는 상대방의 정체를 파악하려 애썼다.

예상대로 종이 폭풍 뒤에서 모습을 드러낸 것은……. 아니, 난 모른다. 자이모쿠자 요시테루 따위 난 모르는 인간이다.

아니 물론 이 학교 학생들은 거의 다 모르는 인간이지만 말이야. 그 모르는 인간이란 카테고리 내에서도 독보적으로 가까이하기 싫은 인종이었다. 여름이 코앞으로 다가온 이 시기에 땀을 삘삘 흘리면서 코트를 껴입고 손바닥 장갑을 끼고 있질 않나.

이딴 녀석은 알아도 모른다.

"히키가야, 저쪽은 널 아는 모양인데……?"

유키노시타가 내 등 뒤에 숨은 채 미심쩍은 얼굴로 나와 저쪽 분을 자세히 뜯어본다. 그 무례한 시선에 남자는 순간적으로 움찔했지만 이내 다시 내게로 시선을 돌리고 팔짱을 고쳐

끼더니 큭큭큭하고 낮게 웃는다.

녀석은 훗 하고 거창하게 어깨를 으쓱해 보이고는 있는 대로 거드름을 피우며 고개를 저었다.

"설마하니 이 맹우의 얼굴을 잊어버렸을 줄이야……. 참으로 실망스럽구나, 하치만."

"맹우라는데……?"

유이가하마가 차가운 시선으로 나를 바라본다. 「쓰레기는 전부 나가죽어」라는 눈빛이었다.

"그렇다, 맹우여. 네놈 역시 기억할 테지, 그 지옥과도 같은 시간을 함께 헤쳐온 나날들을……!"

"체육 시간에 같은 조가 된 것뿐이잖아……."

참다못해 항변하자 상대방은 씁쓸한 표정을 지었다.

"흥, 그따위 악독한 풍습, 지옥이 아니면 무엇이라 부르랴. 원하는 녀석과 조를 짜라고? 큭큭큭, 언제 스러져도 이상하지 않은 몸, 본관은 아무에게도 정을 주지 않는다! ……심장이 갈기갈기 찢기는 듯한 고통스러운 이별 따위 두 번 다시 원치 않으니. 그것이 사랑이라면 이제 사랑 따위는 필요 없으니!"

남자는 아련한 눈으로 창밖을 바라보았다. 허공에는 분명 사랑하는 공주의 얼굴이라도 아른대는 걸 테지…… 는 개뿔, 다들 북두의 권을 너무 좋아하는 거 아냐?

뭐 이쯤 되면 제아무리 눈치 없는 인간이라도 깨달았으리라. 이 남자는 심각하게 맛이 갔다.

"뭐 하러 왔냐, 자이모쿠자."

"우옷, 내 영혼에 새겨진 이름을 부르다니. 그러하다. 본관이 바로 검호 쇼군 자이모쿠자 요시테루다."

펄럭하고 코트 자락을 힘차게 나부끼며, 토실토실한 얼굴에 잔뜩 힘을 주어 남자다운 표정을 지은 채로 이쪽을 돌아보는 자이모쿠자. 본인이 만든 검호 쇼군이라는 설정에 완전히 몰입한 상태다.

그 모습을 볼 때마다 머리가 지끈지끈 아파져 온다.

아니, 머리라기보다는 가슴이 아프다. 게다가 그 이상으로 유키노시타와 유이가하마의 시선이 따갑다.

"있잖아…… 저거 뭐야?"

불만감, 아니, 불쾌감을 적나라하게 드러내며 유이가하마가 나를 째려본다. 그러니까 왜 날 째려보는 거냐고요.

"이 녀석은 자이모쿠자 요시테루. ……체육 시간에 나하고 짝을 이뤄 운동하는 녀석인데."

솔직히 그 이상도 그 이하도 아니다. 나와 자이모쿠자의 연결점이라고는 오로지 그것뿐이다. ……뭐 그 지옥 같은 시간을 평화롭게 보내기 위한 동지란 점에서는 맹우란 말도 완전히 틀린 건 아니다만.

아아, 정말이지 원하는 녀석과 조를 짜라는 건 지옥이나 다름없다니까.

자이모쿠자도 그 괴상한 언동으로 인해 그 순간의 고통을 맛보아온 몸이다.

나와 자이모쿠자는 첫 체육 시간에 남은 인간들끼리 한 조가 된 이후로 계속 파트너로 지내왔다. 솔직히 저 중 2병이 한창 진행 중인 남자를 트레이드시키고픈 마음이 굴뚝같지만, 협상 성사가 안 되어 포기한 상태다. 반대로 내가 FA 선언을 하는 방안도 고려해보았지만, 유감스럽게도 나만 한 거물급은 계약금의 자릿수가 달라지는 관계로 이적이 쉽지 않다. 아닌가요? 아니군요, 네네 저나 저 녀석이나 친구가 없을 뿐이죠.

유키노시타는 내 설명을 들으며 나와 자이모쿠자를 번갈아 훑어본다. 그리고는 납득한 기색으로 고개를 끄덕였다.

"친구를 보면 그 사람을 알 수 있다고들 하지."

최악의 결론을 내려버렸다.

"야 이 바보야, 저 녀석하고 똑같이 취급하지 말라고. 난 저렇게 맛이 가지 않았어. 뭣보다 친구가 아니라고 했잖아."

"홋, 그 의견에는 동의하지 않을 수 없군. 그러하다. 본관에게 친구 같은 건 없느니. ……진짜로 외톨이, 홀쩍."

자이모쿠자가 서글픈 기색으로 자조한다. 야야, 원래 말투로 돌아왔잖아.

"아무래도 상관없지만 그 친구, 너한테 볼일이 있는 거 아니니?"

유키노시타의 말에 눈물이 찔끔 날 뻔했다. 친구란 말이 이다지도 서글프게 느껴지기는 중학교 때 이후로 처음이다.

『히키가야는 착해서 좋긴 하지만 사귀기에는 좀……. 미안, 그냥 친구로 남아줘』라며 카오리에게 차인 뒤로 처음이라고……. 그딴 친구는 필요 없어…….

"무하하하하, 그만 망각하고 말았군. 묻겠다, 하치만이여. 봉사부란 이곳이 맞는가?"

다시 설정에 몰입한 자이모쿠자가 기괴한 소리로 웃으며 나를 바라본다.

뭐냐, 그 괴상망측한 웃음소리는. 저딴 웃음은 머리털 나고 처음 듣는다.

"그래, 여기가 봉사부야."

나를 대신해서 유키노시타가 대답했다. 그러자 자이모쿠자는 힐끗 유키노시타 쪽을 보더니 금방 다시 내게로 시선을 돌린다. 그러니까 왜 자꾸만 날 쳐다보는 거냐고?

"……그, 그러한가. 히라츠카 교원의 조언대로라면 하치만, 그대에게는 본관의 소망을 이루어줄 의무가 있는 셈이로군. 기백 년의 세월을 넘어섰음에도 여전히 주종관계에 있다니……. 이것도 다 하치만 대보살의 인도하심인가?"

"봉사부는 네 소원을 들어주는 곳이 아니야. 단지 그 소원을 이룰 수 있게끔 도와줄 뿐."

"……흐, 흐음. 하치만이여, 그렇다면 내게 힘을 빌려다오. 후후후, 따지고 보면 본관과 그대는 대등한 관계, 다시 한 번 예전처럼 천하를 이 손에 쥐어보지 않겠는가?"

"아까는 주종관계라며? 그리고 유키노시타가 말하는데 왜 자꾸만 날 쳐다봐?"

"커흐음커흐음! 본관과 그대 사이에 그처럼 사소한 문제는 중요하지 않다. 내 특별히 용서하지."

그걸로 수습이 됐다고 생각하는지 자이모쿠자가 요상한 헛기침을 하며 또다시 나를 바라본다.

　"미안하군, 아무래도 이 시대는 예전에 비하면 많이 더럽혀진 모양이야. 사람들의 마음속이 말이지. 그 청정하던 무로마치가 그리운걸……. 그렇게 생각하지 않나, 하치만?"

　"생각 안 하거든. 그러니까 그냥 나가 죽어."

　"크크크, 죽음 따위는 두렵지 않다. 그리되면 저 세상에서 천하를 도모할 뿐!"

　자이모쿠자가 팔을 높이 치켜들자 펄럭펄럭 코트 자락이 휘날린다.

　역시나 「죽어」라는 말에 대한 내성은 강하군…….

　나도 그렇지만 욕설이나 폭언을 자주 들어버릇하면 맞받아치는 요령이 늘어난다고 할까, 적당히 타협을 보는 데 능숙해진다. 뭐냐고, 이 비참한 기술은. 눈물이 솟구쳐 오르잖아.

　"우와아……."

　유이가하마가 리얼하게 몸을 사린다. 기분 탓인지 얼굴이 파랗게 질려 보인다.

　"히키가야, 잠깐만……."

　그렇게 말하며 내 소맷자락을 잡아당긴 유키노시타가 귓속말로 물어온다.

　"대체 뭐야, 저 검호 쇼군이란 게?"

　바로 코앞에 어여쁜 얼굴이 있고 향긋한 냄새가 솔솔 풍겨오건만, 그 입에서 흘러나오는 말에는 무드라곤 쥐뿔도 없었다.

그에 대한 대답은 한 마디면 충분하다.

"저건 중 2병이야, 중 2병."

"중이병?"

유키노시타가 고개를 갸웃하며 나를 바라본다. 방금 깨달았는데, 여자애가 「중」이라고 발음할 때의 입모양 엄청 귀엽구나.[#9] 신비한 발견.

귀를 쫑긋 세우고 엿듣던 유이가하마도 대화에 참여했다.

"병이야?"

"그렇다고 진짜 질병은 아니야. 일종의 은어라고 생각하면 돼."

중 2병이란 말 그대로 중학교 2학년쯤 된 아이들에게서 흔히 나타나는 일련의 해괴한 언동을 가리킨다.

그중에서도 자이모쿠자가 보이는 증상은 『츄니(廚二)[#10]』나 『제3의 눈(邪氣眼)』이라 불리는 부류에 속한다.

만화나 애니메이션, 게임, 라이트노벨 등에 나오는 신비로운 능력을 동경하여 본인에게도 그러한 힘이 있는 것처럼 행세한다. 또한 자신이 그러한 능력의 소유자란 사실에 필연성을 부여하기 위해 전설의 용사가 환생한 존재라든가 신에게 선택받은 인간이라든가 비밀 기관의 에이전트라는 식으로 설정을 만들어낸다. 그리고는 그러한 설정에 입각하여 행동한다.

#9 여자애가「중」이라고 발음할 때의 입모양 엄청 귀엽구나 일본어로 중(中)은 츄(chu)라고 읽히며 키스를 뜻하는 말과 발음이 같다.

#10 츄니(廚二) 일본어로 중2와 발음이 같아 전형적인 중 2병이란 뜻으로 사용된다. 쉽게 말해 은어의 은어.

어째서 그런 짓을 하는가.

멋있기 때문이다.

중학교 2학년쯤 된 인간이라면 누구나 한 번쯤은 그와 비슷한 상상을 해본 적이 있을 것이다. 「카운트다운 TV를 보고 계신 시청자 여러분, 안녕하세요. 으음, 이번 신곡은 한마디로 사랑을 주제로 제가 직접 가사를 써서」 같은 대사를 거울 앞에서 연습해본 적, 다들 있을 거 아니야?

중 2병이란 요컨대 그러한 욕구가 극단적인 형태로 표출된 경우다.

이런 식으로 내가 중 2병이란 무엇인가를 간략하게 설명해주자 유키노시타는 대충 감을 잡은 모양이었다. 매번 느끼는 거지만 이 녀석의 머리 회전 속도 하나는 정말 감탄할 만하다. 하나를 가르치면 열을 안다고 해야 할지, 별다른 설명 없이도 사물의 본질을 꿰뚫어보는 재능이 있다.

"무슨 말인지 모르겠어……."

유키노시타와는 대조적으로 우엑, 하고 구역질 난다는 입 모양을 해 보인 유이가하마가 나지막이 중얼거린다. 하기야 나라도 저 설명만 가지고는 절대로 못 알아들을걸. 오히려 저 말만 듣고서 이해해버리는 유키노시타가 더 이상하다.

"흐음, 말하자면 본인이 짠 설정에 바탕을 두고 연극을 하는 거나 마찬가지네."

"대충 비슷해. 저 녀석은 무로마치 막부 13대 쇼군 아시카가 요시테루에서 모티브를 따온 모양이야. 이름이 같으니까 모델로 삼기 쉬웠을 테지."

"너를 동료로 간주하는 이유는?"

"하치만이란 이름에서 하치만 대보살[#11]을 연상한 게 아닐까? 세이와 겐지[#12]가 무신으로 열렬히 숭상했지. 츠루가오카 하치만 궁은 알 거 아냐?"

내 대답에 유키노시타가 갑자기 조용해졌다. 뭐야? 라고 시선으로 묻자 유키노시타는 커다란 눈을 휘둥그렇게 뜨고 나를 바라보았다.

"놀랐어. 해박하네."

"……뭐, 그런 셈이지."

쓰라린 추억이 되살아나려 해서 무심코 고개를 돌리고 말았다. 겸사겸사 화제도 돌린다.

"자이모쿠자는 일일이 역사적 사실을 인용해대는 게 성가시지만, 그래도 저 녀석은 실제 역사를 바탕으로 하는 만큼 그나마 양반이지."

그 말을 들은 유키노시타가 자이모쿠자를 흘낏 보고는 오만상을 찌푸리며 물었다.

"……저것보다 더 고약한 게 있다고?"

"있어."

"참고삼아 묻겠는데, 어떤 느낌이지?"

#11 하치만 대보살 일본의 토착신으로 전쟁의 신이다. 츠루가오카 하치만 궁을 필두로 많은 신사가 이 신을 모신다.
#12 세이와 겐지 56대 세이와 천왕의 후예 중 일부를 가리키는 말로, 아시카가 가문도 여기에 속한다.

"태초에 이 세계에는 7인의 신, 다시 말해 창조의 삼위신 『현제 가란』『전쟁의 여신 메시카』『심수(心守) 하티아』와 파괴의 삼위신 『우왕(愚王) 오르트』『파괴 신당 로그』『의심암귀 라이라이』, 그리고 영구결신(永久缺神)『이름 없는 신』이 있어 끊임없이 번영과 쇠퇴를 반복해왔어. 지금은 정확히 일곱 번째로 재창조된 세계인데, 이번에야말로 멸망을 막기 위해 일본 정부는 그 신들의 환생체를 찾아내기로 결정하지. 그 일곱 신들 중에서도 가장 중요한 존재가 여태까지도 그 능력이 베일에 싸여 있는 영구결신『이름 없는 신』이고, 그것이 바로 나 히키가— 잠깐만 너 유도신문 기술이 장난 아닌데! 완전 식겁했네. 얼떨결에 낱낱이 털어놓을 뻔했잖아."

"아무것도 유도한 적 없거든……?"

"소름 끼쳐……."

"유이가하마, 입조심해. 엉겁결에 자살하는 수가 있다고."

유키노시타는 어이없다는 투로 한숨을 쉬고는 나와 자이모쿠자를 힐끔거리며 말했다.

"그러니까 히키가야 너도 저것과 동류란 소리네. 검호 쇼군인지 뭔지에 정통할 만해."

"노노노노, 그게 무슨 소립니까, 유키노시타 양. 그럴 리가 없잖습니까, 유키노시타 양. 내가 박식한 이유는 따로 있다니까? 내 선택과목이 일본사라서 그렇다니까? 『노부나가의 야망』을 했기 때문이라니까?"

"그으래?"

유키노시타가 『의심스러운 것은 나가 죽어』라는 눈빛으로 나를 응시한다.

그래도 나는 기죽지 않는다. 왜냐하면 나는 자이모쿠자와 동류가 아니기 때문이다. 자신 있게 유키노시타의 눈을 마주볼 수 있다. 유키노시타의 말에는 중대한 어폐가 있다.

나는 자이모쿠자와 동류인 게 아니라 동류**였을** 따름이다.

하치만이란 이름은 비교적 드물다. 덕분에 내가 무언가 특별한 존재일지 모른다는 착각에 사로잡혀 지냈던 시절도 존재한다. 어릴 때부터 만화와 애니메이션을 좋아했으니 그런 망상에 빠져드는 것도 어쩔 수 없는 일이다.

내게는 무언가 잠재된 힘이 있고 그것이 어느 날 갑자기 개화하여 세계의 존망이 걸린 싸움에 휘말려 드는 게 아닐까. 이부자리 속에서 그런 상상을 하며 언젠가 찾아올 운명의 그날을 위해 신계 일기를 쓰고 석 달마다 한 번씩 정부에 제출할 보고서를 작성하는 것쯤이야 누구나 한번은 해보는 일이잖아? 아닌가?

"……음, 뭐랄까, 예전에는 똑같았을지도 몰라. 하지만 지금은 아니야."

"글쎄, 과연 그럴까?"

유키노시타는 짓궂게 웃더니 나를 내버려둔 채 자이모쿠자에게로 다가갔다.

그 뒷모습을 바라보며 생각했다.

나는 정말로 자이모쿠자와 다른가.

답은 예스다.

나는 이제 허무맹랑한 망상에서 벗어났고 신계 일기도 정부 보고서도 쓰지 않는다. 요즘 쓰는 거라고는 기껏해야 「절대로 용서 못 해 리스트」뿐이다. 그 필두는 물론 유키노시타다.

건프라를 조립해서 육성으로 효과음을 내며 인형놀이를 하지도 않고, 빨래집게를 연결해서 최강의 로봇을 만들지도 않는다. 둥근 고무줄과 알루미늄 호일로 호신용 무기를 연성하는 짓도 때려치웠다. 아버지의 코트와 엄마의 인조 털목도리로 코스프레를 하던 것도 다 옛날 일이다.

나와 자이모쿠자는 다르다.

내가 짧은 망설임 끝에 그렇게 결론을 내렸을 때, 유키노시타는 자이모쿠자의 눈앞에 서 있었다. 유이가하마는 조그만 소리로 "유키농, 도망쳐!"라고 외쳐대고 있고. 야, 아무리 그래도 그건 너무 불쌍하잖아.

"상황은 대강 파악했어. 네 의뢰는 그 마음의 병을 고쳐달라는 걸로 해석하면 될까?"

"……하치만이여, 과인은 자네와의 계약 하에 짐의 바람을 이루고저 서둘러 이곳으로 나아왔다. 그것은 실로 숭고하고 고귀한 욕망의 발로이자 유일한 희망이다."

유키노시타를 외면한 채 자이모쿠자가 나를 바라본다. 1인 칭도 2인칭도 뒤죽박죽이잖아. 도대체 얼마나 동요했길래 그러냐.

그러다 문득 한 가지 사실을 깨달았다. 저 녀석……. 유키노시타가 말을 걸어올 때마다 어김없이 내 쪽을 쳐다본다.

뭐 그 마음은 이해한다. 유키노시타의 본성을 몰랐더라면 나도 말을 걸어올 때마다 횡설수설하며 얼굴조차 똑바로 쳐다보지 못했을 테니까.

그러나 유키노시타는 그런 남자의 순정에 마음 쓸 만큼 평균적인 감성의 소유자가 아니다.

"물어본 사람은 나거든? 사람이 말할 때는 그 사람을 바라봐야지."

차가운 음성으로 그렇게 말한 유키노시타는 자이모쿠자의 목덜미를 틀어쥐고 강제로 고개를 돌리게 했다.

그렇다. 유키노시타는 본인은 예의라곤 모르면서 남의 예의범절에는 유독 까다로운 인간이다. 덕분에 천하의 나조차도 부실에 들어올 때마다 꼬박꼬박 인사를 하는 버릇이 생겼을 정도다.

유키노시타가 자이모쿠자의 옷깃을 놓아주자, 자이모쿠자는 쿨럭쿨럭 격렬하게 기침을 했다. 아무래도 설정을 고수할 만큼 여유로운 상황이 못 되었던 모양이다.

"……. 무, 무하, 무하하하하. 이거 한 방 먹었군."

"그 말투 집어치워."

"……."

유키노시타의 냉랭한 반응에 자이모쿠자는 꿀 먹은 벙어리가 되어 고개를 수그렸다.

"어째서 이 계절에 코트를 입고 다니는 거지?"

"……흐, 흐흠. 이 외투는 사악한 기운으로부터 신체를 지키기 위한 방어구로, 원래는 본관이 소유한 12신기 중 하나였으나 이 세계에 환생하면서 현재의 몸에 가장 적합한 형태로 변화시킨 것이다. 우하하하하!"

"그 말투 집어치워."

"아, 네에……."

"그럼 그 손바닥 장갑은 뭐야? 껴봐야 의미가 있어? 손끝이 무방비 상태잖아."

"……아, 네에. 어…… 이건 본관이 전세로부터 계승한 십이신기 중 하나, 다이아몬드 슈터(金剛鋼線)가 사출되는 오버 암드(特殊手甲)로, 조작하기에 편리하게끔 자유롭게 움직일 수 있도록 끝 부분이 트여 있는…… 것이다! 우하하하하!"

"말투."

"하하하! 하하핫, 하아아……."

우렁차던 자이모쿠자의 웃음소리가 점점 잦아들더니 끝내는 습기 찬 구슬픈 한숨으로 변했다. 그리고는 그 한숨을 끝으로 입을 꾹 다물어버렸다.

그러자 안쓰러운 마음이 들었는지, 유키노시타가 방금 전과는 정반대로 따스한 표정을 지었다.

"아무튼 그 병을 낫게 해주면 되는 거지?"

"……아, 따, 딱히 병은 아닙니다만."

자이모쿠자는 유키노시타의 시선을 피하며 모기만 한 목소리로 대꾸했다. 곤혹스러운 표정으로 힐끔힐끔 내게 시선을 보내온다.

이제는 완전히 원래의 자이모쿠자다.

유키노시타의 올곧고 초롱초롱한 눈망울을 마주하고도 캐릭터 설정을 유지할 수 있을 만큼 자이모쿠자의 두뇌 처리 용량은 크지 못했던가 보다.

아아! 더 이상은 눈뜨고 못 보겠다. 자이모쿠자가 너무 불쌍하다. 어떻게든 구원의 손길을 내밀어 주고 싶어졌다.

일단 유키노시타와 자이모쿠자를 떼어놓기 위해 한 걸음 앞으로 나서자 발치에서 바스락하는 소리가 났다.

그것은 아까 부실 안에 눈보라처럼 휘날렸던 종이들이었다.

집어 들자 쓸데없이 난해한 한자들이 빼곡히 들어차 있었다. 그 깨알 같은 글씨들에 시선을 빼앗긴다.

"이건……."

나는 그 종이에서 눈을 들어 실내를 빙 둘러보았다. 42자×34행으로 작성된 그 인쇄물은 부실 바닥 여기저기에 어지럽게 널려 있었다. 한 장씩 주워서 페이지 번호 순으로 정리해 간다.

"흐음, 언질을 주기도 전에 알아차리다니. 역시 공으로 그 지옥 같은 시간을 함께 헤쳐온 건 아니었단 말인가."

감개무량한 어조로 중얼대는 자이모쿠자를 깨끗이 무시하고 유이가하마가 내 손에 들린 물건에 시선을 준다.

"그건 뭐야?"

종이 다발을 넘겨주자 유이가하마가 팔랑팔랑 페이지를 넘기며 내용물을 훑어본다. 머리 위에 「??」하고 물음표를 띄운 채 읽어보려고 애쓰다가, 이내 한숨을 푸욱 내쉬고는 도로 내게 건네주었다.

"이게 뭐야?"

"소설 원고가 아닐까 싶은데."

내 말에 반응하여 자이모쿠자가 분위기를 전환하듯 헛기침을 했다.

"혜안에 감복한다. 그렇다, 그것은 바로 라이트노벨 원고다. 어느 신인 공모전에 출품할 요량으로 썼지만 친구가 없어 비평을 들을 수가 없다. 부디 한번 읽어봐다오."

"저기, 방금 무언가 몹시 슬픈 이야기를 태연하게 내뱉지 않았니……?"

중 2병을 앓은 자가 라이트노벨 작가를 꿈꾸게 되는 것은 당연한 수순이라 할 수 있다. 오랫동안 동경해온 세계를 현실화하고 싶다는 것은 실로 자연스러운 감정이다. 또한 망상의 대가인 나라면 쓸 수 있어! 라고 생각한들 이상할 것은 전혀 없다. 하나만 더 추가하자면 좋아하는 일을 하며 밥벌이를 할 수 있다면 그 자체로 행복한 인생 아니겠는가.

따라서 자이모쿠자가 라이트노벨 작가가 되고 싶어 하는 것은 이상하지 않다.

이상한 것은 군이 우리들에게 보여주려 한다는 점이다.

"소설 투고 사이트나 게시판이 있으니까 거기다 올리면 될 거 아냐?"

"그건 무리다. 그놈들은 가차 없으니까. 혹평이라도 당했다간 본관은 아마 죽어버릴 거다."

……소심해 빠져서는.

하기야 모니터 뒤의 얼굴 없는 글쓴이를 상대로는 거침없이 독설을 내뱉을 테고, 친구라면 기분이 상하지 않도록 부드럽게 두루뭉술한 평가를 들려주리라.

일반적으로 생각하면 우리와 자이모쿠자처럼 어정쩡한 관계에서는 날 선 비평이 나오기가 힘들다. 글쓴이와 얼굴을 마주한 채 신랄한 비평을 가하기는 아무래도 껄끄러운 법. 어찌 됐든 간에 우회적인 표현을 쓰게 될 것이다. 어디까지나 일반적으로 생각하면 말이다.

"하지만 말이야……."

나는 한숨을 쉬며 옆쪽을 흘끗 곁눈질했다. 눈이 마주치자 유키노시타가 어리둥절한 표정을 짓는다.

"아마도 투고 사이트보다 유키노시타가 더 가차 없을걸?"

×　×　×

결국 우리 셋은 자이모쿠자로부터 넘겨받은 원고를 집으로 가져가 다음날까지 읽어오기로 했다.

자이모쿠자가 쓴 소설은 장르로 따지자면 학원 이능 배틀물이었다.

일본의 어느 소도시를 무대로 비밀 조직과 전생의 기억을 지닌 능력자들이 암약하는 가운데, 어디에서나 볼 수 있는 평범한 소년이던 주인공이 숨겨진 힘에 눈을 떠 악당들을 낙엽처럼 쓸어버리는 액션 활극이었다.

마지막 장을 덮었을 때는 동녘 하늘이 부옇게 밝아오고 있었다.

덕분에 오늘은 수업 시간 내내 골골대며 잠만 자고 말았다. 그래도 어찌어찌 나른한 6교시를 견뎌내고 종례 시간을 돌파하여 부실로 향했다.

"앗~! 잠깐만, 같이 가~!"

특별관으로 들어섰을 때, 누군가가 나를 불러 세웠다. 뒤돌아보니 유이가하마가 얄팍한 가방을 어깨에 얹은 채 부리나케 달려온다.

오늘따라 더욱 생기발랄한 모습으로 나와 어깨를 나란히 한 채 걷는다.

"힛키, 어째 기운 없어 보이네? 무슨 일 있었어?"

"야야, 그딴 걸 읽었으니 기운이 없는 게 당연하지……. 졸려서 아주 죽을 지경이라고. 그보다는 오히려 그걸 읽은 네가 어떻게 그렇게 멀쩡한지가 더 궁금한데?"

"어?"

유이가하마가 눈을 깜빡거린다.

"……아, 그, 그치~. 사실 나두 엄청 졸려."

"야, 너 안 읽은 거 맞지……?"

내 질문에 답하는 대신 유이가하마는 창밖을 기웃대며 흥얼

흥얼 콧노래를 부르기 시작한다. 시치미를 떼려면 제대로 떼던가. 뺨이니 목덜미니 식은땀이 아주 비 오듯 흐르잖아. ……잘하면 속옷이 비쳐 보이진 않으려나?

×　×　×

부실 문을 열자 놀랍게도 유키노시타가 꾸벅꾸벅 졸고 있었다.

"고생 많았어."

내가 말을 걸었는데도 유키노시타는 평온한 얼굴로 고른 숨소리를 내며 단잠에 빠져 있었다. 희미하게 미소 짓는 듯한 그 표정은 평소의 빈틈없는 표정과는 전혀 딴판이라 그 상반된 면모에 심장 박동이 빨라진다.

이대로 계속 잠든 유키노시타의 얼굴을 바라보고 싶은 충동에 사로잡힌다. 바람에 살랑대는 검은 머리칼도, 속이 비쳐 보일 듯 희고 매끄러운 피부도, 촉촉하게 젖은 커다란 눈동자도, 모양 고운 연분홍빛 입술도.

그 입술이 살짝 열렸다.

"……놀라운걸. 네 얼굴을 보니까 단숨에 정신이 번쩍 드는데?"

우와아……. 나야말로 방금 그 말에 정신이 번쩍 들었다고. 하마터면 겉모습에 속아 넘어가 이성을 잃어버릴 뻔했네. 아예 콱 영면을 시켜줄까 보다, 이 여자.

유키노시타는 아함, 하고 새끼고양이처럼 하품을 하고는 양팔을 죽 뻗어 기지개를 켠다.

"꼴을 보아하니 그쪽도 꽤나 고전한 모양이네."

"그래, 밤샘이라니 오랜만이야. 난 이쪽 장르는 전혀 읽어 본 적도 없고. ……그다지 좋아질 것 같지도 않네."

"그러게~ 나두 절대 무리."

"넌 읽지도 않았잖아. 지금부터라도 읽어, 지금부터라도."

내가 핀잔을 주자 유이가하마가 우우, 하고 툴툴거리며 가방에서 문제의 원고를 꺼낸다. 접힌 자국 하나 없는 완벽한 보존상태다. 유이가하마는 휙휙 이상하리만큼 빠른 스피드로 페이지를 넘겼다.

이 녀석 진짜 시큰둥하게 읽네. 그 모습을 시야 한구석에 담아둔 채 나는 입을 열었다.

"자이모쿠자의 원고가 라이트노벨의 전부는 아니야. 재미있는 작품도 얼마든지 있다고."

자이모쿠자의 평가 개선에는 전혀 도움이 되지 않음을 익히 알면서도 그렇게 말하자 유키노시타가 고개를 갸우뚱하며 묻는다.

"네가 전에 읽었던 그런 거 말이야?"

"그래, 제법 재미있다고. 내 추천작은 가가—."

"나중에 기회가 되면."

『그 말을 한 사람은 절대로 읽지 않는 법칙』이 발동하는 것을 여실히 느끼고 있자니 누군가가 부실 문을 거칠게 두들긴다.

"게 있는가?"

자이모쿠자가 고풍스러운 인사말과 함께 교실로 들어섰다.

"자아, 그럼 어디 감상을 들어보도록 하실까."

자이모쿠자가 의자에 떡하니 걸터앉아 거만하게 팔짱을 낀다. 그 얼굴에는 어렴풋한 우월감이 서려 있다. 자신감 넘치는 표정이었다.

반대로 그 맞은편에 앉은 유키노시타는 웬일인지 면목없다는 얼굴을 하고 있었다.

"미안해. 난 이쪽 계통은 잘 모르지만……."

그렇게 운을 떼자 자이모쿠자가 호방하게 응수한다.

"괘념치 마라. 속인들의 의견도 궁금하던 차였으니까. 편히 말하도록."

그래? 하고 짧게 대꾸한 유키노시타가 결심한 기색으로 가볍게 호흡을 가다듬었다.

"지루해. 읽는 게 고통스러울 정도로. 감상을 논할 수도 없는 지루함이었어."

"크후웃!"

단칼에 요절을 내다니…….

요란하게 의자를 덜커덕거리며 등받이 위로 드러누웠던 자이모쿠자가 가까스로 자세를 바로잡는다.

"흐, 흐음……. 차, 참고로 어느 부분이 지루했는지 가르침을 주시겠는가?"

"우선 문법이 엉망진창이야. 왜 이렇게 도치법을 남발해?

조사의 쓰임새는 알아? 초등학교 때 안 배웠어?"

"우그웃…… 그, 그건 단조로운 문체보다 독자에게 친근감을……."

"그런 기법은 일단 올바른 일본어를 구사할 수 있게 된 후에나 시도해야 하는 거 아냐? 그리고 루비#13 말인데, 잘못된 부분이 너무 많아. 『능력』을 『힘』으로 읽는 경우는 없어. 뭣보다 『환홍인섬(幻紅刃閃)』이 어째서 블러디 나이트메어 슬래셔가 되는데? 나이트메어는 대체 어디서 튀어나온 거야?"

"크후웃! 우, 우웃, 그게 아니다! 최근의 이능 배틀물은 루비 다는 방식에 특징을……."

"그런 걸 자기만족이라고 하는 거야. 본인 이외에는 아무에게도 안 통하는걸? 남들에게 읽힐 마음이 있기는 해? 아참, 읽힌다고 하니 생각났는데, 뒷이야기가 하도 뻔히 읽혀서 도무지 재미있어질 기미가 없어. 그리고 여기서 히로인이 옷을 벗은 이유는 뭐지? 필연성이 전무해서 흥이 깨지잖아."

"흐끼억! 하, 하지만 그런 요소가 없으면 팔리질 않는달까……. 전개는, 그러니까……."

"게다가 설명문이 너무 장황하고 집요한데다 글씨가 많아서 읽기 힘들어. 아참, 그 이전에 완결되지도 않은 이야기를 남에게 읽으라고 하지 말아줄래? 글 솜씨 이전에 상식부터 갖추는 편이 낫겠어."

#13 루비 한자 위에 히라가나로 읽는 법을 달아주는 것. 어떤 단어를 원래와 다른 방식으로 읽을 때도 쓰임.

"쿠에엑!"

자이모쿠자가 사지를 축 늘어뜨리며 비명을 토해냈다. 어깨가 부들부들 경련을 일으킨다. 눈은 벌렁 까뒤집혀 천장을 바라보고 있다. 과도한 리액션도 거슬리기 시작했으니 이쯤에서 슬슬 중단시키는 편이 낫겠지.

"그쯤 해두지그래? 한꺼번에 너무 많이 지적하는 것도 뭐하니까."

"못마땅한 부분은 아직도 수두룩하지만……. 뭐, 좋아. 그럼 다음은 유이가하마 차례네."

"엇!? 나, 나!?"

기겁을 하며 대꾸하는 유이가하마를 향해 자이모쿠자가 애처로운 시선을 보낸다. 그 눈에는 눈물이 고여 있었다. 그 모습을 보고 측은한 마음이 들었는지 유이가하마는 어떻게든 칭찬할 만한 구석을 찾으려고 허공을 노려보며 해줄 말을 쥐어짜 냈다.

"으, 으음……. 어, 어려운 단어가 많이 나오더라."

"쿠허억!"

"야, 숨통을 끊어놓으면 어떻게 하냐……."

작가 지망생에게 그 말은 금기나 다름없다. 왜냐, 다시 말해 괜찮은 구석이라곤 그것뿐이란 뜻이잖아? 주로 라이트노벨을 접해본 경험이 없는 사람이 감상을 요구받았을 때 사용하는 말이다. 저런 소리를 들었다면 그 소설은 「재미없다」는 평가를 받은 거나 다름없다.

"그, 그럼 이제 힛키 차례."

유이가하마가 후다닥 몸을 일으키고는 그 의자를 내게 양보한다. 자이모쿠자의 정면에 나를 앉히고는 내 대각선 뒷자리에 슬쩍 자리를 잡는다.

이미 새하얗게 불타버린 자이모쿠자를 직시하기가 힘들어진 모양이다.

"크, 크윽. 하, 하치만이여, 너라면 이해할 수 있을 테지? 본관이 그려낸 세계를, 라이트노벨의 새로운 지평을 너라면 이해할 수 있을 테지? 우매한 족속들은 아무도 이해하지 못할 심오한 이야기를."

그럼, 물론이지.

나는 자이모쿠자를 안심시키고자 힘주어 고개를 끄덕였다. 자이모쿠자의 눈빛이 「너를 믿는다」고 말하고 있었다.

저토록 굳건한 믿음에 부응하지 못해서야 사내대장부의 체면이 서지 않는다. 나는 천천히 심호흡을 하고 따뜻한 목소리로 말했다.

"근데 저건 뭘 표절한 거냐?"

"푸헙!? 푸, 푸허…… 푸허어……."

자이모쿠자는 데굴데굴 바닥을 구르며 몸부림치다가 벽을 들이받고서야 움직임을 멈추더니 그 자세 그대로 꿈쩍도 하지 않았다. 공허하게 천장을 바라보던 눈에서 한줄기 눈물이 볼을 타고 흘러내린다. 그냥 이대로 콱 죽어버릴까~ 라는 분위기가 풀풀 풍겨난다.

"……너 정말 지독하구나. 나보다 훨씬 무자비하잖아."

유키노시타는 내게 오만정이 떨어진 기색이었다.

"……힛키."

유이가하마가 팔꿈치로 내 옆구리를 쿡쿡 찌른다. 어떻게 수습 좀 해봐, 라는 뜻인 모양이다. 어떤 말을 들려주는 게 좋을까……. 잠시 고민한 끝에 어찌 보면 가장 근본적인 부분에 대한 언급이 빠졌음을 깨달았다.

"뭐 어차피 중요한 건 일러스트니까. 스토리 같은 건 너무 신경 쓰지 말라고."

×　　×　　×

자이모쿠자는 한동안 히히 후우~ 하고 스스로의 마음을 가라앉히듯 라마즈 호흡법을 실시하더니 갓 태어난 새끼 사슴처럼 팔다리를 부들부들 떨며 몸을 일으켰다.

그리고는 몸에 묻은 먼지를 툭툭 털어낸 다음 나를 똑바로 쳐다본다.

"……다음에도, 읽어주겠나?"

저도 모르게 귀를 의심했다. 무슨 말인지 이해하지 못한 내가 대답하기를 망설이자 다시 한 번 같은 질문을 해온다. 이번에는 방금 전보다도 또렷하고 힘찬 목소리로.

"다음에도 읽어주겠나?"

뜨거운 눈빛으로 나와 유키노시타를 응시한다.

"자이모쿠자, 너……."

"상변태야?"

유이가하마가 내 뒤에 숨어서 자이모쿠자에게 혐오의 시선을 보낸다. 변태는 나가 죽으라는 느낌이었다. 야야, 그런 게 아니라고.

"너, 그렇게 험한 소리를 들었으면서 또 써오려고?"

"물론이다. 분명 혹평을 당하기는 했지. 그냥 콱 죽어버릴까, 어차피 살아 있어 봤자 인기도 없고 친구도 없는데, 라는 생각도 들었다. 반대로 나 빼고 다 뒈져버리라고도 생각했다."

"그야 그렇겠지. 아까처럼 대차게 까이면 나라도 죽고 싶을걸."

하지만 자이모쿠자는 그 말들을 전부 속으로 삭이고, 꿋꿋이 이렇게 말하는 것이다.

"그렇지만, 그렇지만 그래도 기뻤다. 내가 좋아서 쓴 글을 누군가가 읽어주고, 감상을 들려준다는 건 행복한 일이로군. 이 감정을 무어라 명명해야 할지는 확실치 않다만. ……읽어주면 역시 기쁜걸."

그렇게 말하며 자이모쿠자는 웃었다.

그것은 겐호 쇼군의 미소가 아닌 자이모쿠자의 미소였다.

—아아, 그런가.

이 녀석은 단순한 중 2병이 아니다. 이제는 어엿한 작가병 환자로 거듭난 것이다.

쓰고 싶은 것이, 누군가에게 전하고픈 것이 있으므로 써내려간다. 그리하여 누군가의 마음을 움직이는 데 성공하면 환희를 느낀다. 그렇기에 쓰고 또 쓰고 싶어진다. 설령 그것이 인정받지 못하더라도 줄기차게 써내려간다. 그러한 상태를 일컬어 작가병이라 부르는 것이리라.

그러므로 내 대답은 정해져 있었다.

"그래, 읽을게."

읽지 않을 까닭이 없다. 왜냐하면 이것은 자이모쿠자가 중2병을 극한까지 갈고 닦은 끝에 도달한 경지이니까. 환자 취급당하고 업신여김당하고 무시당하고 조롱거리가 되면서도 결코 굴하거나 단념하지 않고 자신의 망상에 형태를 부여하고자 발버둥친 증거이니까.

"신작이 완성되면 가져오마."

그 말을 끝으로 자이모쿠자는 우리에게서 등을 돌려 발걸음도 당당하게 부실을 나섰다.

닫혀버린 문이 묘하게 눈부셔 보였다.

일그러지고 유치하고 틀려먹었을지라도, 자신이 뜻한 바를 뚝심 있게 밀고 나간다면 그것은 분명 옳다. 타인에게 부정당했다는 이유만으로 변할 정도라면 그런 건 꿈도 아니거니와 자기 자신도 아니다. 그러니까 자이모쿠자는 변하지 않아도 된다.

저 기분 나쁜 구석만 제외한다면 말이야.

×　　×　　×

그로부터 며칠이 흘렀다.

6교시. 오늘 마지막 수업은 체육이다.

나와 자이모쿠자는 여전히 같은 조다. 그 점은 딱히 변하지 않았다.

"하치만이여, 요즘 잘나가는 신급 삽화가는 누구인 것 같나?"

"김칫국 그만 마셔. 그런 건 상을 탄 다음에 생각하라고."

"흐음, 일리 있는 말이군. 문제는 어느 출판사에서 데뷔할지다만……."

"그러니까 왜 입상은 기정사실이란 듯이 이야기하는 거냐고?"

"……대박 나면 애니메이션화 돼서 성우랑 결혼할 수 있을까?"

"됐어, 그딴 상상은 됐으니까 먼저 원고부터 써, 알았냐?"

이런 식으로 나와 자이모쿠자는 체육 수업 중에 간간이 이야기를 나누게 되었다. 달라진 점이라면 그 정도다.

그래 봤자 알맹이라곤 없는 시시껄렁한 잡담뿐이다. 특별히 유쾌한 것도 아니라서 다른 녀석들처럼 대화 도중에 폭소를 터뜨리는 일도 없다.

세련되고 폼 나는 화젯거리와는 거리가 먼, 한심하기 짝이 없는 이야기들뿐.

바보 같다고 스스로도 생각한다. 진심으로 무가치한 짓이라고 느낀다.

하지만 적어도 "끔찍한 시간"은 아니게 되었다.

단지 그것뿐이다.

.

진로지도설문지

소부 고등학교 2 학년 C 반

영문표기 zaimokuza yoshiteru

이 름
자이모쿠자 요시테루   남자

출석번호 12

당신의 신조를 알려주세요

상재전장(常在戰場)#14, 신검합일   닥쳐올 전란에 대비하여 매사에 임한다.

#14 상재전장 전쟁터에 있다는 마음가짐으로 매사에 임한다.

졸업 앨범, 미래의 꿈은 뭐라고 적었나요?

초등학교→만화가
중학교→소설가

미래를 위해 어떤 노력을 하고 있나요?

닥쳐올 전란에 대비하여 팔에 무게 1kg의
모래주머니를 항시 착용

선생님의 조언

당신과 싸우는 상대는 대체 누구입니까?
그리고 모래주머니 말입니다만, 그걸 벗어봐야
당신의 숨겨진 힘은 향상되지 않습니다.
만화가에서 소설가로 장래희망이 바뀐 것은
그럼을 못 그린다는 뭐 그런 이유에서입니까?

자이……
어쩌고는 참 불쌍해,
머리가.

자이모쿠자,
인생과
캐릭터 설정을
통일하라고,
통일.

6

하지만
토츠카 사이카는
달려 있다.

누이동생 코마치가 잼을 덕지덕지 바른 토스트를 들고 열심히 패션 잡지를 들여다본다. 그 잡지 기사를 옆에서 훔쳐보며 나는 천천히 모닝 블랙커피를 들이켰다.

『남친 만들기』니 『인기짱』이니, 몹시 짜증 나는 단어들만 나열된 기사가 어찌나 무식해 보이는지 저도 모르게 우읍, 하고 마시던 커피를 주르륵 토해내고 말았다.

어이, 정말이냐고. 일본 이대로 정말 괜찮은 거냐고. 이 기사, 아무리 뜯어봐도 내신 9등급 수준밖에 안 돼 보이잖아. 거기다 내 여동생이란 녀석은 흠흠 고개를 주억대고 있질 않나. 넌 대체 저 기사의 어디에 공감하는 거냐?

저 『헤븐틴』인가 뭔가 하는 잡지는 현재 여중생들 사이에서 폭발적인 인기를 누리는 패션지로 모두가 읽는 정도를 넘어서서 안 읽으면 왕따를 당하는 수준이란다.

코마치는 "호오~" 라고 감탄사를 연발하며 책상에 뚝뚝 빵 부스러기를 흘려댄다. 너 지금 혼자 헨젤과 그레텔 놀이라도 하냐.

현재 시각은 7시 45분.

"야, 시간 됐어."

정신없이 잡지를 읽고 있는 여동생의 어깨를 팔꿈치로 쿡쿡 찔러 슬슬 출발해야 할 시간임을 알린다. 그러자 코마치는 번쩍 고개를 들어 시계를 확인했다.

"우와앗 난 몰라~!"

그렇게 소리치기가 무섭게 잡지를 탁 덮고 몸을 일으킨다.

"야야야, 너 입 체크해, 입. 묻었다."

"뭐? 진짜? 재밍됐어?"

"네 입이 무슨 미사일이냐? 재밍이란 말은 그럴 때 쓰는 게 아니거든?"

코마치는 큰일 났다고 호들갑을 떨며 잠옷 소매로 입가를 쓱 훔쳤다. 내 동생이지만 참 터프하기도 하다.

"근데 오빠, 가끔씩 무슨 소리 하는지 못 알아듣겠더라."

"그건 내가 할 말이다, 내가!"

내 항변을 깨끗이 무시하고, 코마치는 마구 허둥거리며 부산하게 옷을 갈아입기 시작했다. 잠옷을 벗자 매끄럽고 하얀 피부와 하얀 스포츠 브라와 하얀 팬티가 드러난다.

여기서 벗지 말라고, 여기서.

여동생이란 존재는 참으로 신비해서 제아무리 귀엽다 한들 별다른 감흥이 없다. 속옷 따위 그냥 천 쪼가리로밖에 보이지 않는다. 귀엽기야 하다만은 「역시 나를 닮아서 그런가」라는 생각밖에는 들지 않는다. 현실 세계의 여동생이란 다 그런 법이다.

코마치가 촌스러운 교복을 입은 채 무릎길이의 치맛자락 사이로 팬티를 얼핏얼핏 드러내며 양말을 접는다. 그 모습을 곁눈질하며 나는 설탕과 우유를 내 쪽으로 끌어당겼다.

코마치는 젖 강화의 달에 돌입하기라도 했는지 요즘 들어 우유 마시는 양이 늘어났다. 그러거나 말거나.

그나저나 「여동생이 마신 우유」라고 의미심장하게 괄호를 쳐놓으니 어쩐지 기묘한 배덕의 향기가 나는데. 그러거나 말거나.

내가 설탕과 우유를 끌어당긴 건 딱히 「여동생이 마신 우유」라서가 아니라 단순히 커피에 타기 위해서다.

태어나서 첫 목욕물 대신 MAX 커피에 몸을 담그고, 엄마 젖 대신 MAX 커피를 마시며 자랐다는 평을 듣는 골수 치바 토박이인 내게 커피란 무조건 달아야만 한다. 연유라면 더욱 환영.

아니 뭐 사실 블랙도 마실 수는 있다만.

"씁쓸한 인생, 커피 정도는 달아도 괜찮겠지……."

MAX 커피 광고 문구로 채택되어도 이상하지 않을 혼잣말을 중얼거리고는 달달해진 커피를 들이켠다.

환상적이야…… 방금 그 문구. 정말로 채택해주지 않으려나?

"오빠! 준비 다 됐어!"

"오라버님이 아직 커피 마시는 중이잖아……."

재방송으로 본 「북쪽 나라에서」의 대사를 어설프게 흉내 내어 대꾸했지만#15 코마치는 전혀 눈치채지 못하고 「지이각♪ 지이각♪」하고 흥겹게 콧노래를 불러댄다. 지각을 하고 싶다는 건지 하기 싫다는 건지 판단이 서지 않는다.

벌써 몇 달 전 일이긴 하지만, 언젠가 이 덜떨어진 동생이 있는 대로 늦잠을 자는 바람에 지각할 위기에 처했을 때, 자전거 뒤에 태우고 학교까지 데려다 준 적이 있다.

그날 이후로 내가 바래다주는 횟수가 기하급수적으로 늘어났다.

여자의 눈물만큼 믿기 힘든 것도 없다. 특히 코마치는 막내 특유의 여우 같은 구석까지 겸비하여 오빠를 부려 먹는 기술 하나는 정평이 나 있다. 덕분에 내 머릿속에는 「여자 = 코마치처럼 남자를 이용하는 존재」라는 인식이 박히고 말았다.

"내가 여성 불신에 빠지면 다 네 탓이야. 결혼 못하면 늘그막엔 어쩌라고?"

"그때는 코마치가 어떻게든 해줄 테니 걱정 마."

생긋 미소 짓는 코마치. 내내 어린애로만 여겼던 누이동생이 보여준 그 표정은 어딘가 어른스러워서 심박 수가 치솟는 것이 혈관을 타고 전해졌다.

"열심히 돈 모아서 실버타운에 넣어줄게."

#15 「북쪽 나라에서」의 대사를 어설프게 흉내 내어 대꾸했지만 일본 국민 드라마 「북쪽 나라에서」의 명대사 「애가 아직 먹는 중이잖아」를 말함. 아들이 울며 잘못을 고백하던 중에 라면 가게 종업원이 폐점 시간이라며 억지로 그릇을 치우려 하자 아버지가 한 말.

어른스러운 게 아니라 그냥 어른의 해결책이었다.

"……역시 넌 내 동생이 맞구나."

저도 모르게 한숨이 흘러나왔다.

남은 커피를 단숨에 들이켜고 일어선다. 그 등을 코마치가 팍팍 떠민다.

"오빠가 꾸물대니까 벌써 시간이 이렇게 됐잖아! 코마치 지각한다고!"

"이 쥐방울만 한 게……."

이 녀석이 여동생만 아니었으면 벌써 한 대 걷어찼을 거다. 보통은 그 반대일 테지만 우리 집만은 예외다. 아버지의 딸 사랑이 어찌나 유별난지 「접근하는 사내놈은 친오빠라도 죽인다」라는 명언에는 나조차도 진심으로 식겁했다. 코마치를 걷어차기라도 했다가는 그날로 집에서 쫓겨나고 만다.

뭐 요컨대 나는 스쿨 카스트는 물론이고 패밀리 카스트에서도 최하위 계층에 속한다는 이야기다.

현관을 나와 자전거에 올라앉자 뒷자리에 코마치가 냉큼 올라탄다. 내 허리에 척하니 팔을 두르고는 꽉 끌어안는다.

"렛츠고~!"

"너 고마워하는 마음이라곤 털끝만큼도 없지……?"

자전거 한 대에 둘이 타는 건 도로교통법 위반이지만 코마치의 정신 연령은 유치원생 수준이니 부디 너그러운 마음으로 이해해주시길 바란다.

경쾌하게 달려나가는데 코마치가 말을 걸어왔다.

"오늘은 사고 내면 안 돼. 코마치가 타고 있으니까."

"나 혼자일 땐 사고 나도 된다 이거냐……."

"무슨 그런 실례의 말씀을. 오빠, 가끔씩 썩은 동태 같은 눈으로 멍하니 넋을 빼고 다닐 때가 있으니까 걱정돼서 그러지. 이것도 다 여동생의 사랑이라니까?"

그렇게 말하며 부비부비 내 등에 얼굴을 비벼댄다. 처음엔 쓸데없는 소리만 안 했어도 귀엽다고 생각했을 테지만 이제는 단지 얄팍하게만 느껴질 뿐이다.

하지만 식구들에게 불필요한 걱정을 끼치는 건 원하는 바가 아니다.

"……알았어, 조심할게."

"특히 코마치가 타고 있을 때는 조심해야 해, 진짜로."

"꽉 턱 있는 데만 골라서 달릴까 보다, 이 못된 꼬맹이."

말은 그렇게 해도 지난번에 데려다 줬을 때처럼 뒤에서 아프다느니 엉덩이를 찧었다느니 순결을 빼앗겼다느니 하며 꽥꽥대면 곤란하므로 평탄한 길을 고른다. 그 발언 탓에 나는 한동안 이웃들의 따가운 눈총에 시달려야 했다고…….

어찌 됐든 안전 운행이 최우선이다.

나는 고등학교 입학 첫날 교통사고를 당했다. 입학식과 새로운 생활에 대한 기대감에 가슴이 부푼 나머지 한 시간이나 일찍 집을 나선 것이 화근이었다.

일곱 시쯤 되었을까. 학교 부근에서 개를 산책시키던 여자애가 목줄을 놓쳤고, 하필 그때 호화로운 리무진이 달려왔다.

정신을 차려보니 젖 먹던 힘을 다해 페달을 밟고 있었다.

그 결과 구급차에 실려가 3주일가량 입원. 입학과 동시에 외톨이가 확정된 순간이었다.

사고로 인해 번쩍번쩍 윤이 나던 새 자전거는 고물이 되었고 황금의 왼발에는 금이 갔다.

만약 내가 축구를 했었더라면 일본 축구계의 앞날에 어두운 그림자가 드리웠을 게 분명하다. 정말이지 축구를 안 하길 천만다행이다.

중상은 아니라는 점이 그나마 위안이 되었다.

위안이 되지 못한 건 문병을 온 사람이 가족들뿐이었단 점이다.

오로지 가족들만이 사흘에 한 번씩 찾아왔다. 웬만하면 매일 좀 오라고.

심지어 병문안을 마치고 돌아가는 길에는 매번 셋이서 외식을 하러 갔다고 한다. 지난번에는 초밥을 먹었다느니 고깃집에 갔다느니 하며 메뉴를 꼬박꼬박 보고해올 때는 코마치의 새끼손가락을 확 꺾어버릴까 고민했다.

"그래도 빨리 나아서 다행이야. 분명 그 깁스의 효과일 거야. 역시 타박상에는 석고가 특효약이라니까."

"야 이 바보야 그건 연고라고. 그리고 난 타박상이 아니라 골절이었어."

"오빠가 또 못 알아들을 소리를 해."

"아 진짜! 그건 내가 할 말이라니까!"

항의해봐야 먹혀들 리 없었고, 코마치는 당연하다는 듯 화제를 전환한다.

"글고 보니 말이야~."

"엉? 일세풍○ 세피아냐?#16 취향 한 번 고풍스럽네."

"그러고 보니 말이야, 라고. 오빠, 진짜 말귀 못 알아듣네."

"네 발음이 구린 거거든……?"

"그러고 보니 그 사고 난 다음에 강아지 주인이 우리 집에 인사하러 왔었어."

"금시초문인데……."

"오빠는 그때 자고 있었으니까. 과자 주고 갔어. 맛있더라."

"있잖아, 그거 난 분명 안 먹었지? 왜 이 오빠한테는 일언반구도 없이 몽땅 먹어버리는 건데?"

그렇게 말하며 돌아보자 코마치는 「에헤헷☆」하고 쑥스러운 미소를 지었다. 정말이지 성질 돋우네 이 자식…….

"그치만 같은 학교니까 만나지 않았어? 나중에 인사하러 가겠다고 했는데?"

엉겁결에 끼익 하고 브레이크를 걸고 말았다. 아웃! 하고 비명을 지르며 코마치가 내 등에 얼굴을 묻는다.

"갑자기 뭐야아~."

"……너 왜 그걸 이제야 알려주는 건데? 이름은 혹시 몰라?"

#16 일세풍○ 세피아냐? 1980년대 일본 퍼포먼스 그룹 일세풍마 세피아의 대표곡 「전략, 길 위에서」의 도입부에 나오는 구호(소이야)와 글고 보니의 발음이 같아 착각한 것.

"응? ……글쎄, 『과자 언니』였던가?"

"명절이냐, 『햄 청년』같은 소리 하지 마.#17 그나저나 이름은?"

"으음~ 기억 안 나. ―앗, 벌써 학교네, 코마치 간다아~."

말이 끝나기가 무섭게 코마치가 자전거에서 폴짝 뛰어내려 교문을 향해 줄달음질친다.

"저 망할 꼬맹이가……."

멀어져가는 뒷모습을 노려보고 있자니 교문 안으로 사라지기 직전에 코마치가 빙글 몸을 돌려 절도 있게 거수경례를 붙인다.

"그럼 다녀오도록 하겠습니다! 오빠, 고마워~!"

그렇게 외치며 웃는 낯으로 손을 흔들어주니 저런 시건방진 여동생도 조금은 귀엽게 느껴진다. 내가 마주 손을 흔들어주자 그 모습을 확인한 코마치가 「차조심해~」란 말을 덧붙인다.

못 당하겠다는 생각에 가볍게 한숨을 쉬고는 자전거를 돌려 우리 학교로 향한다.

예의 강아지 주인이 있을 것으로 추정되는 학교로.

딱히 만나서 어떻게 해보겠다는 생각이 있는 건 아니다. 그저 조금 흥미가 있을 뿐이다.

다만 입학한 지 1년도 넘었는데 여태껏 찾아오지 않는 것으

#17 명절이냐, 「햄 청년」같은 소리 하지 마 마루다이 식품의 명절용 햄 선물세트 광고에 등장하는 남자. 햄 선물세트를 주고 가는 역할이라 햄 청년(ハムの人)라 불린다.

로 미루어보아 상대방은 만날 의사가 없는 모양이다. ……뭐 어차피 다 그런 법이지. 기껏해야 개를 구해주고 뼈가 부러진 정도니까. 인사하러 집까지 찾아왔으면 할 만큼은 한 거다.

문득 자전거 앞 바구니를 내려다보자 내 것이 아닌 검은색 통학용 가방이 들어 있었다.

"……이 푼수 같으니라고."

곧바로 방향을 틀어 오던 길을 되돌아가니 맞은편에서 코마치가 울상을 한 채 달려오는 모습이 보였다.

×　　×　　×

달력이 넘어가면 체육 수업 내용도 바뀐다.

우리 학교 체육은 세 학급 합동으로 총 60명의 남학생을 두 종목으로 나누어 실시한다.

지난달에 배운 종목은 배구와 육상. 이번 달부터는 테니스와 축구다.

나와 자이모쿠자는 팀플레이보다 개인기에 치중하는 판타지스타에 가까운 존재이므로 학교 축구에서는 팀에 누를 끼칠 것으로 판단하고 테니스를 선택했다. ……게다가 나는 이 왼쪽 다리의 해묵은 상처로 인해 축구를 버린 남자다. 비록 축구를 해본 적은 없지만.

그러나 올해는 테니스 희망자가 많았던 탓인지 처절한 가위바위보 끝에 나는 테니스 팀에 남는 데 성공했지만 자이모쿠자는 끝내 패배하여 축구팀으로 밀려나고 말았다.

"후우, 하지만. 본관의 『마구』를 선보이지 못하다니 유감이군. 네가 없으면 본관은 대체 누구와 패스 연습을 해야 한단 말이냐?"

처음에는 허세를 부리던 자이모쿠자가 갈수록 눈물이 글썽해지며 애타게 사정하는 듯한 시선을 보내왔다는 점이 인상적이다.

야, 그건 오히려 내가 더 묻고 싶거든.

그리하여 테니스 수업이 시작되었다.

설렁설렁 준비 운동을 마치고 체육 교사 아츠기에게 간단한 설명을 들었다.

"좋아, 그럼 너희들끼리 한번 쳐봐라. 2인 1조로 팀을 짜서 양쪽으로 흩어져."

아츠기의 지시에 모두들 삼삼오오 짝을 지어 코트 양 끝으로 이동했다.

어떻게 저토록 신속한 반응을 보일 수가 있지? 주위를 둘러보지도 않고 조를 짜다니 너희들 노 룩 패스(no look pass)의 달인이냐?

나의 외톨이 레이더가 민감하게 반응하여 고조되어가는 외톨이의 기운을 감지한다.

그러나 염려할 필요는 없다. 내게는 이럴 때를 대비해 마련해둔 비책이 있으니까.

"저기, 제가 컨디션이 별로라서 그러는데 혼자 벽에 대고 쳐도 될까요? 잘못하면 민폐를 끼치게 될 것 같아서요."

그렇게 통보하고는 아즈키의 대답을 듣지도 않고 재빨리 담 벼락 앞으로 가서 통통 벽치기를 개시했다. 일단 시작해버리니 아즈키도 내게 말을 걸 타이밍을 놓쳤는지 특별히 제지하지 않았다.

완벽하다……

컨디션이 별로다 + 민폐를 끼친다의 더블 문구로 시너지 효과를 발생시킨 다음, 체육 수업 자체에 대한 열의는 있음을 은근슬쩍 어필하는 것이 포인트다.

이것이야말로 내가 장기간에 걸친 외톨이 체육 인생을 통해 체득한 궁극의 「원하는 녀석과 조를 짜라」대책. 조만간 자이모쿠자에게도 전수해주어야겠다. 그 녀석 분명 감격의 눈물을 흘릴걸?

타구를 쫓아가 정확하게 받아치기만 할 뿐인, 마치 단순 작업과도 같은 시간이 계속된다.

주위에서는 격렬한 공방이 벌어지며 꽥꽥 소란을 피워대는 소리가 들려왔다.

"으랏차! 오옷!? 방금 그거 짱이지, 완전 끝내주지?"

"짱이야, 절대 못 받아쳐, 완전 대박이야~."

고래고래 괴성을 질러대며 잔뜩 신이 나서 랠리 연습을 하고 있다.

거참 시끄럽네 그냥 나가 뒈져버려, 라고 생각하며 돌아보니 그곳에는 하야마도 있었다.

하야마는 페어라기보다는 4인조 콰르텟(quartet)을 형성한 채 연습 중이었다. 교실에서도 자주 붙어 다니는 금발머리는 알겠다만 나머지 둘은 누구지? 낯선 것으로 보아 C반이나 I반 녀석일 확률이 높기야 하겠지만. 어찌 됐든 그놈들이 세련된 아우라를 마구 흩뿌려대는 통에 그 부근에만 대단히 화사한 분위기가 감돌았다.

　　하야마의 타구를 받아치는 데 실패한 금발머리가 별안간 「우오옷!」하고 부르짖었다. 모두들 깜짝 놀라 그들을 돌아본다.

　　"죽였어. 하야마, 방금 친 공, 완전 죽여줬다니까. 휘었어? 휜 거 맞지, 그거?"

　　"아, 그건 타구가 우연히 슬라이스된 것뿐이야. 내가 실수했어, 미안."

　　한쪽 손을 들고 사과하는 하야마의 목소리를 뒤덮으며 금발머리가 호들갑스럽게 외친다.

　　"우와, 말도 안 돼! 슬라이스면 『마구』잖아! 진짜 쩐다. 하야마 너 완전 쩔어."

　　"역시 그런가~."

　　분위기를 맞추듯 즐겁게 웃는 하야마. 그러자 하야마 옆에서 연습하던 2인조가 끼어들었다.

　　"하야마, 테니스도 잘 치네. 방금 그거 슬라이스지? 나한테도 가르쳐줄래?"

　　그렇게 말하며 다가선 것은 머리카락은 갈색이지만 생김새는 얌전한 남자아이였다. 이름은 모르지만 내가 이름을 모른다는 것은 곧 별 볼 일 없는 존재란 뜻이다.

눈 깜짝할 사이에 6인조 섹스텟(sextet)으로 바뀌는 하야마 그룹. 어느덧 이 체육 수업 최대 여당으로 급부상했다. 그나저나 섹스텟이라고 하니 섹서로이드가 생각나는걸. 네네, 제가 좀 밝힙니다요, 네네.

아무튼 그리하여 테니스 수업은 하야마 왕국으로 변모했다. 「하야마 그룹에 속하지 않는 자 체육을 해서는 안 될지어다」라는 분위기다. 그 결과 하야마 일당 이외에는 다들 조용해졌다. 언론 탄압 반대.

하야마 그룹은 왁자지껄하다는 느낌이 강하지만, 실제로는 하야마 본인이 적극적으로 떠든다기보다는 주위 놈들이 시끄럽다. 아니, 정확히는 보좌역을 자처하는 저 금발머리가 시끄럽다.

"슬라~이슛!!"

저것 봐, 시끄럽지.

금발이 친 타구는 전혀 휘지 않고 하야마를 멀찌감치 비껴나가 코트 구석의 그늘져서 어두컴컴하고 눅눅한 곳으로 날아든다. 다시 말해 내가 있는 곳으로 날아왔다.

"앗, 미아안~ 한 번만 봐주라. 어, 뭐더라…… 히, 히키타니? 히키타니, 공 좀 던져주지 않을래?"

히키타니는 또 누구냐.

정정하기도 귀찮아져 나는 통통 굴러 오는 볼을 주워 말없이 그쪽으로 던져주었다.

"고마워~."

하야마가 시원스럽게 웃으며 나를 향해 손을 흔들었다.

그쪽을 향해 아닙니다, 라며 꾸벅 묵례를 한다.

……근데 난 뭣 때문에 묵례를 한 거지?

아무래도 본능적으로 하야마가 나보다 위라고 판단을 내렸나 보다. 나 자신이지만 참 비굴하기 짝이 없다. 말하자면 비굴함 순위에서도 누군가에게 뒤처지는 게 아닌가 싶은 생각이 들 정도의 비굴함이랄까.

나는 어두워지려는 마음을 눈앞의 벽을 향해 때려 부었다.

청춘에 벽은 필수 요소다.

……그러고 보니 빈유를 칠벽(塗り壁)[#18]이라고 부르는 이유는 뭘까?

일설에서는 칠벽을 너구리 요괴라고 해석하여 그 정체는 너구리의 음낭을 넓게 펼친 것이라고 말하기도 한다. 대체 어떻게 생겨먹은 벽이냐. 의외로 보드라울 것 같잖아. 그렇다는 이야기는 역설적으로 칠벽이라고 구박받는 빈유의 감촉도 사실은 보드라운 게 아닐까. Q. E. D 증명 종료. 장난 하냐.

하지만 하야마는 제아무리 용을 써도 이러한 결론에 도달하지 못하리라. 나의 차원이 다른 르상티망이 낳은 기적적인 가설이다.

#18 칠벽 누리카베. 일본의 요괴로 거대한 벽 형태를 하고 있으며 느닷없이 길을 막아 통행을 방해하는 것으로 알려져 있다.

음, 선심 썼다. 그래, 오늘은 일단 무승부로 쳐주도록 하자.

× × ×

점심시간.

늘 점심을 먹는 곳에서 끼니를 때운다. 특별관 1층. 양호실 옆, 매점 대각선 뒤편이 내 지정석이다. 위치 관계상 정확히 테니스코트와 마주보는 자리다.

매점에서 사온 소시지 빵과 참치 주먹밥, 나폴리탄 버터롤을 우물우물 먹어치운다.

편안하다.

통통 일정한 박자로 북을 두들기는 듯한 소리를 듣고 있자니 스르르 졸음이 밀려온다.

점심시간에는 여자 테니스부원이 자율 연습을 하는지, 항상 벽을 향해 공을 친 다음 돌아오는 타구를 부지런히 쫓아가 다시 받아치기를 되풀이한다.

그 움직임을 눈으로 쫓으며 오늘의 점심 식사를 해치웠다. 점심시간도 이제 얼마 남지 않았다. 종이팩에 든 레몬티를 빨대로 쭉쭉 빨아 마시는데 휘잉 바람이 불었다.

바람의 방향이 달라진 것이다.

그날그날의 날씨에도 영향을 받지만, 바다와 인접한 이 학교는 정오를 기점으로 풍향이 바뀐다. 오전에는 바다에서 불어오던 바람이 원래 있던 곳으로 돌아가듯 뭍에서 바다로 불어간다.

그 바람을 피부로 느끼며 홀로 보내는 이 시간이 나는 그럭 저럭 마음에 든다.

"어라? 힛키 아냐?"

그 바람에 실려 귀에 익은 목소리가 들려왔다. 고개를 돌리 자 또다시 세차게 불어오는 바람에 치맛자락을 붙든 유이가 하마가 서 있었다.

"이런 데서 뭐 해?"

"보통 여기서 밥을 먹거든."

"흐음, 그렇구나. 근데 왜? 교실에서 먹음 되잖아?"

"……."

진심으로 궁금하다는 듯 물어오는 유이가하마에게 침묵으 로 응수하고 말았다. 그럴 처지면 내가 왜 궁상맞게 여기서 밥을 먹고 있겠냐? 눈치 좀 있어봐라.

화제를 돌리자.

"그보다 넌 왜 여기 있는데?"

"그래그래! 사실은 말이야, 유키농이랑 재미삼아 내기 가위 바위보를 했는데 져서, 일종의 벌칙이랄까?"

"나랑 이야기하는 게 말이냐……."

뭐야 그거 너무 잔인하잖아. 그냥 콱 죽어버릴까.

"아, 아냐아냐! 진 사람이 주스를 사오기루 했을 뿐이라구!"

유이가하마는 황급히 손을 붕붕 내저으며 부정했다. 뭐야, 다행이다~. 엉겁결에 죽어버릴 뻔했네.

안도로 가슴을 쓸어내리는데 유이가하마가 내 옆에 냉큼 앉았다.

"유키농, 처음엔 『내가 먹을 양식 정도는 내 손으로 구할 수 있어. 그깟 행위로 하찮은 정복욕을 만족시켜봐야 뭐가 기쁘다고?』라면서 영 내키지 않는 기색이었거든."

어째서인지 유이가하마가 성대모사를 해가며 설명한다. 전혀 딴사람이잖아.

"뭐 그 녀석 답네."

"응, 그치만 『자신 없나 보네?』라고 살살 긁었더니 바루 넘어오더라구."

"……그 녀석 답네."

그 인간은 평소엔 더없이 냉정한 주제에 승패가 걸린 문제에 관해서는 지독한 승부근성이 발동하는 모양이다. 예전에도 히라츠카 선생님의 도발에 넘어갔고.

"아무튼 유키농, 이긴 순간 티 안 나게 주먹을 불끈 쥐는데……. 그 모습이 진짜 엄청 귀여웠어……."

후우, 하고 유이가하마가 만족스러운 한숨을 토해냈다.

"뭐랄까, 이 벌칙 게임을 하면서 처음으루 즐겁다구 느꼈어."

"예전에도 했었어?"

내가 묻자 유이가하마는 고개를 끄덕였다.

"옛날에, 잠깐."

그 말에 문득 생각났다. 그러고 보니 점심시간이 끝나갈 때쯤 교실 구석에서 가위바위보를 하며 꺅꺅 난리법석을 떨던 유치찬란한 패거리가 있었지…….

"쳇, 집단 친목질이란 거구만."

"뭐야, 그 반응? 기분 나쁜데. 그런 거 싫어해?"

"집단 친목질이나 집단 개그 따위 좋아할 리가 있겠냐? 아, 집단 분열은 대환영. 왜냐하면 난 집단 안에 없으니까!"

"이유가 비참할뿐더러 성격마저 음험하다니!?"

남이사.

유이가하마가 불어오는 바람에 머리카락을 누르며 웃는다. 그 표정은 교실에서 미우라 일당과 어울려 다닐 때와는 또 조금 달랐다.

아하, 그래. 확실치는 않지만 화장이 전처럼 진하지 않다. 한결 자연스러운 스타일로 바뀌었다. 어쩌면 얼마 전부터 이랬는지도 모른다. 하지만 여자 얼굴을 빤히 쳐다볼 일이 뭐 있어야 말이지. 그러니 알 턱이 있나.

하지만 이것도 분명 유이가하마가 달라졌다는 증거이리라. 아주 사소한 변화이긴 할지라도.

민낯에 가까운 유이가하마의 얼굴은 웃으면 눈꼬리가 처져서 그렇지 않아도 동안인 얼굴이 더욱 앳되어 보인다.

"그러는 힛키두 친목질하면서 뭘. 부실에서 이야기할 때두 즐거워 보이고. 아~ 난 못 끼어들겠다 싶을 때두 있구."

그렇게 말하며 무릎을 끌어안은 유이가하마가 그 속에 얼굴을 묻고는 눈만 빠끔히 들어 나를 올려다본다.

"나두 좀 더 많이 이야기하구 싶은데~ 라든가. ……따, 딱히 이상한 의미가 아니라! 유, 유키농두 같이 말이야!! 내 말 무슨 뜻인지 알아들었어!?"

"안심해. 널 상대로 착각할 일은 없으니까."

"무슨 뜻이야!?"

번쩍 고개를 처들고 펄펄 뛰는 유이가하마. 폭력을 행사하려 드는 걸 워워 잠깐만 진정하라며 손으로 제지하며 입을 연다.

"아무튼 유키노시타는 예외야. 그건 불가항력이라고."

"무슨 뜻이야?"

"응? 아아, 불가항력이란 『인간의 힘으로는 도저히 저항할 수 없는 힘이나 사태』란 의미야. 어려운 단어를 써서 미안."

"아냐! 단어 뜻을 몰라서 물어본 게 아니라구! 보자 보자 하니까 날 너무 바보 취급하는 거 아니야!? 나도 제대로 입시를 치르구 이 학교에 들어왔거든!?"

퍼억 하고 유이가하마의 손날이 내 목을 강타했다. 목울대에 정통으로 꽂히는 바람에 캑캑거리는데 유이가하마가 아련한 눈빛을 한 채 감회에 젖은 말투로 물어왔다.

"……있지, 입시라고 하니까 생각났는데, 입학식 날 있었던 일 기억나?"

"쿨럭쿨럭쿠올럭! ……어? 아아, 아니, 난 그날 교통사고를 당해서."

"사고……."

"그래. 등교 첫날 자전거를 타고 가는데 어떤 얼빠진 녀석이 개 목줄을 놓치는 바람에 그만. 강아지가 차에 치이려던 찰나 용감하게 몸을 던져 구해냈지. 그야말로 질풍처럼 근사하게 영웅적으로."

아주 약간 각색이 들어가긴 했지만 어차피 나 말고는 아는 사람도 없는 일이니 상관없겠지. 무엇보다 아무도 모른다는 말은 곧 아무도 언급해주지 않는다는 이야기다. 그렇다면 자신의 잘난 점은 스스로 어필해야 할 거 아닌가.

하지만 그 말을 들은 유이가하마의 얼굴은 딱딱하게 굳어 있었다.

"어, 얼빠진 녀석이라니……. 히, 힛키는 그 애가 누군지 기억나거나 하진 않아?"

"아니, 그럴 상황이 아니었으니까. 아파서. 뭐 크게 인상에 남지 않은 걸로 봐서는 아마도 수수한 애였겠지."

"수수한 애……. 그, 그야 확실히 그때는 쌩얼이었구……. 머리두 염색하기 전이었구, 후줄근한 잠옷 차림이긴 했지만……. 아, 그치만 잠옷이 아기 곰 무늬였던 건 좀 얼빠져 보였으려나?"

유이가하마의 목소리는 하도 작아서 전혀 들리지 않았다. 불분명한 발음으로 뭔가 웅얼웅얼 읊조리면서 고개를 푹 수그린다. 갑자기 배탈이라도 났냐.

"왜 그래?"

"아, 아무것도 아냐……. 어쨌든! 힛키는 그 여자애를 기억 못 한다 이거지!?"

"그래, 기억 안 난다고 했잖아. ……어라? 내가 여자애란 말을 했던가?"

"허걱!? 아, 했어했어! 입이 닳도록 했어! 아예 『여자애』란 말밖에 안 했어!"

"내가 무슨 여자에 환장한 변태냐……."

되받아치자 아하핫 웃으며 얼버무린 유이가하마가 미소를 머금은 채로 테니스 코트를 바라본다. 그 시선에 이끌려 나도 그쪽으로 고개를 돌렸다.

때마침 아까부터 자율 연습을 하던 여자 테니스부원이 땀을 닦으며 돌아오는 모습이 보였다.

"사이~! 여기여기~!"

유이가하마가 손을 흔들며 부른다. 아는 사이인 모양이다.

그 여자애는 유이가하마를 발견하자 총총히 우리를 향해 달려왔다.

"안녕, 연습했어?"

"응. 우리 동아리, 엄청 약하니까 낮에도 연습해야 해서……. 점심시간에도 코트를 쓰게 해달라고 끈질기게 조른 끝에 얼마 전에야 겨우 허락이 떨어졌거든. 유이가하마랑 히키가야는 여기서 뭐해?"

"글쎄~? 그냥 노닥거리는 중?"

그렇게 말한 유이가하마가 그치? 라는 얼굴로 나를 돌아본다. 아니, 난 밥 먹으러 왔고 넌 심부름하던 도중 아니었어? 금붕어냐, 순식간에 까먹지 말라고.

그랬구나, 라며 사이라는 여자애가 쿡쿡 웃었다.

"사이, 체육 시간에두 테니스 하는데 점심때두 연습하는구나. 힘들겠다."

"아냐, 좋아서 하는 건데 뭐. 아참, 그러고 보니까 히키가야, 테니스 잘 치더라."

뜻밖에도 내게 말을 걸어오는 바람에 당연하다는 듯 침묵하고 말았다. 뭐야, 그 처음 듣는 정보는. 그 이전에 넌 또 누구야, 어떻게 내 이름을 아느냐고?

궁금한 점은 한두 가지가 아니었지만, 그에 앞서 유이가하마가 호오, 하고 탄성을 흘리며 물었다.

"그래애?"

"응, 폼이 굉장히 깨끗해."

"이야~ 민망한걸, 하하하. 근데, 누구?"

끝 부분은 유이가하마에게만 들리도록 신경을 썼다. 하지만 그런 내 세심한 마음 씀씀이를 무참하게 짓밟아버리지 않으면 유이가하마가 아니다.

"뭐어어!? 같은 반이잖아! 더군다나 체육두 같이 하면서!! 어째서 이름을 못 외우는 거야!? 기가 막혀서!"

"야야야 이 바보야 기억해! 깜빡 잊은 것뿐이라고! 게다가 여자들하고는 체육 따로 하잖아!"

내 배려를 물거품으로 만들다니. 내가 얘 이름을 모른다는 게 다 들통 났잖아. 심기가 상하기라도 하셨으면 어쩔 거냐고.

그렇게 생각하며 사이 쪽을 돌아보니, 사이는 그렁그렁한 눈을 하고 있었다. 이 눈망울은 위험하다. 개로 치면 치와와급, 고양이로 치면 먼치킨과 맞먹을 정도로 사랑스러운 애처로움이 느껴진다.

"아, 아하하, 역시 내 이름 기억 못 하는구나……. 같은 반의 토츠카 사이카야."

"저, 저기, 미안. 학년이 바뀐 지 얼마 안 되다 보니 그만 깜빡……."

"1학년 때도 같은 반이었는데……. 아하하, 난 존재감이 희미하니까……."

"아냐냐야 그 무슨 말도 안 되는 소리를. 그래, 맞아! 사실 내가 우리 반 여자애들하고는 거의 교류가 없잖아. 심지어는 이 녀석 본명도 모르는 수준이라고."

"슬슬 좀 외워라!"

유이가하마가 내 머리를 찰싹 때린다. 그 모습조차도 원망스럽다는 얼굴로 토츠카가 툭 내뱉었다.

"유이가하마하고는 친하구나……."

"으, 으응!? 저, 전혀 안 친하거든!? 진짜 살의밖에 없어! 힛키를 죽이고 나두 죽는다 뭐 그런 느낌이라구!?"

"맞아, 맞아……가 아니라 무서워! 무섭다고, 너! 비련의 동반자살이라니 사랑이 너무 과도하잖아!"

"뭐!? 바, 바보 아냐!? 그런 의미로 한 말 아니거든!?"

"진짜 친하구나……."

불쑥 내뱉은 토츠카가 이번에는 나를 돌아보았다.

"나 남잔데……. 그렇게 허약해 보여?"

"뭐?"

내 움직임과 사고회로가 툭 끊어졌다. 그리고는 획 고개를 돌려 유이가하마를 바라본다. 거짓말이지? 라고 시선으로 묻자 유이가하마는 방금 전의 분노가 미처 가라앉지 않았는지 뺨에 홍조를 드리운 채로 고개를 끄덕인다.

에이, 진짜~? 거짓말~. 설마 농담이겠지?

내 불신의 눈빛을 감지한 토츠카는 홍시처럼 새빨간 얼굴로 고개를 수그리더니 눈만 살짝 들어 나를 바라보았다.

그 손이 천천히 반바지 쪽으로 뻗는다. 그 몸놀림이 묘하게 요염하다.

"……증거, 보여줄 수도 있는데?"

그 순간 내 마음속에서 무언가가 꿈틀했다.

악마 하치만이 내 오른쪽 귀에 대고 속삭인다. 『뭐 어때~ 보여 달라고 해봐~ 어쩌면 일생일대의 행운일지도 모른다고?』뭐 그렇기는 하지. 날이면 날마다 찾아오는 기회도 아니고 말이야. 『기다리십시오!』오옷, 나타났다 천사가 나타났다. 『기왕이면 윗도리도 벗어달라고 하는 게 어떨까요?』어떨까요? 는 무슨 얼어 죽을 놈의 어떨까요냐. 너 천사 아니지?

나는 결국 내 이성을 믿기로 했다.

그렇다. 이런 타입의 성별 미상 캐릭터는 성별이 미상이기에 매력적인 법이다. 이성에 의해 도출된 결론이 내게 냉정한 판단을 촉구한다.

"아무튼 미안하게 됐다. 몰랐다고는 하지만 불쾌하게 만들어서."

내 말에 토츠카는 고개를 붕붕 저어 눈에 고인 눈물을 털어내고는 싱긋 웃었다.

"아냐, 괜찮아."

"그나저나 토츠카, 용케 내 이름을 알고 있었네."

"어? 아, 응. 그치만 히키가야는 눈에 띄는걸."

토츠카의 말을 들은 유이가하마가 나를 뚫어지라 쳐다본다.

"에엣~? 평범함의 극치잖아. 어지간해선 모를 것 같은데."

"야 이 바보야, 난 꽤나 눈에 띈다고. 기라성 저리 가라 수준으로 엄청 눈에 띈다니까."

"어디가?"

정색을 하며 되묻는다.

"……호, 혼자서 교실 구석에 처박혀 있으면 반대로 눈에 띌 거 아냐."

"아하, 듣구 보니 정말 눈에 띄……. 아, 저기, 왠지 미안."

그 말을 끝으로 내게서 시선을 피하는 유이가하마. 야, 그런 반응이 더 사람을 비참하게 만들거든?

분위기가 다시금 무거워지려는 찰나 토츠카가 수습에 나섰다.

"그보다 히키가야 테니스 잘 치더라. 혹시 유경험자야?"

"아니, 초등학생 때 마리오 테니스를 한 게 다인데. 실제로는 해본 적 없어."

"아, 그거구나 그 여럿이서 하는 거. 나두 해본 적 있어. 복식 엄청 재밌지!"

"……난 늘 혼자서 했지만."

"응? ……어, 저기, 미안."

"뭐야, 넌 내 마음의 지뢰 처리반이냐? 트라우마를 일일이 파헤치는 게 직업이냐고?"

"힛키 네가 지뢰밭이니까 그렇지!"

나와 유이가하마가 실랑이하는 모습을 토츠카가 즐겁게 웃으며 지켜본다.

그때 점심시간이 끝났음을 알리는 종소리가 울려 퍼졌다.

"갈까?"

토츠카의 말에 유이가하마도 졸래졸래 뒤따라간다.

그 광경을 본 나는 오묘한 기분에 사로잡혔다.

그렇구나. 같은 반이니까 같이 가는 게 당연한 거겠지. 그런 사소한 행동거지에도 감탄하고 만다.

"힛키~? 뭐해~?"

고개를 돌린 유이가하마가 의아한 표정을 짓는다. 토츠카도 걸음을 멈추고 이쪽을 돌아본다.

나도 같이 가도 되는 거냐? 그렇게 물어보려다 그만두었다.

그러니 대신 이렇게 말하자.

"너, 주스는 안 사가도 되냐?"

"뭐어? —아앗!"

며칠의 시간이 흘러 또다시 찾아온 체육 시간.

거듭되는 1인 벽치기 수련 끝에 나는 벽치기 전문가가 되어가는 중이었다. 이제는 처음 선 자리에서 한 발짝도 움직이지 않고 하염없이 벽과 랠리를 벌일 수 있을 정도다.

내일 수업부터는 본격적인 시합에 들어간다. 다시 말해 랠리 연습은 오늘이 마지막이다.

마지막이니 전력으로 상대해줄까 생각했을 때, 누군가가 내 오른쪽 어깨를 쿡쿡 찔렀다.

누구지? 배후령? 내게 말을 거는 인간 따위 전무하니 심령 현상 아냐?

그렇게 생각하며 고개를 돌리자 오른쪽 볼에 손가락이 푹 꽂혔다.

"아핫, 걸려들었다."

그러면서 귀엽게 웃은 사람은 바로 토츠카 사이카였다.

으아, 거짓말. 뭐야 이 반응은. 심장이 미친 듯이 쿵쾅거리잖아. 이 녀석이 남자가 아니었더라면 대번에 고백했다가 차였을 거라고. 엥? 차이는 거야?

아니 물론 교복 차림의 토츠카를 보면 남자라는 게 일목요연하지만, 체육복처럼 남녀 구분이 없는 복장을 하고 있으면 순간적으로 헷갈린단 말이야. 여기다 발목 양말 대신 까만 무릎 양말을 신으면 절대로 못 알아볼걸.

팔도 허리도 다리도 가늘고 피부는 투명할 정도로 희다.

그야 가슴이 없는 건 NG지만 유키노시타도 비슷한 수준으로 절벽이고.

그렇게 생각한 순간 무시무시한 오한이 엄습했다.

덕분에 냉정을 되찾은 나는 생글생글 웃는 토츠카에게 물었다.

"무슨 일이야?"

"응, 사실은 오늘 평소에 같이 치던 애가 결석했거든. 그래서 말인데…… 혹시 괜찮으면 나랑 같이 치지 않을래?"

그러니까 그 눈만 살짝 들고 쳐다보는 거 그만두라니까. 살떨리게 귀여우니까. 얼굴 붉히지 말라고, 얼굴.

"그래, 좋아. 어차피 나도 혼자니까."

벽아, 미안하구나. 상대해주지 못해서…….

마음속으로 벽에게 사과한 후에 승낙하자 토츠카는 안심한 듯 참았던 숨을 토해내며 조그마한 목소리로 "긴장했다~"라고 중얼거렸다.

그런 말을 들으면 내가 더 긴장되잖아. 진짜 귀여워서 미치겠네.

유이가하마의 말에 따르면 토츠카는 그 사랑스러운 행동거지 탓에 일부 여학생들 사이에서 「왕자」라 불린다고 한다. 듣고 보니 확실히 여자처럼 예쁘장한 미소년인 토츠카의 이미지에 딱 들어맞는다. 그 「왕자」란 별명 속에는 분명 「지켜주고 싶다」란 의미도 포함되어 있으리라.

그리하여 나와 토츠카의 랠리 연습이 시작되었다.

토츠카는 테니스부원답게 수준급의 실력을 뽐냈다.

내가 벽을 상대하며 체득한 날카로운 서브를 능숙하게 받아내 내 앞으로 돌려보낸다.

그러한 패턴이 여러 번 반복되자 단조롭게 느껴졌는지 토츠카가 말을 걸어왔다.

"히키가야, 역시 잘 치네~."

거리가 먼 탓에 토츠카의 목소리가 늘어져서 들린다.

"벽에 대고 죽어라 쳐댔으니까~. 테니스는 통달했어~."

"그건 스쿼시야~. 테니스가 아니고~."

축축 늘어지는 목소리로 대화를 나누며 나와 토츠카의 랠리는 계속되었다. 다른 녀석들이 공방에서 끊임없이 실수를 범하는 동안 우리 둘만이 오래도록 랠리를 이어간다.

그러다 갑자기 랠리가 중단되었다. 통 하고 튀어 오른 볼을 토츠카가 낚아챈다.

"잠깐 쉴까?"

"그래."

둘이 함께 바닥에 앉는다. 근데 넌 왜 하필 내 옆에 앉는 거냐? 뭔가 좀 이상하잖아? 보통 남자 둘이 앉을 때는 마주앉거나 비스듬히 앉는 거 아닌가? 어째 거리가 너무 가깝지 않아? 가깝지 않으냐니까?

"저기, 잠깐 상담하고 싶은 게 있는데……."

토츠카가 진지한 표정으로 입을 열었다.

옳거니, 비밀스러운 상담이라면 가까이에서 해야겠지. 그래서 딱 붙어 앉은 거지?

"상담?"

"응. 우리 테니스부 말인데, 엄청 약하잖아? 게다가 부원도 적거든. 이번 대회 끝나고 3학년이 빠져나가면 더 형편없어질 거야. 1학년은 고등학교 들어와서 처음 라켓을 잡은 애들이 많다 보니 아직은 서투르고…… 게다가 우리가 워낙 약체인 탓에 의욕이 저하되는 모양이야. 머릿수가 적으니 실력과는 상관없이 다들 주전이고."

"그렇겠네."

확실히 있을 법한 이야기다. 약소 동아리에서는 심심찮게 벌어질 만한 현상이라 생각된다.

약소부는 사람들에게 외면당한다. 그리고 인원수가 적은 동아리에는 주전 경쟁이 발생하지 않는다.

연습을 빠지든 말든 대회에는 나갈 수 있고, 시합에 출전하면 그럭저럭 동아리 활동에 참여하는 기분을 맛볼 수 있다. 이기지 못해도 그것만으로 충분하단 인간들도 적지 않으리라.

그런 족속들이 강해질 리 만무하다. 그리고 약소부에는 사람들이 모이지 않는다. 결국 그런 식으로 악순환이 되풀이되는 것이다.

"그래서 말인데…… 히키가야 너만 괜찮다면 테니스부에 들어오지 않을래?"

"……엉?"

그게 무슨 뚱딴지같은 소리냐……?

내가 시선으로 그렇게 묻자 토츠카는 무릎을 끌어안은 자세로 몸을 작게 움츠린 채 이따금 애절한 눈빛으로 내 얼굴을 힐끔거린다.

"히키가야는 테니스 잘 치고, 또 훨씬 더 잘 치게 될 거라고 생각해. 다른 부원들에게도 좋은 자극이 될 거고. 게다가…… 히키가야와 함께라면 나도 더 분발할 수 있을 것 같고. 저, 저기, 이, 이상한 의미가 아니라! 나, 나도 테니스 잘 치고 싶으니까."

"넌 약해도 괜찮아. ……내가 지킬 테니까."

"……뭐?"

"아, 미안. 말이 헛나왔다."

토츠카가 너무도 애처로운 나머지 그만 진심으로 헛소리를 하고 말았다. 아니 하지만 토츠카가 귀여운 걸 어떡하라고. 하마터면 두말 않고 입부할 뻔했네. 초등학교 급식 시간에 벌어졌던 남은 푸딩 쟁탈전에 맞먹는 기세로 손을 번쩍 들 뻔했다.

그러나 토츠카가 아무리 귀엽다 한들 들어줄 수 없는 부탁도 있는 법이다.

"……미안, 그건 좀 어려울 거 같은데."

나는 내 성격을 잘 안다.

매일 동아리 활동에 참가한다는 것 자체를 이해하기 힘들고, 더 나아가서는 아침부터 운동을 한다는 것도 어쩐지 상상이 안 간다. 그런 짓을 하는 건 공원에서 태극권을 수련하는 영감님들뿐이잖아. 『계속은 불가하오~』란 코로스케 성대모사 풍의 좌우명을 지닌 나로서는 얼마 못 가 그만둘 게 뻔하다. 처음 했던 아르바이트도 사흘 만에 때려치웠을 정도다.

장담하건대 그런 내가 테니스부에 들어가 봐야 토츠카를 실망시킬 뿐이다.

"……그래?"

토츠카는 아쉬움이 가득한 목소리로 말했다. 나는 무언가 위로가 될 만한 말을 찾았다.

"너무 낙심하지 마. 뭔가 방법을 생각해볼 테니까."

그래 봐야 별 도움은 못 되겠지만.

"고마워. 히키가야한테 상담하니까 조금 마음이 편해졌어."

토츠카는 웃으며 그렇게 말해주었지만, 이런 식의 대화는 어디까지나 일시적인 위안에 불과하다. 그래도 토츠카에게 조금이나마 위안이 된다면 이것도 이것 나름대로 나쁘지 않다고 생각한다.

×　×　×

"무리야."

유키노시타는 입을 열자마자 그렇게 말했다.

"야야, 무리라니, 너……."

"아무리 그래 봐야 무리인 건 무리야."

한층 차가운 말투로 완고하게 밀어낸다.

상황의 발단은 토츠카가 내게 상담한 내용을 내가 다시 유키노시타에게 상담한 데서 비롯되었다.

사실 나는 교묘하게 유키노시타를 구워삶아 원만하게 봉사부를 그만둔 다음, 새로운 마음으로 테니스부에 입부하는 척 해놓고 그곳에서도 슬금슬금 모습을 감출 작정이었다. 하지만 그 계획은 전부 수포로 돌아가고 말았다.

"아니, 하지만 나를 입부시키려 한 토츠카의 발상에도 어느 정도 일리는 있는 것 같거든. 요컨대 테니스부 녀석들에게 겁을 주면 되는 거지. 일종의 강심제 역할로 새로운 부원이 들어오면 분위기 쇄신에 도움이 되지 않을까?"

"너한테 단체행동이란 게 가능하리라 생각해? 너 같은 생명체가 사람들에게 받아들여질 리 없잖아."

"으윽……."

확실히 무리다. 근성 부족으로 그만두는 것도 문제지만, 즐겁다는 양 건들건들 동아리 활동을 하는 녀석이 눈에 들어오기라도 했다간 라켓으로 후려쳐 버릴지도 모른다.

유키노시타는 훗 하고 한숨과도 닮은 웃음소리를 냈다.

"정말이지 집단 심리에 무지한 인간이라니까. 외톨이의 달인이네."

"너한테 들을 소리는 아니지."

내 항의를 깡그리 무시하고 유키노시타는 다시 말을 이었다.

"하기야 너라는 공공의 적을 얻음으로써 결속력이 높아지는 효과는 있을지도 모르지. 하지만 그저 이물질을 밀어내기 위해 노력할 뿐, 본인의 실력을 향상시키는 방향으로 그 에너지를 쏟는 일은 없어. 그러니까 해결은 불가능해. 출처는 나."

"그렇군⋯⋯. 엥? 출처?"

"그래. 난 해외에서 살다가 중학교 때 일본으로 돌아왔거든. 당연히 전학이란 형식을 취했는데 그때 같은 반이 된 여자애들, 아니, 전교 여자애들 모두가 나를 몰아내려고 혈안이 됐었지. 그중에 나를 능가하고자 본인의 내면을 갈고 닦은 사람은 단 한 명도 없었어⋯⋯. 저능한 인간들 같으니⋯⋯."

그렇게 대답하는 유키노시타의 등 뒤로 정체 모를 시커먼 불길이 이글이글 타오른다.

아뿔싸, 뭔가 지뢰를 밟았는지도 모르겠다.

"그, 그 뭐랄까, 난데없이 너처럼 예쁜 애가 나타나면 그런 반응을 보이는 것도 어쩔 수 없지 않을까?"

"⋯⋯웃. 마, 맞아. 뭐 그렇기는 하지. 내 외모는 그 애들에 비하면 월등히 빼어나다고 해도 과언이 아니었으니까. 게다가 그렇다고 비굴하게 나 자신을 깎아내리면서까지 걔들의 비위를 맞출 만큼 내 정신은 약골이 아니니 어찌 보면 당연한 귀결이라고도 할 수 있겠지. 그렇지만 야마시타나 시마무라도 귀여운 축에 들어가기는 했다니까? 남자들한테도 제법 인기 있었던 모양이고. 하지만 그건 얼굴만 그렇다는 거지 성적, 운동신경, 예술적 재능은 물론 예의범절과 정신적인 고결함 면에서도 내 발끝에조차 못 미치는 수준이었던 것만은 틀림없어. 기를 쓰고 발버둥을 쳐도 이길 수 없다면 상대방의 발목을 걸어 넘어뜨리는 데 주력하게 되는 것도 어쩔 수 없는 일이지."

유키노시타는 순간적으로 말문이 막힌 눈치였지만 이내 평소처럼 자신을 찬양하는 미사여구를 줄줄이 쏟아냈다. 봇물이 터지는 건 애교고 나이아가라 폭포도 새파랗게 질릴 기세였다. 거참 용케도 더듬지 않고 말하는구나 싶어 감탄하고 말았다.

설마 이게 저 녀석 나름의 쑥스러움을 감추는 방식인가? 조금은 귀여운 구석도 있구만.

장광설을 늘어놓은 탓인지 유키노시타가 헉헉거리며 숨을 돌린다. 기분 탓인지 얼굴도 빨갛다.

"……갑자기 이상한 소리 하지 말아주겠어? 소름이 끼치잖아."

"오케이, 안심했다. 역시 넌 귀여운 구석이라곤 쥐뿔도 없어."

그 이전에 내가 아는 여자들보다도 토츠카가 훨씬 더 귀엽다니 어떻게 된 거냐고.

아참, 맞다. 지금은 그딴 것보다 토츠카가 먼저다.

"토츠카를 위해서라도 어떻게든 테니스부의 기량을 향상시킬 방법이 없을까?"

내 말에 유키노시타가 눈을 휘둥그렇게 뜨고 나를 빤히 쳐다본다.

"희한한걸……? 네가 남을 걱정할 줄도 아는 인간이었어?"

"아니, 그게 말이지, 누군가가 내게 상담을 해온 건 처음이다 보니 그만."

역시 누군가가 내게 의지해온다는 건 나름대로 기쁜 일이다. 게다가 토츠카가 귀엽다 보니 그만……. 내 입매가 저도 모르게 헤벌쭉해지자 유키노시타가 대항하듯 입을 열었다.

"난 자주 연애 상담을 받았는데."

가슴을 펴고 으스대듯 그렇게 말했지만 그 표정은 점차 어두워진다.

"……그래 봐야 여자들의 연애 상담이란 기본적으로 견제의 한 방편이지만."

"엉? 그게 무슨 소리야?"

"자기가 좋아하는 사람을 밝히면 주위에서도 신경을 쓰기 마련이잖아? 영유권을 주장하는 것과 비슷한 이치지. 알면서도 접근했다가는 도둑고양이 취급을 당하며 여자들 무리에서 소외되고, 심지어 남자 쪽에서 먼저 고백해 오더라도 똑같은 꼴을 당한다니까? 대체 뭣 때문에 그런 막말까지 들어야 하느냐고……."

또다시 유키노시타에게서 시커먼 불길이 치솟기 시작한다. 여자들의 연애 상담이라고 하면 풋사과처럼 새큼달큼한 걸 상상했더니만 현실은 시궁창이잖아.

이 녀석은 대체 왜 이딴 식으로 순진한 소년의 꿈을 박살 내는 거냐고? 취미냐?

유키노시타는 과거의 꺼림칙한 기억을 떨쳐내듯 훗 하고 자조적인 투로 웃었다.

"요컨대 뭐든 성심성의껏 들어주고 힘을 빌려주는 게 꼭 능사는 아니란 뜻이야. 왜 옛말에도 있잖아?『사자는 제 새끼를 천 길 낭떠러지 밑으로 떨어뜨려 죽인다』고."

"죽이면 안 되잖아."

정확히는『사자는 제 새끼를 사냥할 때도 전력을 다한다』겠지.

"너라면 어떡하겠어?"

"나?"

유키노시타는 커다란 눈을 깜빡거리며 글쎄? 하고 생각에 잠긴 표정을 짓는다.

"일단 전원 죽을 때까지 운동장을 돌게 한 다음 죽을 때까지 스윙 연습, 죽을 때까지 실전 훈련 아니겠어?"

엷은 미소를 띤 채 대답하시니 정말로 무섭습니다.

반쯤 진심으로 질겁한 순간, 부실 문이 드르륵 열렸다.

"안뇨옹~!"

유키노시타와는 대소석으로 무척 속 편한, 무식한 티가 풀풀 나는 인사말이 들려온다.

유이가하마는 변함없이 멍청하고 얼빠진 미소를 머금은 채, 고민과는 인연이 없어 보이는 얼굴로 우리 앞에 나타났다.

하지만 그 뒤에는 힘없이 수심에 잠긴 표정을 한 사람이 있었다.

소심하게 밑으로 내리깐 눈동자, 유이가하마의 재킷 소매를 힘없이 붙든 손끝, 속이 비쳐 보일 만큼 새하얀 피부. 햇볕을 쐬면 덧없는 꿈처럼 녹아버릴 듯한, 몹시도 가녀린 존재였다.

"아…… 히키가야!"

그 순간, 창백하던 피부에 혈색이 돌아오며 화악 꽃망울이 터지듯 환한 미소가 피어난다. 그 표정을 보고서야 간신히 누구인지 알아차렸다. 이 녀석 왜 이리 죽을상을 하고 있는 거야?

"토츠카냐……."

잰걸음으로 내게 다가오더니 이번에는 내 소맷자락을 꼭 붙든다. 야야, 그건 반칙이잖아…… 아차, 이 녀석 남자였지.

"히키가야, 여기서 뭐 해?"

"아니, 난 동아리 활동 중인데…… 너야말로 무슨 일이야?"

"오늘은 의뢰인을 데리구 왔지롱, 에헤헷."

유이가하마가 쓸데없이 커다란 가슴을 내밀며 자랑스럽게 말했다. 너한테 물어본 거 아니거든? 토츠카의 앙증맞은 입술을 통해 듣고 싶었는데…….

"이야, 아니 그 뭐랄까. 나두 봉사부의 일원이잖아? 그러니까 조금은 동아리에 보탬이 되어야겠다 싶었거든. 그랬는데 딱 보니까 사이가 걱정거리가 있는 눈치길래 데려왔지."

"유이가하마."

"유키농, 내게 고마워할 필욘 전혀 없어. 부원으로서 마땅히 해야 할 일을 한 것뿐이니까."

"유이가하마, 너는 우리 부원이 아닌데……."

"아니었어!?"

아니었어!? 젠장, 나까지 깜짝 놀랐네……. 난 또 어느새 어영부영 부원이 되어 있는 패턴인 줄만 알았지.

"그래. 입부 원서도 제출하지 않았고 고문의 승인도 받지 않았으니 부원은 아니지."

유키노시타는 쓸데없이 규칙에 엄격했다.

"쓸게! 입부 원서쯤이야 얼마든지 쓸게! 제발 나도 끼워줘!"

거의 애걸복걸하다시피 하며 유이가하마가 바인더 노트에 동글동글한 글씨체로 「입부 원서」라고 적었다. 히라가나로. 그 정도는 한자로 써라…….

"그래서? 토츠카 사이카라고 했지? 오늘은 무슨 용건으로?"

끼적끼적 입부 원서를 써내려가는 유이가하마는 안중에도 없는 기색으로 유키노시타가 토츠카에게 시선을 돌렸다.

"저, 저기…… 테니스를…… 잘 치게 해주는 거, 맞……지?"

처음에는 그래도 유키노시타를 보며 말했지만 문장이 끝나감에 따라 토츠카의 시선은 점차 나에게로 향했다. 키가 작은 토츠카가 내 얼굴을 빠끔히 올려다보는 자세로 이쪽의 반응을 살핀다.

아니, 왜 하필이면 나를 보는 건데…… 두근두근하잖아, 이쪽 보지 마라니까.

그러자 나를 구해줄 의도는 아니었을 테지만 유키노시타가 대신 대답했다.

"유이가하마가 어떤 식으로 설명했는지는 모르지만, 봉사부는 만능 해결사가 아니야. 의뢰인을 도와 자립을 촉구할 뿐. 강해질 수 있을지 없을지는 결국 네 손에 달렸어."

"그렇구나……."

낙담한 기색으로 맥없이 어깨를 늘어뜨리는 토츠카. 유이가하마가 무언가 허황된 소리를 불어넣은 게 분명하다. "도장, 도장" 하고 중얼거리며 가방을 뒤적거리는 유이가하마를 슬쩍 째려본다. 유이가하마가 그 시선을 감지하고 고개를 들었다.

"웅? 왜?"

"왜라니? 네 무책임한 발언 탓에 한 소년의 실낱같은 희망이 박살 났잖아."

유키노시타의 가차 없는 독설이 유이가하마를 덮쳤다. 그러나 유이가하마는 고개만 갸웃했다.

"웅? 으응? 그치만 유키농하구 힛키라면 무슨 수가 있을 거 아냐?"

천연덕스러운 말투로 유이가하마는 그렇게 대꾸했다. 그 말은 받아들이기에 따라서 「왜? 못하겠어?」라고 조롱하는 것처럼 느껴질 수도 있다.

그리고 이곳에는 하늘이 무심하게도 그런 식으로 해석해버리고 마는 녀석이 있는 것이다.

"……호오, 너도 배짱이 두둑해졌구나, 유이가하마. 저 남자라면 또 모를까, 감히 나를 시험하는 듯한 발언을 하다니."

유키노시타가 씨익 웃었다. 아아, 괴상한 오기가 발동해버렸어……. 유키노시타 유키노는 어떠한 도전이든 정면으로 맞서서 전력으로 분쇄한다. 때로는 도발해오지 않아도 분쇄해버린다. 간디 버금가게 무저항인 나에게조차 인정사정없이 탄압을 가해대는 녀석 아닌가.

"좋아, 토츠카, 네 의뢰를 받아들일게. 네 테니스 실력 향상을 도우면 되는 거지?"

"네, 네에. 맞아요. 내, 내가 잘 치게 되면 모두들 함께 분발해줄 거라고 생각하니까."

부릅뜬 유키노시타의 두 눈에 압도당했는지 토츠카가 내 등 뒤로 숨으며 대답했다. 살그머니 내 어깨너머로 얼굴을 내민 채였다. 그 표정에는 두려움과 불안이 깃들어 있었다. 그 모습이 마치 오들오들 떠는 산토끼 같아 버니 걸 의상을 입혀보고 싶은 충동이 일었다.

하기야 이런 얼음 여왕이 도와주겠다고 나서는데 무서운 게 당연하다. 「강하게 만들어주마, 그 대가는 네놈의 목숨이지만!」이란 소리를 들어도 이상하지 않을 법한 분위기니까. 이건 무슨 마녀도 아니고.

토츠카의 불안을 덜어줄 생각으로 감싸듯 한 걸음 앞으로 나선다.

토츠카 곁에 있으니 샴푸와 데오도란트 향기가 어우러져 여고생 특유의 이루 말할 수 없이 향긋한 냄새가 났다. 샴푸 뭐 쓰냐?

"그래 뭐 돕는 건 좋다만, 어떻게 하려고?"

"아까도 말했잖아. 그새 잊어버렸어? 기억력에 자신이 없으면 메모를 하길 권장해."

"야, 너 설마 그거 진심이었어……?"

죽을 때까지 운운했던 기억을 떠올리며 묻자 유키노시타는 「눈치 빠른걸?」이라고 말하듯 생긋 웃었다. 그 미소 무섭다니까 그러네…….

토츠카는 하얀 피부를 더욱 창백하게 만들며 바들바들 몸을 떨었다.

"나, 죽는 걸까……?"

"괜찮아. 넌 내가 지킬 테니까."

그렇게 말하며 어깨를 툭 쳐준다. 그러자 토츠카는 뺨을 발그레하게 물들인 채 열띤 시선으로 나를 바라본다.

"히키가야……. 그거, 혹시 진심으로 하는 말이야?"

"아, 미안. 그냥 한번 말해보고 싶었을 뿐이야."

남자라면 평생에 한번은 말해보고 싶은 대사 3위였다. 참고로 1위는 『여긴 내게 맡기고 먼저 가』다. 일단 내가 유키노시타와 맞서서 이길 리도 없거니와 누군가를 지키다니 그야말로 턱도 없는 이야기다. 하지만 말이지, 적당히 너스레를 떨머 주의를 분산시켜주지 않으면 이 녀석의 불안은 가라앉지 않을 테니까.

토츠카는 휴우, 하고 가볍게 한숨을 내쉬고는 입술을 삐죽였다.

"히키가야는 가끔씩 무슨 생각을 하는지 모르겠다니까……. 하지만……."

"흐음, 토츠카는 방과 후엔 테니스부 연습이 있지? 그럼 점심시간을 이용해서 특별 훈련을 하자. 테니스 코트에서 만나기로 하면 되겠지?"

토츠카의 말을 가로막은 유키노시타가 오늘 이후의 일정을 일사천리로 짜내려간다.

"오~케이!"

마침내 입부 원서 작성을 끝낸 유이가하마가 종이를 내밀며 씩씩하게 외쳤다. 토츠카도 힘주어 고개를 끄덕인다. 그렇다는 이야기는…….

"그 훈련…… 나도 참가하라고?"

"당연하지. 어차피 점심시간에도 달리 할 일 따윈 없을 거 아냐?"

……옳으신 말씀이옵니다.

×　　×　　×

지옥 훈련은 내일 점심시간부터 시작될 예정이었다.

나는 대체 왜 저 녀석들과 어울려 다니는 걸까.

결국 이 봉사부란 단체는 약자들을 긁어모아 현실과 격리된 모형정원 안에서 한가로이 꿈에 젖어 있을 수 있게끔 해주는 곳에 불과하지 않을까. 쓸모없는 인간들을 모아다가 한때의 안락한 공간을 제공하는 것에 불과하지 않을까.

그렇다면 그것은 내가 혐오했던 「청춘」과 무엇이 다르단 말인가.

어쩌면 히라츠카 선생님은 정말로 이곳을 요양소 삼아 우리 마음속에 자리한 병변을 도려낼 작정인지도 모른다.

그렇지만 이처럼 안이한 방법으로 뿌리 뽑을 수 있는 수준이었으면 애초에 곪아 들어가지도 않았을 것이다.

유키노시타만 봐도 그렇다. 그 녀석의 내면에 존재하는 앙금이 무엇인지는 몰라도 그것은 분명 이곳에서 치유될 만한 상처는 아니리라.

만약에 내 상처가 치유된다면 그것은 토츠카가 여자아이일 경우뿐이다. 그래서 이번 테니스 연습을 계기로 나와 토츠카 사이에 무언가 러브코메디가 발생한다면 혹시나 달라질지 모른다.

내 주변에서 가장 귀여운 건 토츠카 사이카다. 솔직한 성격에 무엇보다도 내게 친절하다. 천천히 시간을 들여 사랑을 키워나간다면 나의 인간적인 성장도 기대해볼 여지가 있다.

……하지만 걔는 남자애란 말이지요. 에잇, 하늘도 무심하시지.

나는 가벼운 절망감을 맛보면서도 귀찮음을 무릅쓰고 체육복으로 갈아입은 후 테니스 코트로 향했다. 어쩌면 토츠카가 여자애일지도 모른다는 사실에 한 줄기 희망을 걸고서!

우리 학년 지정 체육복은 하필 옅은 형광 파란색이라 엄청나게 튄다. 그 처절할 정도로 촌스러운 색깔 탓에 학생들 사이에서는 대 혹평이라 체육이나 동아리 활동 시간 외에 굳이 그걸 입고 다니는 인간은 없다.

교복 일색인 학교 안에서, 나 혼자만 지독하게 튀는 체육복 차림이었다.

그 덕분에 골치 아픈 인간에게 걸려들고 말았다.

"하앗~핫핫하 하치만!"

"웃음소리하고 내 이름을 연결하지 말라고……."

이런 해괴한 웃음소리를 낼 사람은 소부 고등학교가 제아무리 넓다 한들 자이모쿠자 단 한 명뿐이다. 자이모쿠자는 보란듯이 팔짱을 낀 채로 내 앞을 턱 가로막았다.

"이런 곳에서 만나다니 신기한 인연이로군. 그렇지 않아도 지금 신작 플롯을 전해주러 가려던 참이었다. 자아, 두 눈 똑똑히 뜨고 보아라!"

"아~ 미안, 내가 지금 좀 바빠서."

나는 슬쩍 옆으로 몸을 틀어 자이모쿠자가 내민 종이뭉치를 가볍게 무시했다. 그러나 그 어깨에 자이모쿠자가 살포시 손을 얹었다.

"……그런 가슴 아픈 거짓말은 하지 마라. 네게 약속 따위 있을 리 없잖아."

"거짓말 아냐. 그리고 뭣보다 너한테 그런 말 듣고 싶지 않
거든?"

어째서 다들 똑같은 소리를 하는 건데? 내가 그렇게 한가해
보이느냐고. ……뭐 사실 한가하긴 하다마는.

"홋, 그 마음 이해한다 하치만. 허세를 부리고픈 마음에 그
만 사소한 거짓말을 하고 만 걸 테지. 그리고 그 거짓말이 탄
로 나는 걸 막기 위해 또다시 거짓말을 하는 거다. 서글픈 기
만의 인피니트 스파이럴(無限螺旋)이 아닐 수 없지. 그러나
그 나선이 향하는 곳은 허무. 구체적으로는 인간관계가 허무
다. 하지만 지금이라면 아직 되돌릴 수 있을 터! ……미안해
할 것 없다. 본관 또한 너에게 도움을 받은 몸. 이번에는 본관
이 너를 도울 차례다!"

자이모쿠자가 『남자라면 평생에 한 번은 말해보고 싶은 대
사』 2위를 입에 올렸다. 엄지손가락을 척하니 치켜세우고 근
엄한 표정을 짓는 게 열이 확 뻗친다.

"그게 아니라 정말로 약속이……."

화가 난 나머지 얼굴 근육이 꿈틀 힘이 들어가는 것을 여실
히 느끼며 나는 말발로 자이모쿠자의 콧대를 납작하게 눌러
주겠다고 결심했다. 바로 그때였다.

"히키가야!"

낭랑하고 활기찬 미성이 들려오더니 토츠카가 내 팔을 덥석
끌어안는다.

"마침 잘 됐다, 같이 가, 응?"

"그, 그래……."

왼쪽 어깨에는 라켓 가방을 멘 채였고, 오른손은 무슨 이유에서인지 내 왼손을 잡고 있었다. 왜냐고.

"하, 하치만……. 그, 그분은……?"

자이모쿠자가 경악한 표정으로 나와 토츠카를 번갈아 본다. 그 면상이 시시각각 험악해지더니 묘하게 낯익은 표정으로 변했다. 아하, 생각났다. 가부키잖아. 이웃~뽕뽕뽕[#19]하는 소리가 들려올 기세로 자이모쿠자가 쿠오옷 눈을 부라리며 격정적인 포즈를 취했다.

"네, 네놈! 감히 배신했단 말이더냐!?"

"배신하다니 무슨 헛소리야……."

"닥쳐라! 어중간한 훈남! 되다 만 미소년! 외톨이라고 측은히 여겨주었거늘 오만방자하게……."

"어중간하고 되다 만은 빼라."

외톨이는 사실인 관계로 부정하지 못했다.

자이모쿠자는 악귀의 형상으로 크르르 신음하며 나를 노려보았다.

"절대로 용서 못 해……."

"이봐 진정해, 자이모쿠자. 토츠카는 여자가 아냐. 남자라고. ……아마도."

"후, 후후, 홋기지 마—! 이렇게 귀여운 애가 남자애일 리 없어!"

내 자신 없는 설명에 자이모쿠자가 절규로 화답한다.

"그야 토츠카가 귀여운 건 사실이지만 남자라고."

"아이참…… 귀엽다니, 조금…… 곤란한걸."

내 바로 옆에서 토츠카가 뺨을 발그레하게 물들인 채 얼굴을 돌린다.

"저기, 히키가야의 친구야?"

"글쎄, 뭐라고 해야 할지……."

"흥, 네놈 같은 무뢰배가 본관의 친우일 리 만무하다."

자이모쿠자는 완전히 토라진 모양이었다. 우와아, 성가신 녀석…….

하지만 자이모쿠자의 마음도 모르는 바는 아니다. 살짝 동질감을 느꼈던 녀석이 실제로는 자신과 전혀 다른 감성의 소유자임을 깨달았을 때, 마치 배신당한 양 일말의 쓸쓸함을 느끼게 되는 건 사실이니까.

이럴 때는 뭐라고 해야 예전과 같은 관계로 돌아갈 수 있을까. 공교롭게도 경험치가 적은 나로서는 알 도리가 없었다.

다만 나도 조금 착잡한 심경이기는 했다. 어쩌면 나와 이 녀석은 어딘가 통하는 부분이 있어서 언젠가는 웃으며 서로를 인정하는 사이로 발전할 수 있을지도 모른다는, 그런 허황된 기대를 품고 있었기 때문이다.

하지만 역시 그런 일은 있을 수 없다.

남의 눈치를 살피고, 비위를 맞추고, 꼬박꼬박 연락을 주고

받고, 흥미 없는 이야기에도 맞장구를 쳐줘야만 간신히 유지되는 우정 따위 우정이 아니다. 그런 번거로운 과정을 청춘이라 부른다면 난 그런 건 사양이다.

미적지근한 커뮤니티에서 애써 즐거운 척 생활하는 건 자기만족에 불과하다. 단순한 기만이다. 경멸해 마땅한 악이다.

……다 됐고, 질투심에 불타는 자이모쿠자가 귀찮아 죽겠다.

나는 자신의 올바름을, 스스로의 정의를 증명하기로 맹세하고 고독의 길을 선택했다.

"토츠카, 가자."

나는 토츠카의 팔을 잡아끌었다. 그러나 토츠카는 "아, 으응……." 하고 대꾸했을 뿐 그 자리에서 움직이려 하지 않았다.

"자이모쿠자라고 했지?"

이름을 불린 자이모쿠자는 약간 당혹스러워하면서도 고개를 끄덕였다.

"히키가야의 친구라면…… 나하고도 친구가 되어줄 수 있을까? 그렇다면 기쁘겠는데. 사실은 나, 동성 친구가 별로 많지 않으니까."

그렇게 말하고는 수줍은 기색으로 토츠카가 미소 지었다.

"홋, 큭, 크윽~큭큭큭. 암, 나와 하치만은 친우. 아니, 형제, 아니아니아니 본관이 주인이고 저놈이 종복. ……어쨌든 그토록 간곡하게 청한다면야 별수 없군. 귀공의 그, 그으……

친구? 라는 게 되어주마. 뭣하면 애인이라도 좋다."

"아, 그건 좀……. 무리, 같은데. 친구가 좋아."

"흐음, 그러한가. ……어이, 하치만. 설마 이거 본관을 연모하는 거 아닌가? 인기 절정기? 소위 인기 절정기란 건가?"

자이모쿠자가 급속히 내게 몸을 기대오며 소곤소곤 귓속말을 해댄다.

……역시 자이모쿠자 같은 놈은 친구도 뭣도 아니다.

미소녀와 친해질 기회가 왔음을 깨닫자마자 초고속 손바닥 뒤집기를 시전하는 놈이 친구일 리 없다.

"……토츠카, 가자. 늦으면 유키노시타가 폭발할 테니까."

"우웃, 그건 곤란하지. 서두르는 편이 좋겠군. 그 양반은…… 진짜 무서우니까 말이야."

말이 끝나기가 무섭게 자이모쿠자가 나와 토츠카를 따라나선다. 아무래도 자이모쿠자가 동료가 된 모양이다. 무엇 때문인지 일렬로 걸어가는 우리들의 모습을 옆에서 바라보면 마치 드래곤 퀘스트처럼 보일지도 모른다. ……아니지, 드래곤 퀘스트보다는 모모타로 전철의 킹봄비[20]에 가깝겠네.

× × ×

테니스 코트에서는 이미 유키노시타와 유이가하마가 대기

#20 모모타로 전철의 킹봄비 모모타로 전철은 철도 노선을 따라 목적지로 이동하는 게임으로, 킹봄비는 플레이어 일행의 꽁무니를 쫓아다니며 못된 짓을 한다.

중이었다.

유키노시타는 교복 차림이었고, 유이가하마만 체육복으로 갈아입은 상태였다.

여기서 점심을 먹었나 보다. 우리를 발견하고는 그 유난히 조그만 도시락통을 재빨리 치운다.

"그럼 시작할까?"

"자, 잘 부탁드립니다."

유키노시타를 향해 토츠카가 꾸벅 고개를 숙였다.

"우선 토츠카에게 치명적으로 부족한 근력을 기르도록 하자. 상완이두근, 삼각근, 대흉근, 복근, 복사근, 배근, 대퇴근. 이러한 근육들을 종합적으로 단련하려면 팔굽혀펴기를…… 우선 죽기 일보 직전까지 열심히 해봐."

"우와아, 유키농 완전 유식해……. 우웅? 죽기 일보 직전?"

"그래. 근육에는 손상된 부위를 복구하려는 성질이 있는데, 복구가 이루어지면 그전보다 근섬유 조직이 훨씬 견고해져. 그러한 현상을 초회복이라고 해. 요컨대 죽기 직전까지 훈련하면 단번에 파워 업이란 이야기지."

"그럴 리가, 무슨 사이어인도 아니고……."

"물론 단시간 내에 근육이 붙지는 않겠지만, 기초대사량을 끌어올린다는 의미에서도 이 체력 훈련은 꼭 해둘 필요가 있어."

"기초대사량?"

유이가하마가 아리송한 기색으로 고개를 갸웃하며 묻는다.

넌 그런 것도 모르냐. 유키노시타도 약간 어이없다는 표정이 었지만 핀잔을 주기보다는 설명해주는 편이 빠르다고 판단했는지 짧게 덧붙인다.

"간단히 말해서 운동에 적합한 몸으로 변해간다는 뜻이야. 기초대사량이 늘어나면 칼로리 소비가 증가하거든. 말하자면 에너지 변환 효율이 높아지는 거지."

그 말을 듣고 흠흠 고개를 끄덕이는 유이가하마. 별안간 그 눈동자가 반짝 빛을 발한다.

"칼로리 소비가 증가…… 결국 살이 빠진다는 뜻?"

"……그래. 호흡이나 소화에도 칼로리를 더 많이 소모하게 되니까 살아 있는 것만으로도 살이 빠지는 셈이지."

유키노시타의 설명에 유이가하마의 눈동자가 더욱 초롱초롱해진다. 어째서인지 토츠카 이상으로 열의를 불태우는 모습이었다. 그 모습에 자극을 받았는지 토츠카도 주먹을 불끈 움켜쥔다.

"어, 어쨌든 한번 해볼게."

"나, 나두 같이 할래!"

토츠카와 유이가하마는 나란히 바닥에 엎드리더니 천천히 팔굽혀펴기를 시작했다.

"웅…… 크읏, 후우, 하아."

"으응, 큭…… 하웅, 하아앗, 으응!"

억눌린 숨결이 흘러나온다. 얼굴은 고통으로 일그러지고 살갗은 땀으로 촉촉이 젖은 데다가 뺨은 붉게 상기된 채다. 토츠카의 가느다란 팔로는 소화하기가 상당히 벅찬지 이따금 애처로운 눈빛을 내게 보내온다. 아래쪽에서 지그시 응시당하면, 그 뭐랄까…… 굉장히 오묘한 기분이 들어버린다.

유이가하마가 팔을 굽힐 때마다 체육복 목깃 틈새로 눈부신 속살이 설핏 드러난다. 안 돼, 똑바로 쳐다볼 수가 없다.

아까부터 심박 수가 걷잡을 수 없이 상승 중으로, 이쯤 되면 부정맥의 우려마저 있다.

"하지만…… 무슨 곡절일까. 본관은 지금 무척이나 평화로운 기분이다……."

"신기한 우연이군. 실은 나도 똑같은 기분인데."

힐끔힐끔 쳐다보며 느물대고 있자니 등에 찬물을 끼얹는 듯한 목소리가 들려왔다.

"……너희들도 운동하면서 그 번뇌를 씻어내는 게 어때?"

고개를 돌리자 유키노시타가 경멸이 가득한 눈초리로 나를 보고 있었다. 번뇌 운운하다니, 어느새 눈치챈 거냐고…….

"흐, 흐음. 훈련을 거르지 않는 것은 전사의 덕목. 자, 그럼 어디 본관도 한번 해보실까!"

"그, 그러게. 운동 부족은 위험하니까. 당뇨에 통풍에, 아, 그리고 또 간경변증이라든가!"

후다닥 몸을 굽힌 우리는 맹렬한 기세로 팔굽혀펴기를 시작했다. 그러자 유키노시타가 일부러 걸음을 옮겨 우리의 정면에 섰다.

"그러고 있으니까 참신한 석고대죄로 보이기도 하네."

그렇게 말하며 유키노시타는 쿡 웃었다.

뭐라고, 이 재수 없는 여자가. 자꾸 이러면 평화로운 마음을 지닌 나도 그만 분노에 의해 눈떠버리는 수가 있어. 뭐에 눈 뜨는데? 어차피 눈을 뜬다고 해봤자 기껏해야 「팔굽혀펴기 하악하악」이라는 요상한 취향뿐이잖아.

……우린 지금 대체 뭘 하는 거지?

티끌 모아 태산이라는 속담을 아는가. 아니면 뭉치면 살고 흩어지면 죽는다도 괜찮다. 요컨대 여럿이 힘을 합치면 더욱 견고해진다는 의미다.

하지만 우리는 한심한 인간들이 모여서 한심한 짓거리만 죽도록 해댈 따름이다.

결국 점심시간 내내 팔굽혀펴기를 한 끝에, 나는 오밤중에 근육통으로 몸부림치는 신세가 되고 말았다.

토츠카 사이카
saika totsuka

생일
5월 9일

특기
테니스, 직소 퍼즐

취미
수예

휴일을 보내는 법
느긋하게 목욕을 즐기거나
산책을 함

자이모쿠자 요시테루
yoshiteru zaimokuza

생일
11월 23일

특기
검술, 집필, 정신통일

취미
독서(만화, 라이트노벨),
게임
(RPG, SLG, 연애 시뮬레이션),
애니메이션 감상,
인터넷

휴일을 보내는 법
집필,
아키하바라 구경하기

진 로 지 도 설 문 지

소부 고등학교 2 학년 F 반

영문표기	totsuka saika

이 름

토츠카 사이카

남자

출석번호 20

당신의 신조를 알려주세요

초지일관

졸업 앨범, 미래의 꿈은 뭐라고 적었나요?

간호사

미래를 위해 어떤 노력을 하고 있나요?

남자답게 행동하도록 노력한다

선생님의 조언

간호사란 말에 간호사 복장을 한 토츠카 군의 모습을
상상해버린 선생님을 용서하십시오.
그리고 남자답게 행동하려 노력 중이라고 했는데,
공연히 무리할 필요는 없다고 생각합니다.
토츠카 군은 토츠카 군다워야 합니다.
쭉 지금처럼 귀여운 모습으로 남아주세요.

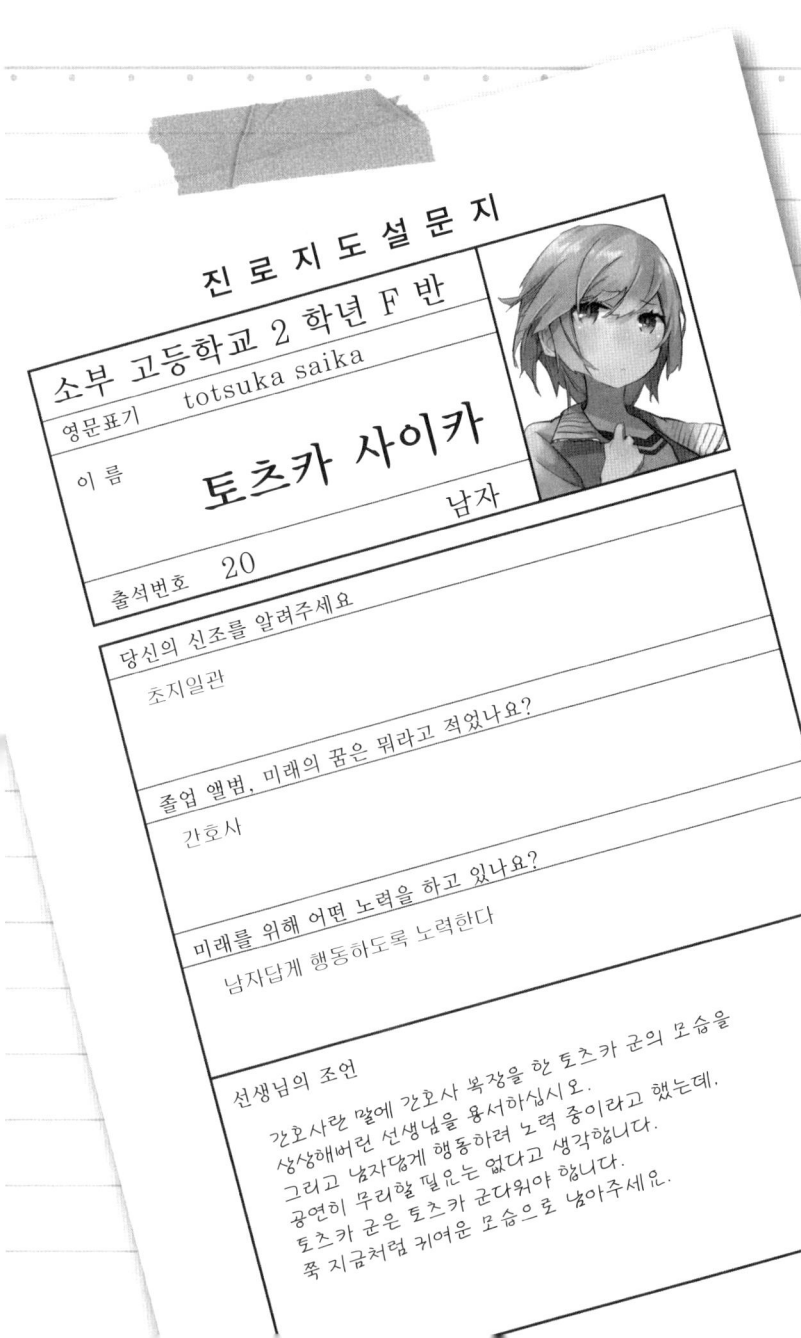

⑦ 가끔씩 러브코메디의 신은 착한 일을 한다.

　이래저래 시간은 흘러, 우리들의 테니스는 제2막에 돌입했다.

　거창한 표현을 썼지만 요컨대 기초 훈련을 마치고 마침내 공과 라켓을 이용한 연습에 들어갔다는 이야기다.

　말이 그렇지 실제로 연습에 참여하는 사람은 토츠카뿐. 토츠카 혼자 호랑이 교관, 아니 유키노시타의 지도하에 죽기 살기로 벽치기를 하는 중이다.

　어차피 우리가 테니스부원과 맞상대할 실력이 될 리 없다보니 제각기 편할 대로 시간을 보내게 된 것이다.

　유키노시타는 나무 그늘에서 책을 읽다가 이따금 생각났다는 듯 훈련 상황을 지켜보며 토츠카를 독려한다.

　유이가하마는 맨 처음엔 토츠카와 함께 연습에 참가했지만 금세 싫증이 났는지 점심시간 내내 유키노시타 옆에서 쿨쿨대며 잠만 잤다. 산책시키러 데리고 나갔더니 탈진해서 공원 식수대 옆에 주저앉아버린 견공 같다.

그리고 자이모쿠자는 자이모쿠자 나름대로 필살 마구 개발에 여념이 없다. 야야, 도토리 던지지 마, 도토리. 그리고 라켓으로 코트 흙 파헤치지 마.

한심한 놈들을 한 곳에 모아놔 봤자 한심하기는 매한가지다.

나?

나는 코트 구석에서 멍하니 개미를 관찰하는 중이다. 이게 의외로 엄청 재미있다.

아니 진짜로 재미있다니까?

빨빨대며 돌아다니는 조그마한 생물들이 무슨 생각을 하는지는 알 수 없지만, 무척 바쁘고 팍팍하게 살아가고 있었다. 글쎄, 도쿄의 사무 지구에 있는 고층 빌딩에서 아래를 내려다보면 이런 느낌이 들지도 모르겠다.

검은 양복을 입은 회사원들이 거리를 오가는 모습과 일개미들의 모습이 겹쳐 보인다.

언젠가는 나도 저 개미들처럼 빌딩에서 내려다보이는 검은 점들 중 하나가 되는 걸까. 그때 나는 과연 무엇을 생각하며 살아갈까.

딱히 회사원에 대해 거부감이 있는 건 아니다. 오히려 회사원이 되고 싶다는 생각마저 든다. 복리후생도 탄탄하고 말이야. 사실은 전업주부에 이어 「장래 되고 싶은 것 랭킹」 제2위다. 제3위는 소방차. 차가 되어버리는 거냐.

물론 회사원에게도 고충이 존재한다는 사실은 잘 안다. 인생에 지친 표정으로 귀가하는 아버지를 보면 저절로 고개가 숙여진다. 힘든 일이 있어도 성실하게 출근하는 것만으로도 대단하다고 생각한다.

그래서 저도 모르게 아버지와 중첩되어 보이는 개미를 마음 속으로 응원하게 된다.

힘내요, 아버지. 지지 말아요, 아버지. 대머리가 되지 말아요, 아버지.

나는 자신의 미래를 꿈꾸며, 그리고 내 두발의 장래를 염려하며 그렇게 기원했다.

내 바람이 통했는지 그 개미는 자신의 보금자리인 개미굴을 향해 나아갔다. 분명 그곳에는 따스한 가정이 존재하리라.

다행이다.

나는 감동한 나머지 코를 훌쩍이며 눈물을 닦았다.

그 순간.

콰직!!

"아버지이—!!"

개미는 흔적조차 남기지 못한 채 공과 함께 아득히 먼 곳으로 사라져갔다.

나는 분노로 활활 타오르는 눈동자로 공이 날아온 방향을 노려보았다.

"흐음, 흙먼지를 일으켜 상대방을 현혹시킨 후 그 틈을 노려 볼을 내리꽂는다. ⋯⋯아무래도 마구가 완성되어버린 모양이군. 풍요로운 환상의 대지 『블래스티 샌드록(岩砂閃波)』이!"

자이모쿠자, 네놈이냐……. 네가 우리 아버지(개미입니다)를……. 하긴 무슨 상관이랴. 그래 봤자 결국 개미잖아. 어쨌든 나무아미타불을 읊조리며 가볍게 합장을 해둔다.

정작 자이모쿠자 본인은 필살기 성공의 여운에 젖어 있는지 라켓을 빙글빙글 돌리다가 척하고 어깨에 걸치며 포즈를 취한다. 경험치가 올라갔다는 느낌이었다.

뭐 자이모쿠자든 개미든 아무래도 상관없다.

……심심한데 토츠카의 귀여운 모습이나 감상해볼까?

시선을 돌리자 어느새 일어난 유이가하마가 유키노시타의 지시 하에 볼이 가득 든 박스를 낑낑대며 옮겨놓는 중이었다.

박스에 든 공을 획획 던져주자 토츠카가 필사적으로 쫓아간다.

"유이가하마, 이쪽이나 저쪽처럼 좀 더 까다로운 코스로 던지도록 해. 그렇지 않으면 연습이 안 되니까."

유키노시타의 차분한 목소리와는 대조적으로 거친 숨을 몰아쉬며 토츠카가 라인 근처와 네트 앞에 떨어지는 공을 처리한다.

유키노시타는 진심이었다. 진심으로 성격이 더러웠다.

……가 아니라, 진심으로 토츠카를 단련시키는 중이었다. 무서우니까 제발 이쪽 좀 쳐다보지 마……. 도대체 어떻게 내 생각을 읽는 거냐고…….

폼은 물론이고 조준점도 엉망이라 유이가하마가 던져주는 공은 매번 예기치 않은 장소로 날아간다. 그 공을 받아치고자 토츠카가 몸을 날려보지만, 스무 개쯤 받아쳤을 때 그만 발이 주르륵 미끄러지고 말았다.

"앗, 사이 괜찮아!?"

유이가하마가 공 던져주기를 중단하고 네트 앞으로 달려온다. 토츠카는 까진 다리를 어루만지며 눈물이 글썽한 눈으로 싱긋 웃어 무사함을 어필했다. 기특한 녀석이다.

"난 괜찮으니까 계속해."

하지만 그 말을 들은 유키노시타는 얼굴을 찌푸렸다.

"더 하려고?"

"응…… 모두들 도와주는데 조금 더 버텨보고 싶어."

"……그래? 그럼 유이가하마, 뒷일은 네게 맡길게."

그 말을 끝으로 유키노시타는 빙글 몸을 돌려 거침없는 걸음걸이로 교사(校舍)를 향해 사라져갔다. 그 뒷모습을 불안한 표정으로 바라보던 토츠카가 중얼거렸다.

"뭐, 뭔가 내가 기분 상할 만한 말을 했나?"

"아니, 저 녀석은 항상 저래. 어리석다느니 저능하다느니 하는 소리가 안 나오는 걸로 봐서는 심지어 기분이 좋은 상태일 가능성마저 있어."

"그런 소릴 듣는 거, 힛키 혼자 아냐?"

천만에. 유이가하마, 너도 제법 들었다고 생각하는데. 본인이 깨닫지를 못할 뿐이지.

"혹시 정나미가 떨어진 걸까…… 아무리 시간이 가도 실력은 안 늘고, 팔굽혀펴기도 다섯 번밖에 못 하고……"

토츠카가 어깨를 축 늘어뜨리며 고개를 수그린다. 으음, 뭐 유키노시타의 이미지로 보면 그런 생각이 들만도 하지.

하지만.

"그건 아닐 거야~. 유키농, 자신에게 의지해오는 사람을 외면하진 않는다구."

공을 손안에서 또록또록 굴리며 유이가하마가 말했다.

"뭐 그렇긴 하지. 유이가하마의 요리를 거들 정도니까. 그렇다면 그나마 개선의 여지가 있을 법한 토츠카를 외면하진 않을 테지."

"그게 무슨 뜻이야!?"

유이가하마가 갖고 놀던 테니스볼을 내 머리를 향해 집어 던졌다. 토옹~ 하고 맥 빠지는 소리를 내며 명중한다. 야야, 뭐냐 너 제구력 완전 죽이는데, 다음 드래프트에 뽑히게 생겼어.

나는 통통거리며 굴러가는 볼을 주워 유이가하마를 향해 가볍게 던져주었다.

"금방 돌아오겠지 뭐. 그때까지 계속하면 되지 않겠어?"

"······응!"

씩씩하게 대답한 토츠카가 연습을 재개한다.

그 후로는 엄살 한 번 피우지 않고, 우는 소리도 전혀 하지 않았다.

토츠카는 최선을 다했다.

"힘들어 죽겠어~. 힛키, 나랑 바꾸자~."

유이가하마 네가 먼저 나가떨어지면 어쩌라고······.

하지만 이러니저러니 해봐야 사실은 나 또한 한가했다.

할 일이라고는 기껏해야 개미 관찰 정도다.

그 개미도 자이모쿠자에게 살해당한 관계로 지금은 따분하기 그지없는 상태다. 할 일이 전혀 없었다.

"알았어, 교대하자."

"아싸! 아참, 이거 다섯 개쯤 던지면 싫증 나니까 조심해."

다섯 개냐고. 너무 빠르잖아. 대체 얼마나 참을성이 없는 거야.

내가 유이가하마에게서 공을 넘겨받으려 했을 때, 생글생글 웃는 얼굴이던 유이가하마의 표정이 애매해지며 설핏 먹구름이 드리운다.

"아, 테니스 치고 있다, 테니스!"

깍깍대며 수선을 피우는 소리가 들려와 뒤돌아보니 하야마와 미우라를 중심으로 한 패거리가 이쪽으로 걸어오는 모습이 보였다. 자이모쿠자 옆을 지나쳤을 때쯤 저쪽도 우리를 발견한 모양이었다.

"아……. 유이네 일행이었구나……."

미우라 옆에 있던 여자애가 혼잣말처럼 중얼거린다.

미우라는 나와 유이가하마를 흘끗 보더니 깨끗이 무시하고 토츠카에게 말을 걸었다. 아무래도 자이모쿠자는 처음부터 안중에도 없는 눈치다.

"있잖아아, 토츠카아ー. 우리도 여기서 같이 놀아도 되지이?"

"미우라, 난 지금 노는 게 아니라…… 연습을……."

"헐? 뭐라구? 하나도 안 들리거덩?"

토츠카의 미약한 항의를 못 알아들었는지 미우라가 반문하자 토츠카는 그만 입을 다물어버렸다. 그야 나라도 저런 식으로 다그치면 백퍼센트 침묵할걸. 무서워 죽겠네.

토츠카가 바닥나다시피 한 용기를 긁어모아 다시 입을 연다.

"여, 연습 중이니까……."

그러나 여왕에게는 씨알도 먹히지 않았다.

"흐응, 그래애? 그치만 외부인도 섞여 있는데에~? 그니까 딱히 남자 테니스부원들한테만 코트가 개방된 건 아닐 거 아냐~?"

"그, 그야 그렇긴 하지만……."

"그럼 우리가 써서 안 될 건 또 뭐래? 내 말 틀려?"

"……그래도……."

도중에 말을 끊은 토츠카가 난감한 기색으로 내 쪽을 바라본다. 엇, 나?

음, 하긴 나밖에 없나. 유키노시타는 어디론가 가버렸고, 유이가하마는 겸연쩍은 기색으로 고개를 돌린 채고, 자이모쿠자는 아무래도 상관없고. ……역시 나밖에 없나.

"아, 저기 미안한데, 이 코트는 토츠카가 개인적으로 사용 허가를 받아서 쓰는 거라 다른 사람은 출입 금지야."

"헐? 그래서? 너도 외부인 주제에 쓰고 있잖아."

"어? 아니, 우리는 토츠카의 연습을 거드는 입장이니까. 일종의 업무 위탁이랄까 아웃 소싱 같은 거지."

"헐? 웬 알아먹지도 못할 소릴 지껄이는 거래? 재수 없거 덩?"

우와아, 이 여자 상대방의 말을 들을 마음이 눈곱만큼도 없잖아. 이러니까 머리 빈 걸레는 딱 질색이라고. 말이 안 통하다니 그거 영장류로서 문제가 있는 거 아냐? 차라리 요 근방에 사는 개들하고 얘기하는 편이 백배는 낫겠네.

"자자, 너무 시비조로 나오지 말라니까."

하야마가 중재하듯 우리 사이에 끼어든다.

"생각해봐, 모두 함께 하는 편이 더 재미있지 않겠어? 그렇게 수긍하고 넘어가면 되잖아?"

그 말에 격렬한 분노가 치밀어 올랐다. 미우라에 의해 격철이 젖혀졌고, 하야마가 방아쇠에 손가락을 걸었다.

그렇다면 남은 것은 **발포**뿐이다.

"모두라니 그게 누구야……. 엄마한테 『모두들 갖고 있단 말이야!』라며 뭘 사달라고 조를 때 써먹는 모두냐고……. 대체 누구야, 그 녀석들은……. 친구가 없으니까 그런 핑계 써먹어 본 적조차 없다고……."

「발포」와 「우울」의 중의적 표현#21! 기적의 합작품!

이 공격에는 천하의 하야마라 할지라도 동요했는지,

"아, 저기, 그런 뜻으로 한 말은 아니었어. ……있지, 정말미안하다. 저기, 고민거리가 있으면 말해. 나라도 괜찮다면들어줄 테니까."

#21 「발포」와 「우울」의 중의적 표현 일본어로는 발포(撃つ)와 우울(鬱)의 발음이 같다.

엄청난 기세로 위로받았다.

하야마는 좋은 녀석이었다. 엉겁결에 눈물을 글썽이며 「고마워……」라고 대답할 뻔했다.

그렇지만 말이야.

그따위 값싼 동정으로 상황이 달라질 거였으면 이딴 성격이 됐을 리가 있겠냐. 그딴 생각 없는 말 한마디로 누군가의 고민이 해결될 거라면 애초에 고민 같은 걸 하겠냐고.

"……하야마, 네 배려는 고마워. 네 심성이 착하단 것도 잘 알겠어. 게다가 축구부의 에이스고 그것도 모자라 얼굴까지 잘생겼잖아. 그러니 여자들한테도 오죽 인기가 있겠느냐고!"

"뜨, 뜬금없이 무슨 소리야……."

뜬금없는 아부성 발언에 하야마가 극심한 동요를 보인다. 흥, 지금 마음껏 으스대도록 해라.

하야마, 네놈은 모를 거다.

사람이 남을 칭찬하는 이유가 뭘 것 같나? 그건 말이지, 더 높은 곳으로 끌어올림으로써 발목을 걸기 쉽게 만들어 저 밑으로 추락시키기 위해서라고!

이러한 행위를 사람들은 칭찬 살인이라 부른다.

"그렇게 가진 게 많고 우월한 네가, 가진 거라곤 아무것도 없는 우리들로부터 테니스 코트마저 빼앗을 셈이야? 인간적으로 부끄럽지도 않아?"

"그 말대로다! 하야마 아무개! 네놈이 하는 짓은 인류에 반하는 최악의 행위다! 침략이다! 복수는 나의 것!"

어느새 자이모쿠자가 다가와 내 옆에서 기세등등하게 떠들어댄다.

"두, 둘이 합세하니까 비굴함과 추잡함이 두 배가 됐어……."

유이가하마가 기막혀하는 사이, 하야마는 머리를 긁적이며 가벼운 한숨을 쉬었다.

"으음, 하긴 그런가……."

반사적으로 내 입가에 사악한 미소가 번져간다. 그렇다. 하야마는 주위를 시끄럽게 하는 걸 기피하는 경향이 있다. 방금 말한 「주위」란 바로 나와 자이모쿠자와 하야마. 다수파에게 굴복하는 형태로 하야마는 이 상황을 정리하려 들기 시작했다.

"저기, 봐봐, 하야토오~."

그때 나른한 목소리가 불쑥 치고 나온다.

"뭘 글케 꾸물거려어~? 나아, 테니스 치고 싶은데엥~."

끄아, 나왔다 멍청한 파마머리. 뇌세포까지 배배 꼬였느냐고, 이야기의 흐름을 제대로 따라오란 말이야. 너 같은 애들이 액셀하고 브레이크를 착각해서 밟는 거라고.

실제로 미우라는 액셀과 브레이크를 착각했다.

미우라의 말 탓에 하야마에게 잠시 생각할 여지를 주고 말았다. 그 짧은 공백이 사고의 시동키를 돌려버린다.

"으음~ 아, 그럼 이렇게 하자. 외부인들끼리 시합을 하는 거야. 이긴 쪽이 앞으로 점심시간에 테니스 코트를 쓰는 걸로 하고. 물론 토츠카의 연습도 거들 거야. 강한 상대와 연습하는 편이 토츠카에게도 이득일 테고. 모두가 즐길 수 있잖아."

……뭐야, 이 빈틈 하나 없는 완벽한 논리는. 천재냐?

"테니스 승부우? ……뭐야 그거. 엄청 재밌을 거 같은뎅?"

미우라가 화염의 여왕 특유의 호전적인 미소를 짓는다.

그 순간, 추종자들의 무리가 크게 술렁였다.

승부라는 고열에 취해 열광과 혼돈을 거느린 채 제3막에 돌입한 순간이었다.

말은 거창하게 했지만 요컨대 테니스 코트 사용권을 걸고 승부라는 뜻이다.

어째서 그렇게 되는 건데…….

× × ×

아까는 농담 삼아 열광과 혼돈 운운했지만, 놀랍게도 그 말이 현실화되고 말았다.

교정의 후미진 곳에 위치한 테니스 코트는 어느덧 사람들로 발 디딜 틈이 없을 지경이었다.

세어보면 아마도 2백 명은 가뿐히 넘어설 것이다. 하야마 그룹은 물론이거니와 어디서 소문을 듣고 찾아왔는지 상관없는 녀석들까지 구름떼처럼 몰려들었다.

그중 대부분은 하야마의 친구 및 팬들이다. 2학년이 주축을 이루긴 하지만 1학년도 약간 섞여 있고 간간이 3학년의 모습도 보인다.

이 녀석 뭐냐고. 어지간한 정치인보다도 인망이 두터운 거 아냐?

"HA·YA·TO! 후! HA·YA·TO! 후!"

군중들의 하야마 연호가 끝나자 파도타기가 시작되었다. 완전히 아이돌 콘서트를 방불케 하는 풍경이었다. 물론 저 많은 인원이 정말로 하야마의 팬일 리는 없을 테고, 대부분은 재미있는 구경거리를 앞에 두고 분위기에 휩쓸린 걸 테지만. 그렇겠지? 그렇다고 믿고 싶다.

어쨌든 그 광경은 옆에서 지켜보기만 해도 으스스한 게, 거의 종교 수준이라 해도 과언이 아니었다. 아아, 청춘교의 저 무시무시함이라니.

그 혼란의 도가니 속에서 하야마 하야토는 당당하게 코트 중앙으로 걸어 나온다. 수많은 구경꾼들로 둘러싸인 상태에서도 전혀 위축된 기미가 없다. 이 정도 주목의 대상이 되는 데는 익숙한 것이리라. 하야마의 주위에는 예의 추종자들뿐만 아니라 다른 반 남녀 학생들의 모습도 보였다.

우리는 그 광적인 분위기에 완전히 휩쓸리고 말았다. 시선이 아까부터 이쪽으로 비틀비틀 저쪽으로 휘청휘청, 눈을 감으면 귀청이 터질 듯한 소음 탓에 현기증이 날 지경이었다.

하야마는 이미 라켓을 쥔 채 코트에 서 있었다. 우리들 중에서 누가 나올지 흥미로운 기색으로 지켜보는 중이었다.

"저기 힛키, 어떡할 거야?"

"어떡하고 자시고……."

불안한 표정을 감추지 못하는 유이가하마의 질문에 나는 슬쩍 토츠카를 곁눈질했다. 바로 그 토츠카는 남의 집에 끌려온 토끼처럼 겁먹은 상태였다.

내 옆으로 다가오면서도 흠칫흠칫 몸을 떠는데다 걸음걸이도 약간 안짱다리 느낌이 난다. 뭐야 저거 엄청 귀엽잖아.

그렇게 생각한 사람은 나뿐만이 아니었는지, 보호 욕구를 자극하는 그 모습에 「왕자~!」, 「사이~!」하고 부르짖는 여자들의 새된 함성이 날아든다.

그러나 토츠카는 그런 함성 소리가 들려올 때마다 움찔움찔 어깨를 떨었다. 그 모습을 본 토츠카 팬들은 더욱 거세게 몸부림을 치며 환호성을 질러댄다. 그 바람에 나도 그만 몸부림을 치고 말았다.

"토츠카는 못 나올 테고…….'

하야마는 외부인 간의 시합을 제의했다. 요컨대 이것은 토츠카와 테니스 코트를 건 승부인 셈이다.

"……자이모쿠자, 너 테니스 칠 줄 아냐?"

"걱정 마라. 전권 독파했고 뮤지컬까지 보고 온 몸이다. 정구에는 일가견이 있지."

"너한테 물어본 내가 등신이지. 그리고 기왕에 테니스를 정구로 바꿨으면 뮤지컬도 바꾸라고."

"그렇다면 하치만이 나서는 수밖에 없겠군. ……이봐, 뮤지컬은 일본어로 뭐라고 하지?"

"그렇겠지…….'

"뭔가 승산은 있나? ……그러니까 뮤지컬은 일본어로 뭐라고 하느냔 말이다!?"

"승산 따위 없거든? 그리고 시끄러워. 단어를 바꾸기가 힘들면 캐릭터를 바꿔버리던가. 어차피 지금도 붕괴된 상태니까."

"그, 그렇군…… 너 머리 좋구나."

본모습의 자이모쿠자에게 감탄을 사고 말았다. 자이모쿠자 문제는 이것으로 해결된 모양이지만 다른 문제들은 무엇 하나 결론 난 게 없다. 하이고…… 이걸 대체 어떡해야 하나.

머리를 쥐어뜯으며 고민하는데 짜증으로 가득한 목소리가 사정없이 날아든다.

"저기, 빨리 좀 결정하던가?"

거참 시끄럽게 구네 이 걸레. 그렇게 생각하며 고개를 드니 상태를 확인하듯 라켓을 가볍게 쥐어보는 미우라가 보였다. 그 모습이 뜻밖으로 느껴진 건 나만이 아니라 하야마도 마찬가지였나 보다.

"어라? 유미코 너 하려고?"

"뭐래? 당연하지. 테니스 치고 싶다고 한 건 나거덩?"

"아니, 그렇지만 저쪽은 아무래도 남자가 나올 거 같은데? 그 왜, 히키타니……랬나? 그 애. 그러면 좀 불리하잖아."

히키타니는 대체 누구냐고. 히키타니는 안 나옵니다. 히키가야가 나갑니다. ……아마도.

하야마가 타이르듯 말하자 미우라는 롤빵 같은 머리카락을 잡아당기며 잠시 생각에 잠긴다.

"—아, 그럼 남녀 혼합 복식으로 함 되잖아? 어머 몰라 나아지인~짜 천잰가 봐. 참참 근데 히키타니랑 파트너해줄 앤 있대? 캬아, 완전 웃겨."

미우라가 천박하고 앙칼진 목소리로 낄낄 웃어젖히자, 구경꾼들도 배꼽을 잡고 웃어대기 시작했다. 나도 그만 웃음을 터뜨리고 말았다.

푸풉, 푸~푸푸풉, 푸부붑분하지만 효과는 강력했다. 나는 눈앞이 깜깜해졌다.

"하치만, 이거 큰일이다. 너에게 여자인 친구는 전무. 그렇다고 낯선 여학생에게 부탁해봐야 외톨이에 평범남인 네게 도움을 줄 사람은 없을 터. 어떻게 할 생각이냐?"

자이모쿠자 짜증 나~. 게다가 맞는 말이라서 반박도 못 하겠고.

이제 와서 「미아안~ 역시 아까 그건 없・었・던 걸로☆」라고 말하기도 곤란한 분위기가 되어버렸다. 어떻게 해야 하나 싶어 자이모쿠자 쪽을 곁눈질하자 녀석도 난처한 듯 시선을 돌린 채 불 줄도 모르는 휘파람을 삑삑 불어대며 딴청을 피워댄다.

내가 반사적으로 탄식을 흘리자, 전염이라도 되었는지 유이가하마와 토츠카도 한숨을 쉬었다.

"......"

"히키가야, 미안해. 내가 여자애라면 좋을 텐데……."

그러게나 말이다~. 왜 토츠카는 여자애가 아닌 거냐고오~. 이렇게 귀여운데 말이야~.

"……신경 쓰지 마."

본심은 입 밖에도 내지 않고, 나는 토츠카의 머리를 톡 쳤다.

"그리고…… 너도 신경 쓸 필요 없어. 머물 곳이 있는 사람은 그걸 지키는 게 맞아."

내 말에 유이가하마가 흠칫 어깨를 떨더니 면목없다는 듯 입술을 깨문다.

유이가하마에게도 학급 내에서의 입장이 있다. 이 녀석은 나와 달리 건실한 교우관계를 맺을 줄 아는 인간이다. 여전히 미우라 패거리와 잘해보고 싶은 마음이 적잖게 남아 있다.

나는 분명 외톨이지만 그렇다고 사이좋게 잘 지내는 다른 녀석들을 시기하는 건 아니다. 그들이 불행해지기를 바라는 건 아니다. ……거짓말이 아니라니까? 진짜라니까?

어차피 우리는 친목 서클도 아니고, 친구 사이도 아니다. 무슨 업보에서인지 모여든, 혹은 타의에 의해 모여들게 된 떨거지들의 집단이다.

다만 나는 증명하고 싶을 뿐이다. 외톨이는 동정의 대상이 아님을, 외톨이라 해서 남들보다 뒤처지는 게 아님을.

그런 바람은 그저 나 혼자만의 욕심임을 안다. 그래서 나 혼자 죽도록 요가 수행 중.[22] 여차하면 텔레포트도 하고 불도 뿜어낼걸.

하지만 나는 지금의 자신을, 그리고 과거의 자신을 부정하

#22 혼자 죽도록 요가 수행 중 혼자만의 욕심(独りよがり, 히토리요가리)」이란 단어와 요가의 일본어 발음이 비슷하다는 점을 이용한 말장난.

지 않는다. 혼자서 지내온 시간이 죄라고, 혼자 있는 것이 악이라고는 결단코 말하지 않는다.

그러므로 나는 나 자신의 정의를 증명하기 위해 싸운다.

나는 홀로 코트 중앙을 향해 걸음을 내디뎠다.

"…………게."

조그만, 몹시도 조그만, 자칫하면 군중의 소음에 묻혀버릴 만큼 미약한 숨결이 흘러나왔다.

"엉?"

"할게라구 했어!"

으윽, 하고 낮은 소리로 신음하며 유이가하마가 새빨개진 얼굴로 외쳤다.

"유이가하마? 바보, 야 이 바보야, 그만두라니까."

"바보라니 너무하잖아!"

"대체 왜 하겠다는 건데? 바보냐? 아니면 혹시 날 좋아해?"

"뭐, ……뭐어? 무, 무슨 소릴 하는 거야 바보 아냐? 이 바보 멍청이이이!!"

유이가하마가 무시무시하게 험악한 기세로 바보 소리를 연발한다. 그러더니 화가 머리끝까지 나서 시뻘게진 얼굴로 내게서 라켓을 빼앗아 들고 붕붕 휘둘러댄다.

"자자자자잘못했습니다앗~!"

가까스로 피하며 다급히 사과한다. 부웅 하고 귓가를 스치는 소리가 정말 살 떨리게 무섭다. 용서를 빌며 「그럼 뭣 때문에?」라고 눈으로 묻자 유이가하마도 내 의도를 파악했는지 쑥스러운 기색으로 엉뚱한 방향을 쳐다보며 대답했다.

"……아니, 그 뭐랄까, 나도 일단 봉사부에 가입했구……
그렇다면 하는 게 보통이잖아. ……내가 머물 곳, 이구."

"야야, 진정해. 분위기 파악 좀 하고. 네가 머물 곳은 여기
만이 아닐 텐데? 봐, 너희 그룹 여자애들, 널 뚫어지게 쳐다보
고 있잖아."

"뭐? 진짜?"

내 말에 얼굴을 딱딱하게 굳히며 유이가하마가 하야마 일행
쪽으로 시선을 돌린다. 목이 마치 끼기긱 소리가 날 것처럼
돌아간다. 기름칠 좀 해두라고 말하고 싶을 정도로 부자연스
럽다.

하야마 그룹의 여학생들이 미우라를 필두로 팔짱을 낀 채
이쪽을 쳐다보고 있었다. 당연하다. 그렇게 큰 소리로 선언했
는데 못 들었을 리가 있겠냐.

마스카라와 아이라인으로 시커멓게 칠한 부자연스러울 만큼
커다란 미우라의 눈동자는 적의로 가득했고, 드릴처럼 돌돌 말
린 금발머리가 신경질적으로 흔들린다. 무슨 나비 부인[23]이냐.

"유이~ 너 말야, 그쪽에 붙는단 건 우릴 적으로 돌린단 건
데, 그래도 상관없어~?"

여왕 모드의 미우라가 팔짱을 낀 채 발끝으로 땅을 툭툭 찬
다. 여왕 분노의 포즈다. 그 모습에 기가 죽었는지 유이가하

#23 나비 부인 무릎까지 「에이스를 노려라」의 등장인물 류자키 레이카의 별명. 고교 여자 테
니스 최강자로 군림해온 존재이며 금색 곱슬머리가 트레이드마크.

마는 슬그머니 눈을 내리깔고 만다. 치맛자락을 움켜쥔 손끝이 긴장 탓인지 가늘게 떨렸다.

호기심 넘치는 구경꾼들이 수군수군 귓속말을 주고받는다. 이런 식이라면 공개처형이나 다름없다.

하지만 유이가하마는 고개를 들었다. 그리고는 똑바로 앞을 바라본다.

"……사, 상관없는 건…… 아니지만, 그치만 나, 동아리도 소중하니까! 그러니까 할 거야."

"흐응…… 그래애? 창피 안 당하게 조심하라고."

미우라는 쌀쌀맞게 대꾸했다. 하지만 그 얼굴에는 미소가 담겨 있었다. 활활 타오르는 지옥의 불꽃과도 같은 미소가.

"복장 말야. 여자 테니스부 꺼 빌릴 건데, 너도 오던가."

미우라가 턱짓으로 코트 옆쪽의 테니스부 부실을 가리켰다. 아마도 좋은 뜻에서 한 제안일 테지만 그 제스처만 보면 「부실 뒤에서 작살을 내주마」란 의도로만 느껴진다. 그 말에 굳은 표정으로 뒤따라가는 유이가하마를 주위 사람들이 안쓰러운 표정으로 지켜본다.

거참 뭐랄까, 이래저래 고생이 많다.

"저기 말이야~ 히키타니."

정중하게 합장을 하는 내게 하야마가 말을 걸어온다. 내게 말을 걸어오다니, 이 녀석 붙임성이 상당히 좋은데. 이름을 잘못 알고 있긴 해도.

"뭔데?"

"나 테니스 규칙은 잘 모르거든. 게다가 복식은 더 까다롭잖아. 그러니까 대충 해도 될까?"

"······뭐 아마추어 시합이니까. 단순하게 서로 공을 치고받으며 점수를 빼앗는 식으로 하면 되지 않겠어? 배구 같은 느낌으로."

"아, 그거 이해하기 쉬워서 좋은데?"

하야마가 서글서글하게 웃는다. 나도 그에 맞추어 히죽 하고 음침한 느낌의 미소를 지었다.

그러는 사이에 미우라와 유이가하마가 코트로 돌아왔다.

유이가하마가 얼굴을 붉힌 채 치맛자락을 열심히 매만지며 걸어온다. 폴로셔츠 풍의 유니폼에 경기용 스커트를 받쳐 입은 모양새다.

"뭔가······ 테니스 복장은 창피해······. 치마 너무 짧지 않아?"

"아니, 너 평소에 입는 것도 그 정도 길이인데 뭐."

"뭐어!? 뭐야 그게!? 어, 언제나 주시해왔단 뜻!? 징그러징그러! 진짜로 징그럽다구!"

유이가하마가 이쪽을 매섭게 노려보더니 라켓을 치켜든다.

"걱정 마! 거들떠도 안 봤어! 안중에도 없어! 안심해! 아니, 그보다 때리지 마!"

"왠지······ 그것도 좀 열 받는데······."

투덜거리면서도 유이가하마는 라켓을 천천히 내려놓았다.

대화에 끼어들 타이밍을 노리던 자이모쿠자가 크흠, 하고

헛기침을 했다.

"으음, 하치만. 어떤 작전으로 나갈 생각인가?"

"뭐 페어 중 여자 쪽을 노리는 게 상책 아니겠어?"

저딴 무식한 여자라면 한 주먹거리도 못 될 게 분명하다. 틀림없이 저 녀석이 구멍이다. 정면승부로 하야마와 치고받는 것보다야 훨씬 나을 것이다. 하지만 내 작전을 들은 유이가하마가 괴상한 소리를 내질렀다.

"에엑!? 너 몰라? 유미코, 중학교 때 여자 테니스부였다구? 현 선발에 뽑히기도 했구."

그 말에 유미코인가 뭔가 하는 나비 부인을 유심히 관찰했다. 확실히 스윙 폼도 그럴듯하고 몸놀림도 대단히 가볍다. 그 모습을 본 자이모쿠자가 중얼거렸다.

"훗, 롤빵 머리에게 몰빵은 금물이라 이건가?"

"저건 내추럴 볼륨 웨이브라구."

어느 쪽이든 무슨 상관이냐고.

×　　×　　×

시합은 불꽃 튀는 일진일퇴의 공방으로 흘러갔다.

경기 개시 직후에는 구경꾼들도 뜨거운 함성과 새된 환호성을 질러댔지만, 숨 막히는 접전이 이어지자 차츰 눈으로 공을 쫓다가 점수가 나면 탄식하거나 쾌재를 부르기 시작했다. 마치 TV에서 중계하는 프로들의 시합 같았다.

기나긴 랠리로 인해 극도의 긴장 상태가 이어진다. 공을 한 번 칠 때마다 양쪽의 신경줄이 마모되는 듯한 시합 전개였다.

그 균형을 깨뜨린 것은 다름 아닌 롤빵 머리가 날린 서브였다.

파앙! 하고 라켓이 우는가 싶더니, 코트에 총알처럼 볼이 내리꽂혔다가 뒤쪽으로 날아간다.

뭐야, 방금 그거? 타구도 롤빵처럼 굽이치지 않았어?

결론부터 말하자면 나비 부인은 상당한 실력파 선수였다.

"엄청 세잖아……."

무심코 중얼거리고 말았다.

"그렇다구 했잖아."

무슨 이유에서인지 유이가하마가 뻐기듯 대꾸한다. 너 정말 우리 편 맞아?

"그보다 너 아까부터 아예 볼을 건드린 적도 없잖아……."

"아니, 그게 실은~ 테니스를 해본 적이 별로 없어서 말이야~."

아하핫~ 하고 웃음으로 무마하려 드는 유이가하마.

"……너 테니스 쳐본 적도 없으면서 이러고 있는 거야?"

"웃, 미, 미안하다 그래!"

바보야. 그 반대다, 반대. 너 진짜 착한 녀석이구나. 해본 적도 없는 종목이건만 토츠카를 위해 수많은 관중 앞에서 시합을 벌이다니 웬만해서는 할 수 없는 일이다. 만약에 테니스까지 잘 했더라면 정말 끝내줬겠지만, 그처럼 순탄하게 풀리진 않는 게 인생살이다.

초반에는 내가 벽치기로 갈고 닦은 날카로운 서브와 한 치의 오차도 없는 리시브에 힘입어 선전했지만 후반으로 접어들면서 점수 차가 서서히 벌어지기 시작했다.

왜냐하면 상대팀이 유이가하마를 집중 공략하는 전략을 택했기 때문이다.

내가 잇달아 멋진 플레이를 선보이는데 놀랐는지 표적을 변경한 것이다. 물론 나 따위는 안중에도 없어서란 해석도 가능하다.

"유이가하마, 네가 앞쪽을 맡아. 기본적으로는 내가 뒤에서 처리할 테니."

"응, 부탁해."

기본 방침을 확인하고 정해진 위치에 선다.

하야마의 빠르고 묵직한 서브가 날아들었다. 코트 모서리, 가장 구석진 곳을 예리하게 찌르고 저 멀리 튕겨 나가려 한다. 그 타구를 필사적으로 몸을 날려 따라잡는다. 한껏 뻗친 라켓이 볼에 닿자마자 온 힘으로 팔을 휘두른다.

공은 상대편 코트로 되돌아갔지만, 그것을 본 나비부인이 기다렸다는 듯 반대편으로 꽂아 넣는다. 그 타구의 궤적을 살필 겨를도 없이, 나는 구르다시피 몸을 일으켜 공이 날아오리라 짐작되는 방향으로 사력을 다해 뛰었다.

죽기 살기로 내디딘 다리는 다행히도 아직 내 뜻대로 움직여주었다. 타구를 추월하다시피 하여 도착한 낙하점에서 튀어오르는 볼을 포착해 코트 가장자리를 향해 강하게 내리쳤다.

하지만 그런 내 노림수를 꿰뚫어보았는지, 날아오는 타구를 정면에서 기다리고 있던 하야마가 나와 유이가하마의 정중앙에 시험하는 듯한 드롭샷을 넣었다.

균형이 무너진 나로서는 도저히 따라잡을 수 없는 위치였다. 유이가하마에게 간절한 시선을 보내자 유이가하마가 낙하지점으로 달려가 공을 받아친다. 그러나 갖다 맞추는 게 고작이라 타구는 부웅 하늘로 치솟아 나비 부인의 눈앞에 툭 하고 떨어진다.

그것을 있는 힘껏 되받아친다. 나비 부인의 얼굴에 가학적인 미소가 어린다. 총알처럼 되쏘아진 타구는 유이가하마의 뺨을 스치고 저 멀리 날아가 코트 구석의 아무도 없는 곳에 퉁 하고 떨어졌다.

"괜찮아?"

나는 굴러가는 볼을 내버려두고, 바닥에 털썩 주저앉아버린 유이가하마에게 말을 걸었다.

"……엄청 무서웠어."

거의 울 것 같은 표정이 된 유이가하마의 중얼거림을 들었는지 나비 부인이 순간적으로 걱정스러운 표정을 짓는다.

"유미코, 너 진짜 성격 더럽구나."

"헐!? 아니거덩!? 시합에선 이런 건 보통이거덩!? 나아, 그렇게까지 못돼 먹지 않았거덩!"

"아하, 그럼 그냥 심각한 여왕님 기질인가?"

하야마와 나비 부인이 아옹다옹하는 모습이 웃음을 자아낸다. 관중들도 아부하듯 미소를 지었다.

"……힛키, 꼭 이기자."

그렇게 말하며 일어선 유이가하마가 라켓을 주워든다. 그러다가 아얏! 하고 조그만 소리로 비명을 지른다.

"야, 다쳤어?"

"미안, 살짝 삐었나 봐."

에헤헷 쑥스러운 미소를 짓는 유이가하마. 눈 깜짝할 사이에 그 눈에 눈물이 차오른다.

"만약에 지면 사이 난처해질 텐데……. 아아, 큰일 났네. 이대로라면 좀 힘들지두…… 사과하구, 미안하다구 해야겠지. 아아, 진짜!"

유이가하마는 속상한지 입술을 질끈 깨물었다.

"뭐 뒷일은 어떻게든 될 거야. 최악의 경우 자이모쿠자한테 여장이라도 시킬게."

"단박에 들킨다구!"

"하긴 그렇겠지. 좋아, 그럼 이렇게 하자. 넌 코트 안에 서 있기만 해. 나머지는 내가 알아서 할 테니."

"……어떻게 할 건데?"

"테니스에는 예로부터 전해져 내려오는 금단의 기술이 있지. 이름하야 『라켓이 로켓이 되어버렸다』!"

"그냥 더티 플레이잖아!?"

"……뭐 정 안 되겠으면 진지해지면 돼. 내가 진지해지면 무릎 꿇기나 신발 핥기쯤이야 껌이지."

"엉뚱한 방향으루 너무 진지하잖아……."

유이가하마는 기가 막힌다는 듯 한숨을 쉬고는 쿡쿡 웃었다. 다친 데가 아파서인지 아니면 너무 웃어서 눈물이 났는지, 새빨갛게 젖은 눈동자로 똑바로 시선을 마주해온다.

"이야, 힛키 진짜 머리 나쁘구나. 성격도 못됐구 포기도 모르다니 최악이네. 그때두 끝까지 포기 안 했지. 바보처럼 혼신의 힘을 다해서, 찌질할 만큼 고래고래 악을 쓰며 필사적으루……. 나, 전부 기억하니까."

"야, 너 지금 그게 무슨 소리……."

유이가하마는 내 말을 가로막으며 질렸다는 듯이 중얼거렸다.

"나로는 아무래도 역부족인 걸까……."

패배자의 마지막 대사처럼 그렇게 내뱉고는 빙글 몸을 돌려 코트 밖으로 나간다. 그리고는 "자자, 비켜비켜!"라며 당혹스러워하는 구경꾼들 사이를 헤치며 사라져 간다.

"……저 녀석, 방금 뭐라고 한 거야?"

코트 한가운데 덜렁 남겨진 채 멀어져가는 유이가하마의 뒷모습을 바라보고 있자니, 비위에 거슬리는 웃음소리가 울려 퍼졌다.

"뭐야? 친구랑 싸웠니? 설마 버림받은 거?"

"헛소리 그만 지껄여. 여태껏 싸움 따위 해본 적도 없다고. 아니, 애초에 싸울 만큼 깊게 사귀어본 친구 자체가 없거든?"

"헉……."

하야마와 나비 부인이 완전히 뜨악한 표정을 지었다.

어라~? 방금 그건 웃으라고 한 소리였는데?

그렇구나, 자학 개그는 서로 어느 정도 친밀한 관계가 아닐 경우 진심으로 뜨악해지는구나…….

오로지 자이모쿠자만이 터지려는 웃음을 애써 참고 있었다. 내가 혀를 차며 그쪽을 돌아보자 자이모쿠자는 모르는 사람인 양 뭐라고 꿍얼거리며 구경꾼들 속으로 숨어버린다.

……망할 놈의 자식, 도망쳤다 이거냐. ……하긴 이 상황이라면 나라도 모르는 척하고 도망칠 테지. 토츠카도 처연한 표정으로 내게 슬픈 눈빛을 보내온다.

에잇, 할 수 없군. 슬슬 무릎을 꿇을 때가 왔나. 진지해진 내 힘을 보여주마.

굽실댈 때는 자존심을 버리고 전력으로 굽실대는 것. 그것이 바로 나의 자존심이다.

오직 나 혼자만이 걷잡을 수 없이 불쌍하고 애처로운 인간이 되어버린 코트에서, 불현듯 구경꾼들이 웅성대기 시작했다.

그러더니 갑자기 인간 담장이 쫙 갈라지며 자연스럽게 길이 생겨난다.

"이 난리법석은 뭐지?"

모습을 드러낸 것은 심히 못마땅한 표정을 한, 체육복과 경기용 스커트 차림의 유키노시타 유키노였다. 한 손에는 구급 상자가 들려 있다.

"야, 너 어디 갔어? 아니, 그보다 차림새가 그게 뭐야?"

"글쎄? 나도 잘은 모르지만 유이가하마가 제발 좀 입어달라고 통사정을 하는 바람에."

유키노시타가 그렇게 말하며 뒤돌아보자 유이가하마가 나와서 옆에 선다. 보아하니 둘이 서로 옷을 바꿔 입었는지 유키노시타의 교복을 입은 채였다. 대체 어디서 갈아입은 거야? 설마 밖에서냐!? 흐으음…….

"이대로 지는 것두 뭔가 찜찜하니까, 유키농한테 대신 나가 달라구 하려는 것뿐이야."

"어째서 내가……."

"그야 이런 부탁을 할 만한 친군 유키농뿐인걸."

유이가하마의 말에 유키노시타가 움찔 몸을 떨었다.

"친……구?"

"응, 친구."

유이가하마가 서슴없이 대답한다. 아니, 그건 좀 이상한 것 같은데.

"보통 친구한테 귀찮은 일을 해달라고 부탁하나? 어째 편리하게 이용해먹는 느낌이 드는데."

"응? 친구가 아니면 이런 부탁두 안 하지. 아무래두 상관없는 사람한테 중요한 일을 맡길 순 없는 노릇이잖아?"

천연덕스럽게, 지극히 당연하다는 투로 유이가하마가 대꾸했다.

오오, 그게 그렇게 되나…….

나는 「우린 친구잖아?」란 말에 속아 청소 당번을 바꿔주곤 했으니까 전혀 실감이 안 나는데. 그런가, 나랑 그 녀석들은 사실 어엿한 친구였던 건가~. 그럴 리가.

유키노시타도 나와 거의 비슷한 생각을 한 것이리라. 입술에 살포시 손을 얹은 채 말없이 생각에 잠긴다.

그런 의심에 사로잡히는 것도 당연하다. 나 같아도 쉽사리 믿지 않을 테니까.

하지만 그 말을 한 상대가 유이가하마라면 이야기는 달라진다. 왜냐하면 바보거든.

"이봐, 아마 그 녀석 진심으로 하는 말일걸. 바보니까."

내 목소리에 유키노시타의 경직이 풀린다. 평상시의 유키노시타로 되돌아와 오만한 미소를 띤 채 어깨에 내려앉은 머리카락을 사르륵 넘긴다.

"날 너무 우습게 보지 말아주겠어? 이래 봬도 사람 보는 눈에는 자신이 있다고. 너나 나한테 잘해주는 사람이 악인일 리 없잖아."

"이유가 너무 서글픈데?"

"그렇지만 진리지."

지당하신 말씀이십니다.

"시합을 하는 건 상관없지만…… 잠시만 기다려줄 수 있을까?"

그렇게 말한 유키노시타가 토츠카 쪽으로 다가간다.

"상처 치료 정도는 혼자서도 할 수 있겠지?"

그렇게 말하며 내미는 구급상자를 토츠카가 의아한 표정으로 받아들었다.

"어? 아, 으응……."

"유키농, 일부러 그걸 가지러……. 역시 착하구나."

"과연 그럴까? 어디의 누구 씨는 남몰래 『얼음 여왕』이라고 부르는 모양이던데?"

"그, 그걸 어떻게……. 앗! 너 설마 내 『절대로 용서 못 해 리스트』를 읽은 거냐!?"

큰일이다. 그 안에는 온갖 다채로운 욕설들을 총동원해서 유키노시타를 가루가 되도록 씹어댄 일기도 들어 있는데.

"기가 막혀서. 정말로 그렇게 불렀단 말이야? ……뭐, 누가 어떻게 생각하든 상관없어."

그렇게 말하고는 이쪽을 돌아본다. 다만 그 표정에는 평소의 냉철함 대신 희미한 망설임이 담겨 있었다. 처음에는 당찼던 목소리도 작아지더니, 끝내는 시선을 피한다.

"……그러니까, ……친구라고 생각하는 것도, 별로…… 상관은 없지만."

화악, 하는 소리가 들릴 만큼 급격하게 유키노시타의 뺨에 홍조가 깃든다. 유이가하마로부터 넘겨받은 라켓을 꼭 부여잡은 채 그 뒤에 얼굴을 숨기고는 눈을 내리깐다.

그 쓸데없이 사랑스러운 반응에 무심코 덥석 끌어안았다. 유이가하마가.

"유키농!"

"저기…… 너무 딱 달라붙지 말아 줄래? 덥단 말이야……."

……어라? 이건 날 상대로 수줍어해야 할 대목 아닌가? 어

째 이 녀석 매번 유이가하마를 상대로 수줍어하는 거 같지 않아? 어이, 이러면 곤란한 거 아냐? 어떻게 된 게 남자와 남자, 여자와 여자가 러브코메디를 찍고 있잖아.

러브코메디의 신이란 것들은 죄다 바보들뿐이냐.

힘겹게 유이가하마를 떼어내고 흠흠 목을 가다듬은 유키노시타가 말을 잇는다.

"저 남자와 한 팀을 이뤄야 한다니 몹시 마뜩잖지만…….그래도 그것 외에는 방법이 없겠지? 네 의뢰를 받아들일게. 이 시합에 이겨주면 되는 거 맞아?"

"응! ……그게, 내 실력으론 힛키를 이기게 해 줄 수가 없으니까."

"번거롭게 해서 미안."

내가 고개를 숙이자 유키노시타가 지독하게 차가운 눈빛으로 나를 바라본다.

"……착각하지 마. 딱히 널 위해서는 아니니까."

"하하하, 또 그런 츤데레 같은 발언을 하다니."

나 참 부끄러운걸, 하하하. 아니, 요즘도 그렇게 전형적인 대사를 치는 사람이 있나?

"츤데레? 왠지 소름 끼치는 단어네."

……하긴 그렇지. 유키노시타가 츤데레를 알 리가 있나. 뭣보다 이 여자는 거짓말을 하지 않는다. 제아무리 무자비한 말일지라도 항상 진실만을 이야기한다. 그러니까 정말로 나 때문은 아닐 테지.

뭐 딱히 좋아해 주길 바라는 건 아니니까 괜찮습니다, 그럼은요.

"그나저나 그 리스트, 나중에 제출하도록 해. 첨삭해줄 테니."

생긋 꽃봉오리가 피어나는 것처럼 아름다운 미소가 나를 향한다. 그래 봐야 마음이 조금도 따스해지지 않는 이유는 뭘까.

정말 살 떨리게 무섭습니다. 꼭 눈앞에 호랑이가 떡하니 버티고 있는 기분이었다.

그나저나 앞에 호랑이가 있단 말은, 맞습니다. 뒤에는 늑대님이 계시죠. 아니면 야생마거나.

"유키노시타라고 했던가아? 미안한데 나아, 적당히 봐주거나 하진 못하거덩? 곱게 자란 아가씨 맞지이~? 다치기 싫음 관두는 편이 좋지 않나 싶은데~?"

뒤돌아보니 미우라가 롤빵 머리를 빙글빙글 꼬면서 불손한 미소를 머금는다. ──아앗, 미우라 이 바보. 유키노시타를 상대로 도발이라니, 그건 곧 사망 예고…….

"난 적당히 봐줄 테니 안심해도 좋아. 그 알량한 자존심을 산산조각내주지."

그렇게 말하며 유키노시타는 무적의 미소를 지었다. 적어도 내게는 그렇게 보였다.

적으로 돌리면 엄청 짜증 나는 녀석이지만 아군일 때는 더 없이 든든한 존재다. 그러므로 이 녀석과 척을 진 인간은 참으로 불쌍하기 짝이 없다.

하야마와 미우라도 긴장한 눈치였다. 유키노시타가 지은 처절한 미소는 반사적으로 등줄기가 꼿꼿해질 만큼 차갑고, 또 아름다웠다.

"잘도 내 친……."

말을 하다 말고 유키노시타의 얼굴이 발그스름하게 물든다. 하기야 그런 단어를 쓰는 게 좀 쑥스럽긴 하지. 유키노시타는 말없이 도리도리 고개를 내젓고는 표현을 수정했다.

"……우리 부원을 못살게 군 모양인데, 각오는 되어 있어? 노파심에서 일러두는데, 난 보기와는 달리 상당히 뒤끝 있는 타입이거든?"

야야, 넌 딱 봐도 그렇게 생겼어.

×　　×　　×

우여곡절이 많았지만, 배우들이 전부 갖추어지면서 이번 테니스 대결도 마침내 진정한 최종 국면으로 돌입했다.

시합의 주도권은 하야마&미우라 페어가 잡았다. 나비 부인 이콜 롤빵 머리, 미우라의 서브다.

"있지이, 유키노시타 아가씬 알라나 모르겠는데, 나아, 테니스는 한가락 하걸랑?"

그렇게 말하며 농구 선수들이 드리블하는 요령으로 볼을 땅에 튀겨서 잡기를 되풀이한다. 유키노시타는 눈빛만으로 뒷말을 재촉했다.

미우라가 씨익 웃는다. 유키노시타가 보여준 미소와는 전혀 다른, 흉포한 야수의 미소다.

"얼굴에 흉 져도 난 모른다아~?"

……으아, 무서워라. 예고 위협구라니 난생 처음 보네.

그렇게 생각한 순간, 쉬익 날카롭게 바람을 가르는 소리와 함께 볼을 때리는 경쾌한 소리가 울려 퍼졌다.

타구가 유키노시타의 왼편에 고속으로 내리꽂힌다. 오른손 잡이인 유키노시타가 받아칠 수 없는 위치인 왼쪽 라인선상 바로 옆으로 서브가 파고든다.

"……어설퍼."

나지막한 속삭임이 들려왔을 때는 이미 유키노시타의 요격 태세가 갖추어진 후였다. 척하고 왼발을 내딛더니 그것을 축으로 마치 왈츠라도 추는 것처럼 빙글 몸을 틀었다. 오른손에 들린 라켓이 백핸드로 타구를 정확하게 포착해낸다.

전광석화와도 같은 일격.

발치를 찍고 튀어 오르는 타구에 미우라가 새된 비명을 질렀다. 정신이 번쩍 드는 초고속 리턴 에이스.

"네가 알 리야 없겠지만, 나도 테니스는 한가락 하거든."

라켓을 들이대며, 유키노시타가 벌레라도 보는 것처럼 차디찬 시선을 내쏘았다. 미우라는 한 발짝 뒤로 물러나 공포와 적의가 뒤섞인 눈으로 유키노시타를 바라보았다. 입매를 희미하게 일그러뜨린 채 험악하게 저주를 퍼붓는다. 여왕으로 군림해온 미우라가 이런 표정을 짓게 만들다니 유키노시타, 이 무서운 인간 같으니라고.

"……방금 그거, 용케 받아쳤네."

유키노시타는 『얼굴』 운운한 미우라의 허풍을 깨끗이 무시하고, 정확히 딱 한 지점만을 노려 공을 받아쳐 낸 것이다.

"그야 쟤가 날 못살게 굴 때의 동급생들과 똑같은 표정을 지었으니까. 저런 인간의 천박한 계략쯤이야 불 보듯 뻔하지."

득의양양하게 웃어 보이고는 유키노시타가 공격을 개시한다.

애초에 방어조차도 공격이었다. 공격은 최선의 방어라는 케케묵은 소리를 하자는 게 아니라 말 그대로 방어 또한 공격이었다. 날아드는 서브는 어김없이 상대편 코트로 꽂아 넣고, 되돌아오는 타구는 문답 무용으로 강하게 되받아친다.

그 화려한 기술에 관객들은 완전히 도취되었다.

"후하하하하! 압도적이지 않은가, 우리 군은! 몽땅 쓸어버려라앗~!"

어느새 승리의 냄새를 맡고 되돌아온 자이모쿠자가 이기는 편에 빌붙으려 하고 있었다. 그 모습을 보니 속이 부글부글 끓어오른다. 그러나 자이모쿠자가 이쪽 편에 섰다는 말은 곧 전세가 역전되었다는 뜻이기도 했다.

나와 유이가하마가 경기했을 때는 완전히 적진 한복판에서 싸우는 느낌이었건만, 관중들도 조금씩 유키노시타 쪽으로 기울어지는 분위기였다. 더 정확히 말하자면 남자들 중 대다수가 유키노시타에게 뜨거운 시선을 보내기 시작했다.

특별반이라는 점도 한몫하여, 교내에 유키노시타의 본성을 아는 사람은 적다. 게다가 저 미모가 아닌가. 신비로운 분위기까지 더해져서 감히 넘보지 못할 절벽 위의 꽃처럼 보인다. 무섭다기보다는 말을 걸어서는 안 될 듯한, 금기의 존재 같은 느낌을 주는 것이다.

그 두터운 장벽을 가볍게 돌파한 유이가하마는 상당한 용기의 소유자이자 대단한 바보라고 평가할 수 있으리라.

하지만 그 한결같은 꿋꿋함과 순수한 다정함이 유키노시타의 마음을 움직였다. 유이가하마가 아니었더라면 유키노시타를 이곳으로 데려오기는 불가능했으리라. 그리고 잡초처럼 씩씩한 유이가하마의 요청이기에 유키노시타는 전력으로 시합을 치르는 중이다. 모르긴 해도 내가 부탁했으면 저 녀석 아마 안 왔을걸.

벌어졌던 점수 차가 눈 깜짝할 사이에 좁혀져 간다.

코트 안을 종횡무진 누비는 유키노시타의 모습은 어딘가 요정을 연상케 했다. 그 춤추는 듯한 풋워크는 이 무대 최고의 걸작이었다. 나 같은 단역은 가끔가다 공을 토옥 받아치는 게 고작으로 내가 공을 건드릴 때마다 「넌 좀 꺼져라」라는 따가운 시선이 쏟아진다.

관중들의 기대에 부응하듯 또다시 유키노시타에게 서브권이 돌아왔다.

공을 꽉 움켜쥐었다가 하늘 높이 던져 올린다. 푸른 하늘로 빨려 들어가듯 치솟아 오른 볼이 코트 중앙을 향해 날아간다.

유키노시타가 서 있는 위치에서는 한참 먼 곳이었다.

실수했나? 라고 모두가 생각한 순간이었다.

유키노시타가 날아올랐다.

오른발을 성큼 내디딘 후 왼발을 끌어당겨 모둠발로 땅을 박차는, 스타카토라도 붙여놓은 것처럼 경쾌한 발놀림이었다.

춤추듯 허공을 가로지른다. 그 모습은 유유히 창공을 질주하는 매처럼 보는 이의 마음을 뒤흔들어놓았다. 지독하게 아름답고, 또한 빠르다. 그 광경을 눈동자에 아로새기고자 모두가 눈 깜빡이는 것마저 잊었다.

파앙, 하고 한층 날카로운 소리가 들려오더니 통통거리며 볼이 굴러간다. 나도 관중들도, 그리고 하야마와 미우라도 그 자리에 붙박여 옴짝달싹하지 못했다.

"……저, 점핑 서브?"

나는 거의 넋이 나간 채로 중얼거렸다. 유키노시타의 비상식적인 능력에 떡 벌어진 입이 다물어지지 않는다. 그 큰 격차를 거의 이 녀석 혼자서 따라잡았다. 어느덧 스코어는 우리가 2점 리드. 이제 한 점만 더 따내면 우리의 승리가 결정된다.

"너 진짜 괴물이구나. 이 여세를 몰아 가볍게 끝내버리라고."

진심으로 감탄하며 그렇게 말하자 유키노시타가 갑자기 얼굴을 찌푸린다.

"가능하면 나도 그렇게 하고 싶은데……. 그건 아무래도 무리 같아."

어째서, 라고 물으려 했지만 그때 하야마가 서브 자세에 들어갔다.

……뭐, 됐다. 어차피 이번에 유키노시타가 리턴 에이스를 따내서 우리가 이길 테니까. 방심해서가 아니라 단순히 승리를 확신했기에, 나는 건성으로 수비 자세를 취했다.

하야마도 이미 전의가 사그라졌는지 그전처럼 강렬한 서브는 아니다. 스피드는 제법 빠르지만 그밖에는 지극히 평범한 서브였다. 그것이 나와 유키노시타의 중간 지점으로 날아든다.

"유키노시타."

처리를 부탁하려고 이름을 불렀는데 대답이 없다. 그 대신 토옹~ 하고 맥 빠지는 소리를 내며 타구가 우리들 사이를 빠져나간다.

"이, 이봐!"

"히키가야, 잠깐 내 자랑 좀 해도 될까?"

"뭐야? 아니, 그보다 방금 전 그 플레이는 뭐냐고?"

내 대답에는 애초부터 관심이 없었는지, 유키노시타는 땅이 꺼지라 한숨을 쉬더니 그대로 코트 바닥에 털썩 주저앉았다.

"나 말이야, 예전부터 뭐든 다 잘했으니까 무언가 하나를 꾸준히 해본 경험이 없어."

"뜬금없이 뭔 소리야?"

"나한테 테니스를 가르쳐준 사람이 있었는데, 배운지 사흘만에 그 사람을 능가했지. 웬만한 스포츠, 아니, 스포츠뿐만

이 아니라 음악도 마찬가지지만, 대략 사흘이면 어느 정도 수준에 올라버리거든."

"거꾸로 버전 작심삼일이냐. 그나저나 진짜로 그냥 자기 자랑이잖아! 그래서 대체 뭘 말하고 싶은 건데?"

"……나, 체력만은 유일하게 자신이 없어."

포옹, 하는 싱거운 소리와 함께 유키노시타 옆에 볼이 내리꽂혔다.

참으로 새삼스러운 이야기였다.

유키노시타는 워낙에 만능 인간인지라 무언가를 악착같이 계속해본 경험이 없고 그 때문에 치명적일 만큼 체력이 달린다. 듣고 보니 이 녀석 점심 연습 때도 그냥 지켜보기만 했었지. 하긴 따지고 보면 당연한 일인지도 모른다. 잘하고 싶단 욕심이 생기면 연습을 할 테고, 연습 시간이 늘어나면 그만큼 체력이 붙기 마련이다.

그러나 처음부터 뭐든 잘해버리면 애당초 연습을 할 필요가 없고, 따라서 체력이 붙을 리도 만무하다.

"야, 너 그런 이야기를 다 들리게……."

말을 하다 말고 나는 하야마와 미우라를 돌아보았다. 짐승의 여왕은 그 입가에 흉포한 미소를 머금은 채였다.

"다 들렸는데 어쩌시려나아~?"

미우라는 그동안 쌓인 울분을 해소하듯 나를 향해 공격적인 어조로 대꾸했다. 옆에 있던 하야마도 피식 웃는다.

상황은 최악. 앞서나간 것도 잠시뿐, 허망하게 동점까지 추격당해 듀스로 이어지고 말았다.

　이 시합은 아마추어 식의 변칙적인 룰에 따라 진행된다. 듀스에 들어가면 연달아 2점을 따내기 전까지 승부가 나지 않는다.

　희망의 등불인 유키노시타는 체력이 바닥나 침묵. 더군다나 그 사실을 상대팀도 알고 있다. 내 서브가 저 녀석들에게 통하지 않음은 이미 증명된 상태. 시도해봐야 가볍게 역습을 당할 뿐이다.

　"그동안 실컷 나댔지만, 이젠 것도 다아 끝이넹~?"

　미우라의 도발적인 말에도 반박할 수가 없다. 유키노시타도 침묵했다……기 보다는 완전히 녹초가 됐는지 꾸벅꾸벅 졸고 있다. 네가 무슨 히에이냐.

　쿡쿡 음험하게 웃으며 미우라가 우리를 가소롭다는 기색으로 쳐다본다. 어떻게 처형해줄까 궁리 중인, 마치 뱀 같은 눈빛이다. 그러니까 대체 무슨 콘다냐고.

　그 살벌한 분위기를 감지하고 하야마가 끼어들었다.

　"자자, 양쪽 다 잘 싸웠다 치고 넘어가자고. 괜히 너무 열 올릴 것 없이 한바탕 재미나게 놀았다 치고 무승부로 하는 게 어때?"

　"잠깐, 하야토. 그게 뭔 소리야? 시합인데 확실히 끝장을 내야지이~."

　그 말은 곧 시합에서 우리를 꺾음으로써 정식으로 토츠카에게서 테니스 코트를 빼앗겠다는 뜻이리라. 그나저나 끝장을 낸다는 말부터가 겁나 무섭다. ……나도 뭔가 해코지를 당하게 되는 걸까. 싫은데, 아픈 건 좀 무린데.

내가 머릿속으로 주판알을 튕기는데 불쑥 혀 차는 소리가 들려왔다.

"잠시 조용히 해줄래?"

유키노시타가 몹시 불쾌한 목소리로 말했다. 그리고는 미우라가 무어라고 대꾸하기도 전에 재빨리 말을 잇는다.

"저 남자가 시합을 끝맺을 테니 얌전히 패배하시지."

그 말에 다들 귀를 의심했다. 물론 나도 예외는 아니었다. 아니, 오히려 내가 가장 놀랐다.

전원의 주의가 내게로 쏠렸다. 여태까지 없는 거나 다름없는 건 양반이고 「넌 왜 여기 있냐?」 수준으로 천대받아온 나의 존재 가치가 단번에 급상승한다.

자이모쿠자와 눈이 마주쳤다. 뭘 엄지를 치켜세우고 난리야.

토츠카와 눈이 마주쳤다. 뭘 기대하는 거냐고.

유이가하마와 눈이 마주쳤다. 그렇게 꽥꽥 소리 지르며 응원하지 말라고, 쪽팔리잖아.

유키노시타와 눈이 마, 외면당했다. 그 대신 공이 휙 날아왔다.

"그거 알아? 난 폭언이나 실언은 해도, 허언만은 해본 적이 없어."

바람이 멎은 탓에 그 목소리는 더욱 또렷하게 들렸다.

그럼, 알고말고. 거짓말쟁이는 나와 저 녀석들뿐이니까.

$$\times \quad \times \quad \times$$

부자연스러울 정도의 고요함 속에서 공이 통통 지면을 때리는 소리만이 들려온다.

그 독특한 긴장감 속에서 나는 마음의 심연으로 서서히 의식을 가라앉혔다.

할 수 있다고 거듭거듭 자신을 세뇌한다. 아니, 자신을 믿는다.

왜냐하면 내가 질 리가 없으니까.

학교생활이라는 무가치하고 슬프고 괴롭고 짜증 나는 일들로 점철된 나날들을 외로이 버텨온 내가, 고통스럽고 비참한 청춘을 외로이 견뎌온 내가, 수많은 사람들에게 둘러싸여 살아온 녀석들에게 질 리가 없다.

이제 곧 점심시간이 끝난다.

여느 때 같으면 테니스 코트 정면에 위치한 양호실 옆에서 점심식사를 끝냈을 무렵이다.

유이가하마가 나와 잡담을 하고 처음으로 토츠카와 이야기를 나누었던 그 장소, 그 시간이 머릿속을 스쳐 간다.

가만히 귀를 기울인다.

미우라가 조롱하는 소리도, 구경꾼들이 웅성대는 소리도 들리지 않는다.

휘잉.

낯익은 소리가 들려왔다. 1년이란 긴 시간 동안, 내가, 아마도 나만이 들어왔을 그 소리가.

그 순간, 서브를 넣는다.

밋밋하고 힘없는, 둥실둥실 떠오르는 타구.

미우라가 희희낙락하며 달려드는 모습이 보였다. 하야마가 재빨리 그 뒤로 따라붙는다. 구경꾼들의 얼굴에 낙담의 빛이 어린다. 토츠카가 살포시 눈을 내리까는 광경이 시야에 들어온다. 불끈 주먹을 움켜쥔 자이모쿠자는 보지 못했다. 기도하듯 두 손을 모은 유이가하마와 눈이 마주쳤다. 그리고 내 눈동자가 유키노시타의 자신만만한 미소를 비추었다.

타구는 기운 없이 비실거리며 흔들흔들 날아간다.

"웃샤!"

뱀처럼 포효하며 미우라가 낙하지점에 선다.

그때, 한 줄기 바람이 불었다.

미우라, 너는 모른다.

정오를 넘어선 시간, 소부 고등학교 부근에서만 발생하는 특수한 바닷바람을.

불어오는 바람에 실린 타구가 예상 궤도를 크게 벗어난다. 미우라가 있는 곳을 비껴가 코트 끄트머리에 떨어진다. 하지만 그곳에는 이미 하야마가 대기 중이었다.

하야마, 너는 모른다.

이 바람이 불어오는 것은 한 번만이 아님을.

1년을 이곳에서 홀로, 말벗 하나 없이 조용히 지내온 나만이 알고 있다. 나의 고독하고 평화로운 시간을, 저 바람만이 알고 있다.

다른 그 누구에게도 불가능한, 오직 나만이 칠 수 있는, 나의 마구.

또다시 불어온 바람이 바운드된 타구마저도 멀리 실어 나른다.

볼은 그대로 코트 구석에 툭 떨어져 데굴데굴 굴러갔다.

모두가 입을 다물고 귀를 쫑긋 세운 채 눈을 화등잔만 하게 떴다.

"그러고 보니 들어본 적이 있어⋯⋯. 바람을 제 뜻대로 부리는 전설의 기술, 이름하야 『바람을 계승하는 자, 오일렌 실피드(風精惡戱)』!!"

눈치 없는 자이모쿠자만이 큰 소리로 외쳤다.

멋대로 이름 붙이지 마. 너 때문에 기분 잡쳤잖아.

"그딴 게 어디 있어⋯⋯."

미우라가 경악한 기색으로 중얼거린다. 그것을 시작으로 구경꾼들도 무어라 쑥덕거리기 시작하더니 그 목소리가 이윽고 『오일렌 실피드?』『오일렌 실피드!』라는 단어로 바뀌어간다. 아니, 그걸 믿으면 어떡하냐고?

"이런, 당했는데⋯⋯ 진짜 『마구』구나."

하야마가 나를 향해 싱긋 웃는다. 마치 몇 년 사귄 친구 같은 표정이었다. 그 모습을 정면으로 보아버린 나는 공을 움켜쥔 채 동상처럼 그 자리에 굳어지고 말았다.

이럴 때는 뭐라고 응수해야 되는지 정말로 모르겠다.

그래서 얼떨결에 시시하기 짝이 없는 이야기를 꺼내고 말았다.

"하야마, 너 어렸을 때 야구는 해봤냐?"

"그래. 자주 했는데, 그게 왜?"

생뚱맞은 내 질문에 하야마는 어리둥절한 표정을 지었다. 그래도 씹지 않고 착실하게 대답해준다. 역시 이 녀석 괜찮은 놈인지도 모르겠다.

"몇 명이서 했어?"

"뭐? 야구는 열여덟 명이 모여야만 할 수 있잖아?"

"그렇지. ……하지만 말이야, 난 혼자서 자주 했다고."

"뭐? 그게 무슨 소리야?"

하야마가 되물었지만 넌 분명 말해봤자 못 알아들을걸.

꼭 야구에 국한된 이야기만은 아니다.

어떻게 알겠느냐고, 찜통처럼 더운 한여름에도 손끝이 떨어져 나갈 것처럼 추운 겨울날에도 혼자서 자전거로 등하교하는 그 고통을. 너희들이 덥다느니 춥다느니 죽겠다느니 떠들어대며 어르고 나누고 달래어온 그 시간들을 나는 홀로 외로이 헤쳐 왔단 말이다.

알 리가 있겠느냐고. 시험을 볼 때마다 남들에게 시험 범위를 물어보지도 못하고 묵묵히 공부해서 자신이 만들어낸 결과물을 정면으로 마주해야 하는 두려움을. 너희들이 왁자지껄하게 답을 맞추어보고 점수를 서로 보여주면서 바보라느니 공부벌레라느니 입씨름을 벌여 함께 현실 도피를 해댈 때, 나는 의연하게 현실을 받아들였단 말이다.

어쩌냐, 나의 이 최강자다운 면모.

감정에 몸을 맡긴 채 서브를 넣기 위한 준비 동작에 들어간다.

비스듬히 서서 몸을 활처럼 바짝 조인다. 그리고 볼을 높이 던져 올린다. 라켓 손잡이를 양손으로 움켜쥐고 머리 뒤로 젖힌다.

푸른 하늘, 멀어져가는 봄과 다가오는 초여름. 그딴 것들, 전부 다 날려버려라.

"으윽! 청춘 이 개자식아아아—!"

낙하하는 볼을 어퍼 스윙으로 있는 힘껏 쳐올렸다.

라켓의 가장 딱딱한 부분인 테두리에 정확하게 강타당한 타구는 따악! 하는 소리를 내며 끝없이 새파란 하늘로 빨려 들어간다.

볼은 계속해서 고도를 높여갔다. 저 멀리 까마득한 곳에 보이는 좁쌀보다도 조그마한 점 하나가 아마도 그것이겠지.

"저, 저것은…… 『하늘을 달리는 파괴신, 미티어 스트라이크(隕鐵滅殺)』!!"

자이모쿠자가 몸을 내밀며 부르짖었다. 그러니까 왜 네가 이름을 붙이는데?

미티어 스트라이크…… 라고 모두들 입을 모아 수군거린다. 그러니까 너희들은 왜 그걸 믿어버리는데?

그런 거창한 게 아냐. 그냥 포수 파울플라이라고.

설명하겠다. 유소년기의 나는 하도 친구가 없다 보니 1인

야구라는 새로운 스포츠를 개발해냈다. 혼자서 공을 던지고, 혼자서 치고, 혼자서 잡는다. 장시간 놀 수 있는 방법을 궁리한 끝에, 초대형 포수 파울플라이가 가장 오랫동안 즐길 수 있는 방법임을 깨달았다.

단번에 잡아내면 아웃, 실수해서 한번 튕긴 후에 잡으면 안타, 너무 멀리 쳐서 잡을 수 없을 때는 홈런으로 간주한다. 이 게임의 약점은 공수 어느 한 쪽에 지나치게 감정이입하면 원사이드 게임으로 흘러가버린다는 점이다. 1인 가위바위보에 버금가는 무심의 경지를 필요로 한다. 착한 어린이 여러분은 따라 하지 말고 친구들과 야구를 할 것.

하지만 그것이야말로 내 고독의 상징, 최강의 창.

허공에서 떨어져 내리는 청춘을 구가하는 자들을 향한 철퇴.

"뭐, 뭐야 그게?"

미우라가 하늘을 올려다보며 입을 떡 벌렸다. 하야마도 미우라와 마찬가지로 눈부신 듯 하늘을 올려다보고 있었지만 이내 경악한 표정으로 부르짖었다.

"유미코! 물러서!"

어안이 벙벙한 얼굴로 멍하니 서 있는 미우라를 향해 소리친다. 역시 하야마는 눈치챈 모양이다. ……그러나 이미 늦었다.

끝 모르고 치솟아 오르던 타구는 중력에 붙들려 차츰 추진력을 잃어가다가, 두 힘이 균형을 이루는 순간 정지한다.

그리고 그 균형이 깨어지는 순간, 위치 에너지를 운동 에너지로 변환시킨다. 자유낙하를 계속하는 볼. 그 에너지는 땅에 내리꽂히는 순간 폭발한다.

투웅! 하고 볼이 지면을 때리며 뭉게뭉게 모래 연기가 피어올랐다.

기나긴 하늘 여행을 마치고 볼은 모래 먼지를 일으키며 다시금 하늘로 날아올랐다.

미우라가 그것을 되받아치려고 불안정한 걸음걸이로 모래 연기 속을 파고든다. 볼은 코트 뒤편, 그물망 펜스 쪽으로 흐느적흐느적 날아가는 중이었다.

―앗, 위험해. 미우라가 펜스를 들이받겠다.

"큭!"

하야마가 라켓을 집어던지더니 땅을 박차고 전속력으로 내달린다.

막을 수 있을까!? 막을 수 있을 것인가!?

모래 연기에 휘말려, 모두의 시야에서 두 사람의 모습이 사라진다.

짧은 정적이 흘렀다.

누군가가 꿀꺽 마른침을 삼키는 소리가 들려왔다. 어쩌면 내 목에서 난 소리인지도 모르겠다.

이윽고 모래 먼지가 걷히며 두 사람의 모습이 드러났다.

하야마는 철망에 등을 기댄 채 펜스로부터 보호하는 듯한 자세로 미우라를 감싸 안고 있었다. 미우라는 붉어진 얼굴로 다소곳이 하야마의 셔츠를 움켜쥔 채였다.

그 순간 구경꾼들 사이에서 환호성과 우레 같은 박수갈채가 터져 나온다. 전원 기립 상태의 스탠딩 오베이션.

하야마가 착하다는 듯 품에 안긴 미우라의 머리를 쓰다듬자 미우라의 얼굴이 한층 더 새빨갛게 달아오른다.

이내 군중들이 우르르 몰려가 하야마와 미우라를 에워쌌다.

"HA · YA · TO! 후! HA · YA · TO! 후!"

축복의 팡파르를 대신하여 점심시간 종료를 알리는 종소리가 울려 퍼진다. 이대로 키스하고 엔딩 크레디트가 올라갈 기세다.

모두들 한 편의 대작 오락 영화를 감상한 후처럼, 양질의 청춘 러브코메디를 완독한 후처럼 기묘한 성취감과 가벼운 허탈감에 젖어 있었다.

구경꾼들은 그대로 영차, 영차 헹가래를 치며 교실 쪽으로 사라져갔다.

FIN.

뭐야, 이게.

× × ×

그 후 코트에 남겨진 것은 우리들뿐이었다.

"시합에는 이기고 승부에는 졌다고 평가해야 하나?"

유키노시타가 못마땅한 기색으로 하는 말을 듣고 나는 그만 웃음을 터뜨리고 말았다.

"바보 같은 소리 마. 나와 저 녀석들로는 애초에 승부가 안 된다고.”

　청춘을 구가하는 인간들은 언제나 주역이니까.

　“뭐 그렇긴 해. 상대가 힛키가 아님 저렇겐 안 되는걸. 이겼는데두 공기 취급이랄까. 진짜루 딱해서 못 보겠어.”

　“야, 유이가하마. 너 진짜 말조심 좀 해. 악의로 가득한 말보다 솔직한 감상이 오히려 사람을 더 깊이 상처 입힌다는 걸 알라고.”

　매서운 눈초리로 말해 봐도 유이가하마에게는 반성하는 기색조차 없었다.

　하기야 틀린 말을 한 건 아니니까 반성할 필요도 없긴 하지만. 하야마나 미우라 같은 인간들은 처음부터 시합이나 승부 따위엔 관심이 없다. 비참한 패배마저도 아름다운 청춘의 한 페이지로 삼아 평생을 소중하게 간직하다니 감탄스러울 지경이다.

　대체 그게 뭐냐고. 청춘 따위 폭발해버려라, 폭발.

　“쳇, 내 참, 하야마 그 자식이 뭐라고 그 야단이야? 나도 출생과 성장환경이 달랐더라면 저렇게 됐을 거라고.”

　“그러면 완전히 딴사람이잖아…… 하기야 넌 정말로 인생을 리셋하는 편이 낫기야 하겠다마는.”

　유키노시타가 간접적으로 죽으라고 말하며 싸늘한 눈빛으로 나를 바라본다.

　“……그, 그치만 말이야, 어, 그게 힛키라서 다행이었다고 할까, 어어, 그게 꼭 나쁘지만도 않다고나 할까…….”

유이가하마가 우물우물 기어들어가는 목소리로 중얼거린다. 하나도 안 들린다. 똑바로 말해, 똑바로. 옷가게에서 점원이 말을 걸어왔을 때의 나냐.

다만 유키노시타의 귀에는 제대로 들렸는지, 어렴풋이 웃으며 조용히 고개를 끄덕였다.

"뭐 네 그 형편없는 방식으로 구원받는 사람도 있으니까. 안타깝게도."

그렇게 말하며 쓱 시선을 돌린다. 그곳에는 다친 다리를 조심스럽게 움직이며 천천히 이쪽으로 걸어오는 토츠카와 스토킹이라도 하는 것처럼 그 뒤를 따라오는 자이모쿠자가 있었다.

"하치만, 훌륭했다. 과연 본관의 맹우다운 솜씨로군. 그러나 언젠가 결판을 내야 할 날이 올지도 모르느니⋯⋯."

어째서인지 아련한 눈빛으로 혼자 헛소리를 지껄여대는 자이모쿠자는 일단 무시하고, 토츠카에게 말을 건다.

"다친 데는 괜찮아?"

"응⋯⋯."

정신을 차리고 보니 어느새 내 주위에는 남자들뿐이었다. 자이모쿠자가 나타난 탓인지는 몰라도 유키노시타와 유이가하마는 벌써 어디론가 사라진 후였다.

하야마는 엔딩에서 제임스 본드 스타일로 멋지게 히로인을 차지했건만, 내 주위에는 죄다 사내놈들뿐. A특공대[24] 같은

#24 A특공대 80년대 미국 드라마(원제 The A-Team)로 2010년 영화판이 만들어졌으며 일본에서는 특공 사나이 A팀이란 제목으로 개봉.

결말이다. 이 불평등함은 대체 뭐냐고.

러브코메디란 도시 괴담이냐?

"히키가야, ……저기, 고마워."

정면에 서서 나를 똑바로 응시하며 말하는 토츠카. 인사를 끝맺고는 수줍은 기색으로 시선을 돌려버린다. 솔직히 이대로 와락 끌어안고 키스해버리고 싶은 마음이 굴뚝같다만 불행히도 이 녀석은 남자란 말이지…….

이딴 러브코메디는 잘못됐고, 토츠카의 성별도 잘못됐다. 하나 더 추가하자면 토츠카가 고마워해야 할 사람도 잘못됐다.

"난 별로 한 것도 없는데 뭘. 인사라면 쟤들한테……."

말을 하다 말고 공로자들의 모습을 찾아 주위를 두리번거린다. 그러다가 테니스 부실 옆에서 찰랑찰랑 나부끼는 갈래머리를 발견했다.

저런 데 있었나.

인사 한마디는 해야겠다 싶어 부실 쪽으로 다가갔다.

"유키노시…… 허억."

한창 옷을 갈아입는 도중이었다.

블라우스 앞섶이 풀어헤쳐져 연한 라임 그린 색 속옷이 얼핏 드러난다. 밑에는 여전히 경기용 스커트를 입고 있었지만, 그 불균형함이 오히려 균형 잡힌 호리호리한 몸매를 한결 부각시킨다.

"무, 무무무무."

뭐야, 사람이 집중해 있는데 거참 시끄럽네 기억이 날아가

기라도 하면 책임질 거냐, 라고 생각하며 돌아보니 유이가하마도 있었다.

한창 옷을 갈아입는 도중이었다.

블라우스 단추는 밑에서부터 채우는 스타일인지 가슴께가 열려 있어 핑크색 속옷과 가슴골이 훤히 드러나 보인다. 한쪽 손에 들린 스커트는 유키노시타를 향해 내민 채로, 쉽게 말해서 입지 않은 상태였다.

위쪽과 세트인 핑크색 팬티 밑으로 곧게 뻗은 허벅지는 늘씬했고, 종아리는 남색 양말에 감싸인 채였다.

"그냥 나가 죽어버려!"

부웅 소리와 함께 온 힘을 다해 휘두른 라켓이 내 안면을 강타했다.

……그래. 역시 청춘 러브코메디는 이래야 제맛이지, 암.

제법이잖아, 러브코메디의 신. 커헉.

진 로 지 도 설 문 지

소부 고등학교 2 학년 J 반

| 영문표기 | yukinoshita yukino |

| 이 름 | 유키노시타 유키노 |

여자

| 출석번호 | 38 |

당신의 신조를 알려주세요

절대 정의

졸업 앨범, 미래의 꿈은 뭐라고 적었나요?

아버지의 기반을 물려받아 입후보

미래를 위해 어떤 노력을 하고 있나요?

인심 장악술

선생님의 조언

유키노시타 양의 그 꿋꿋함에는 호감이 갑니다만,
다른 진로도 조금은 고려해보는 게 어떨까요?
그리고 유키노시타 양의
인심 장악술은 대단히 형편없습니다.
조금 더 분발합시다.

8

그리고
히키가야 하치만은
생각한다.

　청춘.

　고작 두 글자에 불과하지만, 그 단어는 사람들의 가슴을 격렬하게 뒤흔들어놓는다. 사회인이 된 사람들에게는 달콤한 아픔과 향수를, 풋풋한 소녀들에게는 영원한 동경을, 그리고 나 같은 인간에게는 강한 질투와 어두운 증오를 품게 만든다.

　내 고교생활은 앞서 말한 것처럼 아름다운 심상 풍경으로 가득한 나날들과는 거리가 멀었다. 흙빛을 띤 어두컴컴한 무채색의 세계였다. 입학식 날 교통사고를 당하는 등 시작부터가 이미 암담하기 그지없었다. 그 후로도 매일같이 집과 학교를 왕복하고, 휴일에는 도서관을 찾는 등 도무지 요즘 고교생답지 않은 나날들을 보내왔다. 러브코메디와는 인연 비슷한 것도 없었다.

　하지만 그 사실에는 한 치의 후회도 없다. 오히려 긍지를 느끼기까지 한다.

　나는 충분히 즐거웠으니까.

도서관을 뻔질나게 드나들며 대 장편 판타지 소설을 읽어치운 경험도, 한밤중에 별 뜻 없이 켠 라디오에서 흘러나오는 진행자의 목소리에 매료되었던 기억도, 텍스트가 지배하는 광대한 전자의 바다에서 건져 올린 가슴 따듯해지는 글들도, 전부 내가 그러한 나날들을 보내왔기에 발견하고 접할 수 있었던 것들이니까.

　그 모든 발견과 만남들에 감사하고 감동하여 눈물지을지언정, 한탄하며 흘릴 눈물은 없다.

　나는 내가 보내온 그 시간들을, 고교 1학년이라는 청춘의 날들을 절대로 부정하지 않겠다. 강력하게 긍정할 것이다. 아마 앞으로도 이러한 태도가 달라질 일은 없으리라.

　다만 그것이 다른 모든 이들, 요컨대 지금 이 순간 청춘을 구가하며 살아가는 이들의 인생을 부정하는 것이 아니란 사실만은 분명히 밝혀두고자 한다.

　청춘의 한복판에 있는 그들은 패배조차도 근사한 추억으로 바꾸어놓는다. 다툼도 갈등도 고뇌하는 청춘의 한 부분으로 승화시킨다.

　그들이 지닌 청춘 필터를 거치면 세계는 달라지는 것이다.

　그렇다면 나의 이 무채색 청춘도 러브코메디 빛으로 물들지 모른다. 사실은 잘못되지 않았는지도 모른다.

　그렇다면 지금 내가 있는 이곳도 언젠가는 찬란하게 빛나 보이는 걸까. 비록 죽은 물고기처럼 썩은 눈을 하고 있을지라도. 그런 기대를 품어볼 만큼은 내 안에서 무언가가 새롭게

싹트기 시작했음을 느낀다.

　그렇다. 봉사부에서 보낸 나날들을 통해, 내가 깨달은 사실이 하나 있다.

　결론을 말하겠다.

　거기까지 써내려간 뒤부터 펜이 멈춰버렸다.

　방과 후의 교실에 홀로 남아 있던 나는 끄응 하고 기지개를 켰다.

　같은 반 녀석들한테 괴롭힘을 당해서가 아니라, 히라츠카 선생님이 다시 제출하라고 시킨 작문 숙제를 하던 중이었다. 정말이라니까? 괴롭힘 같은 거 당한 적 없다니까?

　중간까지는 매끄럽게 풀려나가던 작문도 마지막 결론이 마음에 딱 와 닿지 않아 여태까지 시간을 허비하고 말았다.

　부실에서 마저 쓸까……?

　그렇게 생각하며 원고용지와 필기도구를 신속히 가방에 쓸어 담고 텅 빈 교실을 뒤로한다.

　특별관으로 이어지는 복도에도 인적은 없고, 오로지 운동부가 질러대는 고함소리만이 메아리칠 따름이었다.

　오늘도 유키노시타는 부실에서 독서 중이려나. 그렇다면 아무에게도 방해받지 않고 작문을 마무리 지을 수 있다.

　어차피 그 동아리는 하는 일 없이 빈둥대는 곳이니까 말이다.

　아주아주 가끔씩 이상한 녀석들이 찾아오지만 그런 경우는 굉장히 드물다. 대부분의 학생들은 허물없는 친구에게 의논하거나 혼자서 삭히는 방식으로 고민거리를 소화한다.

아마도 그것이 올바른 방식이고 바람직한 자세일 거라고는 생각한다. 다만 세상에는 이따금 그럴 수 없는 녀석들도 존재한다. 나나 유키노시타나 유이가하마나 자이모쿠자처럼 말이다.

우정이니 사랑이니 꿈이니 하는 것들은 분명 많은 사람들의 눈에 아름답게 비치리라. 끙끙대며 고민하는 모습조차도 반짝반짝 빛나 보일 게 분명하다.

그렇기에 그것을 청춘이라 부르는 걸 테고.

하지만 그건 결국 그 청춘이라는 것에 도취된 자기 자신을 좋아하는 것에 불과하지 않을까. 최소한 나처럼 삐뚤어진 인간은 그렇게 생각하고 마는 것이다. 내 여동생 같으면 분명 「청춘? 그건 당신이 보아버린 빛?#25」이라고 지껄여댈걸. 그건 청운(青雲)이라고. 너 쇼텐을 너무 많이 본 거 아니냐?

×　　×　　×

부실 문을 열자, 유키노시타는 여느 때와 같은 장소에서 평상시와 다름없는 자세로 책을 읽는 중이었다.

문이 삐걱거리는 소리를 듣고 고개를 든다.

#25 청춘? 그건 당신이 보아버린 빛? 일본의 선향(線香) 브랜드인 청운의 유명한 CM송 가사로 쇼텐이란 장수 예능 프로그램의 중간 광고 시간에 그 CF가 꼭 흘러나옴.

"어머, 오늘은 안 오려나 했더니만."

그렇게 말하며 유키노시타가 문고본에 책갈피를 끼운다. 초반에는 아는 척도 안 하고 책만 들여다봤던 것에 비하면 장족의 발전이다.

"아니, 나도 사실 쉴까 했는데 할 일도 있고 해서 겸사겸사."

유키노시타의 대각선 앞, 긴 책상 건너편의 의자를 빼내어 앉았다. 우리 둘의 평소 위치다. 가방에서 꺼낸 원고용지를 펼친다. 그 모습을 가만히 지켜보던 유키노시타가 불쾌한 기색으로 눈썹을 모은다.

"……너 우리 동아리를 뭐라고 생각하는 거니?"

"너도 허구한 날 책만 보면서 뭘 그래?"

내 반격에 유키노시타는 멋쩍은 듯 고개를 돌렸다. 오늘도 의뢰하러 찾아올 사람은 없는 모양이다. 고요한 부실 안에 시계 초침 소리만이 들려온다. 돌이켜보니 이런 적막함도 오랜만이다. 늘 보던 시끄러운 존재가 없어서이리라.

"그러고 보니 유이가하마는 어디 갔냐?"

"오늘은 미우라 그룹과 놀러 간다고 들었어."

"호오……."

그건 또 의외인데. 하긴 그렇지도 않나. 원래부터 친구였고, 게다가 그 테니스 시합 이후로 한눈에도 알 수 있을 만큼 미우라의 태도가 부드러워진 느낌이 든다. 그것이 유이가하마가 진심을 제대로 이야기할 수 있게 되었기 때문인지는 모른다.

"히키가야 너야말로 파트너는 오늘 같이 안 왔어?"

"토츠카는 테니스부 갔어. 네 특훈 덕분인지는 몰라도 요즘 동아리 활동에 열심이거든."

덕분에 나랑 별로 놀아주지 않는다. 무지무지 슬프다.

"토츠카 말고, 하나 더 있잖아."

"……누구?"

"누구기는…… 그 왜 있잖아, 항상 네 옆에 도사리고 있는 그거."

"야, 무서운 소리 하지 마……. 설마 너 영감 같은 거라도 있냐?"

"……나 참 유령이라니 어처구니가 없어서. 그런 건 세상에 없어."

유키노시타가 한숨을 쉬며 「원한다면 너를 유령으로 만들어줄까?」란 눈초리로 나를 바라본다. 어쩐지 그리운 대화였다.

"그러니까 그거 말이야. 자…… 자이, 자이츠? 라고 했던가………?"

"아아, 자이모쿠자 말이지? 파트너는 아니지만."

하다못해 친구인지도 의심스럽다.

"그 녀석은 「오늘은 아수라장이라서 말이야……. 면목없네만 마감을 우선하도록 하겠다」라면서 집에 갔어."

"말하는 것만 들으면 버젓한 인기 작가네……."

우엑, 하고 노골적으로 혐오스러운 표정을 지으며 유키노시타가 중얼거린다.

야야야, 그걸 읽어야 하는 내 입장도 좀 돼 봐라. 그 녀석, 정작 본문은 쓰지도 않고 일러스트 설정하고 플롯만 들고 온다니까? 그래놓고 『이봐, 하치만! 참신한 설정이 떠올랐다! 히로인이 고무 인간이고 서브 히로인이 그 무효화 능력을 지닌 거지! 이건 분명 대박감이야!』라고 법석을 떨질 않나. 바보야, 그건 참신이 아니라 참혹한 거라고. 대놓고 표절이잖아.

뭐 결국 우리들은 한때 이 미적지근한 커뮤니티에 몸담았을 뿐, 시간이 지나면 각자의 보금자리로 돌아가는 것이다. 평생에 단 한 번뿐인 인연(一期一回)이라고나 할까.

그렇다고 여기가 나와 유키노시타의 보금자리냐고 하면 딱히 그렇지도 않다.

띄엄띄엄 오가는 우리의 대화는 두서가 없고, 여전히 어딘가 어색하다.

"들어간다."

별안간 드르륵 문이 열린다.

"……하아."

유키노시타는 체념했는지 이마를 가볍게 짚은 채 탄식했다. 옳거니, 이렇게 조용한 상태에서 불쑥 문을 열어젖히면 그야 입에서 신물이 나도록 잔소리를 하고 싶어질 만도 하겠군.

"히라츠카 선생님, 들어오실 때는 노크를 해주시죠."

"어라? 그건 유키노시타의 대사 아니었던가?"

히라츠카 선생님은 어리둥절한 표정을 지으며 가까이에 놓여 있는 의자를 끌어내 앉았다.

"무슨 일인가요?"

유키노시타가 묻자 히라츠카 선생님이 그 소년 같은 눈동자를 빛낸다.

"그 승부의 중간발표를 해줄까 해서 왔다."

"아아, 그거요……."

까맣게 잊고 있었다. 사실 따지고 보면 무엇 하나, 어느 것 하나 제대로 해결한 기억이 없으니 까먹는 것도 당연하다.

"현재 전적은 둘 다 2승 2패다. 현재까지는 무승부라고 할 수 있겠군. 으음, 접전은 배틀 만화의 꽃이지. ……개인적으로는 히키가야의 죽음을 딛고 유키노시타가 각성하는 줄거리를 기대했다만."

"하필이면 왜 내가 죽는 전개를……. 저기요, 2승이라고 하셨는데요. 저희들 뭐 하나 깨끗이 해결한 게 없는데요? 게다가 의뢰인도 세 명밖에 안 되고요."

이 사람 산수 못하나?

"내 계산법으로는 정확히 네 명이 맞다. 독단과 편견이라고 말했을 텐데?"

"독불장군 노릇도 그쯤 되면 호쾌할 지경이네요……."

이 사람 무슨 자이언이냐.

"히라츠카 선생님, 그 승리의 기준을 알려주시겠습니까? 방금 저 물건도 꽥꽥댔지만, 상담받은 고민이 해결된 적은 없을 텐데요?"

"흐음……."

유키노시타의 질문에 히라츠카 선생님은 입을 다문 채 한동안 생각에 잠겼다.

"그건 말이다……. 고민할 뇌(惱) 자는 심방변(忄), 즉 마음 심(心) 자 옆에 흉(囟)자를 쓰지. 심지어는 그 흉이란 글자 위에 뚜껑을 덮어버리기까지 한다."

"웬 열혈교사 흉내냐고요."

"말하자면 고민이란 항상 본심 옆에 감추어져 있기 마련. 즉 의뢰인의 상담 내용이 꼭 그 진정한 고민과 일치한단 법은 없다는 뜻이다."

"처음에 한 설명, 전혀 필요 없었네요."

"딱히 기발한 것도 아니고."

나와 유키노시타의 가차 없는 평가에 히라츠카 선생님은 조금 시무룩한 표정을 지었다.

"그런가……. 나름대로 고심한 결과물이건만……."

뭐 그러니까 요컨대 승패의 기준도 선생님의 독자적인 룰이다 그 말이로군. 선생님은 나와 유키노시타를 번갈아 보고는 꽁한 얼굴로 입을 열었다.

"나 참…… 너희들은 남을 공격할 때는 죽이 척척 맞는구나. 꼭 십년지기 친구 같은걸."

"대체 어디가……. 이 남자와 친구가 되다니, 그런 일은 있을 수 없습니다."

그렇게 말하며 유키노시타가 어깨를 으쓱한다. 매섭게 째려

볼 줄만 알았더니 이쪽으로는 눈길 한 번 주지 않았다.

"히키가야, 너무 절망하지 마라. 쓰디쓴 여뀌를 먹는 벌레
도 저 좋아서 먹는단 속담도 있지 않니."

선생님이 나를 위로하듯 말했다. 저기요, 절망하긴 누가 절
망을 한다고 그러세요…… 근데 어째서일까, 이 상냥함이 도
리어 가슴 쓰리다.

"맞아."

놀랍게도 유키노시타가 맞장구를 쳤다. 야, 잠깐만. 날 좌절
하게 만든 건 바로 너거든?

그러나 유키노시타는 거짓말을 하지 않는다. 자신의 감정을
속이지도 않는다. 따라서 저 녀석이 하는 말은 분명 신용할만
한 가치가 있다. 유키노시타는 따스한 미소를 머금은 채 말했
다.

"언젠가는 히키가야를 좋아해 줄 곤충이 나타나겠지."

"최소한 좀 더 귀여운 동물로 해달라고!"

내가 한 말이지만 인간으로 해달라고 주장하지 않는 점이
참으로 겸허하다. 반면에 오만한 유키노시타는 주먹을 불끈
쥐며 한 방 먹였다는 표정을 지었다.

재치 있는 발언을 해서인지, 그 눈동자는 반짝반짝 빛이 나
고 몹시 유쾌해 보인다.

하지만 그 장단에 놀아나는 입장에서는 조금도 유쾌하지 않
다. 누누이 말하지만, 여자애와의 대화란 건 좀 더 꺅꺅 우후
후에 러브러브 쪽쪽 해야 하는 것 아닌가? 이상하잖아 이거.

방금 스쳐 간 느낌을 기록해두려고 샤프를 집어 들자, 유키노시타가 고개를 내밀어 원고지를 들여다본다.

　"그러고 보니 아까부터 뭘 그렇게 쓰는 거야?"

　"시끄러, 아무것도 아냐."

　그리고 나는 작문의 마지막 문장을 휘갈겨 썼다.

　─역시 내 청춘 러브코메디는 잘못됐다.

오랜만에 인사드립니다. 와타리 와타루입니다. 그리고 처음 뵙겠습니다. 와타리 와타루입니다.

뜬금없는 소리인지도 모르겠습니다만, 세간에서 말하는 「청춘」은 잘못됐습니다. 그딴 건 죄다 사기입니다. 귀여운 여자 친구와 라라포트 쇼핑몰에서 교복 데이트를 즐기고, 친구의 소개로 다른 학교 여자애와 밥을 먹으러 가다니 얼토당토 않은 이야기입니다. 그딴 건 죄다 픽션입니다.

청춘 러브코메디를 읽다 보면 맨 마지막에 이런 문구가 나오지 않습니까?

「※이 작품은 픽션이며 실재 사건과 인물, 단체와는 무관합니다」

요컨대 그딴 청춘 러브코메디는 전부 사기입니다. 모두들 속고 있는 겁니다.

진정한 청춘이란 수업이 끝난 후 남자 둘이 사이제○야에 가서 무한 리필 드링크 바와 값싼 포카치아만 시켜놓고 밤까지 죽치고 앉아서 남의 험담과 학교에 대한 불만을 주야장천 늘어놓으며 시간을 죽이는 그런 것입니다. 그것이야말로 진정한 청춘입니다. 경험자 본인이 하는 말이니 틀림없습니다.

하지만 저는 그런 청춘이 싫지만은 않았습니다.

멜론 소다와 오렌지주스를 섞어서 「멜론지」란 이름을 붙이며 낄낄댔던 것도, 수학여행을 갔을 때 사내놈들 넷이서 살벌한 분위기 속에 마작 대회를 벌였던 것도, 짝사랑했던 아이가 남자친구와 애정행각을 벌이는 모습을 목격하고 갑자기 시무룩해졌던 것도 이제 와서 돌이켜 보면 좋은 추억이었다고 생각합니다.

미안, 거짓말이다. 미치도록 싫었다. 나도 여고생과 교복 데이트를 즐기고 싶었다. 아니, 사실은 지금도 하고 싶다.

그런 마음을 담아 써내려간 글입니다. 재미있게 읽어주시면 기쁘겠습니다.

마지막으로 신세 진 분들에게 감사 인사를.

호시노 담당자님. 제 마음을 다 적으면 그것만으로도 한 권 분량이 나올 것 같아 생략하겠습니다만, 작은 일에서부터 큰 일에 이르기까지 많은 보살핌을 받았습니다. 고맙습니다.

퐁칸⑧ 님, 좌절감이 엄습해올 때마다 귀엽고 멋진 일러스트를 보며 마음을 다잡았습니다. 진심으로 부탁드리기를 잘했다고 생각합니다. 고맙습니다.

면식이 없음에도 불구하고 띠지 문구를 써주신 히라사카 요미 님. 불안과 근심에 짓눌려 무너져 내릴 것만 같았을 때, 히라사카 씨의 코멘트에 용기를 얻었습니다. 고맙습니다.

친구. 만날 때마다 돈돈 해대는 네놈에게는 실망이야! 근황이나 들려달라고!

독자 여러분. 여러분이 계시기에 작가 와타리 와타루도 존재할 수 있습니다. 여러분의 귀중한 말씀 한 마디 한 마디가 제 인생의 활력소입니다. 진심으로 감사드립니다.

끝으로 고교 시절의 나 자신. 네가 시시하다고, 같잖다고 욕했던 그 날의 열등감 가득한 대사에 힘입어 이 작품이 탄생할 수 있었습니다. 당당하게 가슴을 펴라. 네 청춘은 분명 잘못됐지만, 한편으로는 더할 나위 없이 옳으니까. 고맙다.

그나저나 이 작품. 계속될지의 여부는 예의 「그것」에 달려 있습니다만, 조만간 여러분과 다시 만날 수 있을 것을 믿고 후속권 플롯을 짜면서, 이번 후기는 이쯤에서 마무리 지을까 합니다.

2월 모일 치바 현 모처에서 옛 추억에 젖어 달달한 커피를 홀짝이며.

와타리 와타루

■역자 후기

안녕하세요, 비루한 번역자 박정원입니다.

매번 느끼는 거지만 새로운 시리즈를 맡으면 그 분위기에 적응할 때까지는 참 힘이 듭니다. 게다가 이번 작품은 불볕더위가 기승을 부리던 8월 초에 번역을 해서 더더욱 고생을 했지요. 일본어 특유의 말장난도 워낙 많아서 정말 머리에 쥐가 나더군요. 덕분에 저의 미숙함을 더욱 뼈저리게 느끼는 계기가 되었습니다.

이 작품에서 말장난은 삐뚤어진 하치만의 성격을 묘사하기 위한 도구이기도 하지만, 독자 여러분에게 웃음을 주기 위한 소재로 사용되는 부분이 크지요. 이 책의 장르가 오락성을 중시하는 라이트노벨임을 감안하면 더욱 그렇습니다.

어떤 식으로 이 말장난들을 번역해야 할지 고민을 많이 했습니다만, 하치만의 성격과 관련된 부분이나 앞뒤 문장들과

얽혀 있어 제 능력으로 소화할 수 없는 부분을 빼놓고는 의역을 가미해서라도 개그 요소를 살리려고 노력했습니다(노력은 했습니다ㅠㅠ 믿어주세요).

사실 번역자 입장에서 이런 말장난을 옮기는 제일 쉬운 방법은 전부 직역을 하고 주석을 다는 것입니다. 다만 주석을 달면 내용상의 이해를 도울 수는 있으나(읽어보고 고개를 주억거리게 되지요) 문장을 딱 봤을 때 피식 웃음이 나는 효과를 기대하기는 어렵지요. 게다가 주석의 양도 기하급수적으로 증가할 테고요ㅠㅠ 제 나름대로는 고민한 끝에 내린 결정이니 부족하더라도 너그러이 이해해주셨으면 하는 이기적이고 부질없는 바람을 품어봅니다ㅠㅠ

아참, 주석 이야기가 나와서 말인데 애니메이션이나 만화 관련 주석은 따로 달지 않았습니다. 원서에도 특별히 명기된 바 없는데다 대개는 한국에도 소개가 된 작품들이니까요(소개된 적 없는 작품이 나오면 주석을 달아야겠죠). 일본 독자들과 똑같은 입장에서 아는 만큼 보이는 재미를 즐겨주시면 되겠습니다.

여기까지는 번역자의 쓸데없는 넋두리였고^^; 작품 자체는 재미있게 읽었습니다. 뭣보다 주인공이 정말 대차게 삐뚤어져 있다는 점이 마음에 들더군요^^ 이 녀석은 진짜다! 진짜 화끈하게 찌질해! 라는 느낌이 팍팍 전해져 온다고나 할까요.

또 최소한 현재 시점에서는 유키노시타가 주인공에게 핑크 빛 감정이라곤 눈곱만큼도 없어 보인다는 점도 흥미롭고요. 여주인공이 쿨 뷰티 계열인 경우 츤데레로 묘사하는 경우가 많지요. 그래야 연애 노선을 끌고 가기가 수월하니까요. 그런데 이 작품은 하치만이 말했듯 엉뚱하게 서브 여주인공과 알콩달콩한 분위기를 연출하는 게 추후의 전개를 기대하게 하더군요. 이 잘못된 러브코메디를 작가가 앞으로 어떤 식을 설득력 있게 풀어나갈지, 번역자가 아닌 일개 독자 입장에서도 지대한 관심을 갖고 있습니다. 우후후.

그럼 조만간 2권에서 다시 만나 뵙도록 하겠습니다. 꾸벅.

역시 내 청춘 러브코메디는 잘못됐다. 1

1판 1쇄 발행 2012년 10월 10일
1판 32쇄 발행 2025년 11월 21일

지은이_ 와타리 와타루
일러스트_ 퐁칸⑧
옮긴이_ 박정원
일본판 오리지널 디자인_ numata rina

발행인_ 최원영
본부장_ 장혜경
편집장_ 김승신
편집진행_ 권세라 · 최혁수 · 김경민 · 최정민
편집디자인_ 양우연
국제업무_ 박진해 · 조은지 · 박지현 · 남궁명일
관리 · 영업_ 김민원 · 조은걸

펴낸곳_ (주)디앤씨미디어
등록_ 2002년 4월 25일 제20-260호
주소_ 서울시 구로구 디지털로 32길 30, 코오롱디지털타워빌란트 1301-1308호
전화_ 02-333-2513(대표)
팩시밀리_ 02-333-2514
이메일_ lnovellove@naver.com
ㄴ노벨 공식 카페_ http://cafe.naver.com/lnovel11

ISBN 978-89-267-9312-1 04830
ISBN 978-89-267-9311-4 (세트)

값 6,500원

*잘못된 책은 구매처에 문의하십시오.

사쿠라장의 애완 그녀 1~6권

카모시다 하지메 지음 | 미조구치 케이지 일러스트 | 정효진 옮김

"소라타— 팬티, 골라줘."

내가 사는 기숙사 『사쿠라장』은 학원 괴짜들의 집단.
이런 기숙사에 전학 오자마자 들어온 시이나 마시로는
귀엽고 청초한데다 세계적으로 유명한 천재화가라고 한다.
천재 미소녀를 기숙사 괴짜들로부터 지켜내야 돼! 라고 분발했지만,
곧 무시무시한 사실이 발각됐다.
마시로는 밖에만 나갔다 하면 길을 잃고 방은 돼지우리,
팬티조차도 직접 고르지 못하는데다 입지도 못하는 생활 파탄 소녀였던 것이다!
이런 마시로의 "주인"으로 임명된 나. 잠깐, 옷을 나보고 갈아입히라고?!
이래 봬도 난 건강한 남자 고등학생이거든?!

변태와 천재와 평범한 사람들이 만들어내는 청춘학원 러브 코미디 등장!!

2012년 10월 TV애니메이션 방영 개시!

라이트노벨의 새로운 빛! L노벨의 신간은 매월 10일에 발매됩니다. www.lnovel.co.kr

첫 체험에 안성맞춤인 그녀 1~3권

아사노 하지메 지음 | 타카나에 쿄린 일러스트 | 이승원 옮김

「마스터. 저와 첫 체험을 해주세요.」
내 앞에 나타난 소녀는 말했다.
그녀는 천재 과학자인 누나가 보낸 선물로,
내 여러 첫 체험을 여동생으로서 서포트……해준다고 한다.
아니, 나는 예전부터 여동생을 원하기는 했어.
하지만 매사에 부정적이고 은둔형 외톨이인 나는 그저
『평범한 남자애로 고교 데뷔』를 하고 싶을 뿐이라고……!

TV애니화에 빛나는 러브코미디
『마요치키!』의 작가가 보내드리는 신 시리즈.
키스로 시작하는 Brand New Day 청춘 러브 코미디!